不可逆少年

五十嵐律人

講談社

装丁　小口翔平（tobufune）
装画　みなはむ

不可逆少年

プロローグ

青い炎が、私《わたし》の右腕を炙《あぶ》っていた。

手足を縛られ、口も塞《ふさ》がっているため、悲鳴を上げることすらできない。

「おはようございます。……先生」

少女は、椅子《いす》に拘束された私のすぐ側《そば》で、膝《ひざ》を抱《かか》えて座っていた。

夏祭りで見かけるような狐《きつね》の面。尖《とが》った二つの耳。吊《つ》り上《あ》がった目。頬《ほお》に描かれた二本の線。狐の面は、鼻までしか顔を覆《おお》っていない。小さな口は、狐ではなく人間の素顔だ。

右手には、ガスライターが握られている。

「どうしてこんなことになったか、わかります？」

薄暗い室内、盛り上がったベッド、フローリングの床。

カーディガン、ロングスカート、スニーカー。

すべて不自然に青みがかっている。

「聞こえてます？　炙られたくなかったら、質問に答えてくださいよ」

そこで私は理解した。彼女が誰で、ここがどこなのか。

「しょうがないなあ。少しだけ、振り返りの時間をあげます」

目を瞑《つぶ》り、記憶の糸を辿《たど》る。その糸は、それほど長いものではなかった。

短いメッセージの文面。狐の面。少女の笑顔。

そうか……。私は、騙《だま》されたのか。

一ヵ月ほど前に、SNSでメッセージを受信した。送信者のユーザー名は、フォックス。アイコンは、狐の面のイラストだった。これまでは見向きもされなかった趣味に寄せられた、好意的な反応。スパムの類《たぐ》いではないと判断して、すぐに返事をした。

やり取りを続け、フォックスが若い女性であることや、近隣に住んでいることを知った。指定された場所で待っていたのは、未成年にしか見えない少女だった。

少女は、ホテルを予約していると言った。引き返すべきとわかっていながら、背中を押す小さな手に促《うなが》されるまま、薄暗い部屋に一歩踏み込んだ。

そして——、

「タイムアップ。それと、ごめんなさい。このままじゃ喋《しゃべ》れないですよね」

少女はライターをポケットに入れ、私の口を塞いでいたテープを勢いよく剝《は》がした。痛みと引き換えに、口で呼吸することが許される。

「お前は一体……、誰なんだ」

狐の面が、斜めに傾く。

「あらら。最初の質問がそれですか」

「何を――」

「どうして私が先生だと知っているんだ、と訊《き》くべきです」

甘えるような声で「先生」と繰り返してから、少女は不気味に笑った。

全身がぞくりと粟立《あわだ》つ。弁護士の肩書を持っているので、先生と呼ばれるのには慣れている。だが、フォックスと出会ったＳＮＳでは、職業は伏せて登録していた。

「私を知っているのか？」

「ええ、雨田《あめだ》先生。目覚まし時計の替わりに、ライターを使う程度には」

ライター、炎、火傷《やけど》。

まさか、茉莉《まり》が関《かか》わっているのか？

「待て。君は勘違いを……」

「勘違いしてるのはあなたです。全部、演出ですよ」

発言の意図を理解することはできなかった。

辺りを見回すと、さらに信じられないものが視界に飛び込んできた。部屋の片隅《かたすみ》に寄せられた巨大なベッドから、人の足が何本もはみ出していたのである。

「やっと気付きました？」

「そこに、誰が……」

素足が二本。スラックスを穿《は》いた足が四本。つまり、三人いる。

ベッドを横切るように並び、ふくらはぎから上はブランケットで覆われている。

「安心してください。まだ生きてますから」

立ち上がった少女は、ブランケットを乱雑に引いた。現れたのは二人の男性と一人の女性。性別は、服装と体格から想像する必要があった。彼らも、狐の面を被《かぶ》っていたからだ。

こちらを向くように並んだ三つの狐の面は、儀式めいたものを連想させた。

「意識を失ってるだけです。先生は、記念すべき一人目の被害者」

「どうやって、これだけの人数を……」

「先生と同じ方法ですよ。時間の調整には苦労したけど、簡単に騙せちゃって拍子抜《ひょうしぬ》けです。大人なのに、知能レベルはクラスメイトと変わらないんですね」

少女の素顔を思い出す。化粧でごまかしていたが、彼女は高校生なのかもしれない。

「ああ、その子は別です。彼女は、私のお姉ちゃん」

「……姉？」

ベッドの端《はし》に横たわっている女性に視線を向ける。

「混乱してるみたいですね。煙草《たばこ》を吸えば落ち着きますか？」

少女は上着のポケットを探り、白と緑の煙草のパッケージを取り出した。

自分の煙草なので、青みがかった視界でも正しい絵柄《えがら》がわかる。その中に入っていた一本が、半開きの私の口に押し込まれた。

「たしか、吸いながら火をつけるんですよね」

ガスライターの炎が目の前に差し出される。反射的に息を吸って、火をつけてしまった。

しかしその直後、咥《くわ》えていた煙草を取り上げられた。

肺まで届かなかった煙が、口から漏れた。

そのまま、火がついた煙草の先端を右腕に押し付けられる。

「ぐっ……！」

「この状態で吸おうとするって、バカなんですか？」

少女は、スニーカーで煙草を踏み消した。

「自分が何をしてるか……、わかっているのか」

「悪人退治ですかね」

「ふざけるな。金が目的なんだろ？」

ラブホテルに呼び出した男の財布を盗んだり、未成年であることを明かして金銭を脅し取る事件は、弁護人や付添人としてこれまで何件か手掛けてきた。

「お金のためだけに、これだけの人数を監禁すると思いますか？　そう信じたい気持ちはわかりますけど、事態はもっと深刻です。これから、この部屋にいる人を皆殺しにします」

狐の面を右手で触りながら、少女は再び笑った。

「ガキが――、悪ふざけもいい加減にしろ」

「そのガキに拘束されちゃってる、間抜けな大人に言われてもなあ」

怒りに任せて立ち上がろうとしたが、椅子が僅《わず》かに動いただけだった。

「嫌だなあ。そんなに睨《にら》まないでくださいよ。怖い、怖い。じゃあ、悪ふざけじゃないことを証明しますね」

少女は足元のスーツケースを開き、中身をテーブルに並べ始めた。

「これが何か、わかります？」

「まさか……、本気で言ってるのか」

テーブルの上には、四つの物体が置かれていた。

ナイフ、トンカチ、ロープ、注射器。

「だから、そう言ってるじゃないですか。刺殺、撲殺、絞殺、毒殺。他《ほか》の人と同じ殺され方は選択できません。つまり……、早い者勝ちです。先生には、すべてから選ぶ権利があります。不幸中の幸いですね。どれにします？」

どれも玩具《がんぐ》には見えない。凶器と呼ぶに相応《ふさわ》しい代物である。

「私が君に何をしたというんだ」

「理由なんてありませんよ。あなたに対する個人的な恨みも持ち合わせていません。だって、意味があるのは、殺人という行為自体だから。その対象は、単なるおまけです」

「茉莉に頼まれたんだろ。あれは、違うんだ――」

「人の話、聞いてます？」狐の面から溜息《ためいき》がこぼれる。

「愚か者には、制裁を。そういうわけで、選択権を奪っちゃいます。あーあ。勿体《もったい》ないなあ。絶対、毒殺が一番楽に死ねたと思いますよ？　どれにしようかな」

人差し指を立てながら、少女は凶器を指さしていった。

「人を殺したらどうなるか、君にもわかるはずだ」

「わかりません。どうなるんですか？」

私のほうを見もせずに、興味が無さそうな口調で訊いてきた。

「殺人罪は、死刑まで認められている重罪だ」

乾いた舌打ち。近付いてきた少女が、無言で右手を前に出す。

直後、経験したことがない激痛が左肩を襲った。

「嘘《うそ》は良くないなあ……。弁護士がそういう発言をしちゃダメでしょ」

突き刺さったナイフが抜かれる。左肩が焼けるように熱い。

こいつは、本気で私を殺そうとしている。

「何のことだ――」

しかし、少女の返答はない。両手で狐の面を押さえて、立ち尽くしていた。

血で染まったナイフが足元に落ちている。

「ああ、もう……、臭いなあ。先生の血、汚いよ」

このままだと殺される。どうにかして時間を稼ぎ、手足の拘束を解かなければ。

「未成年だから、刑罰は科されない。そう考えてるんじゃないのか？」

「……だったら？」

少女は、崩れるようにしゃがみ込んだ。荒い息遣いが聞こえてくる。

「少年法が対象とする未成年でも、刑罰を科されることはある。殺人を犯せば、成人と同じように刑事処分に問われるのが通常だ。考え直せ。まだ引き返せるから」

呼吸を整えた少女が、ナイフを拾って立ち上がる。

「良かった。私の理解は間違ってなかったみたいですね。人を殺したらどうなるのかなんて、学校の先生には訊けませんから」

繰り出されたナイフが、右肩に突き刺さる。

「嘘はついてない……。信じてくれ……」

「ああ、もう、何なの――」再び、少女の呼吸が乱れる。

「こんなの無意味」

返り血に染まった右手で、少女は狐の面を外した。

霞《かす》む視界に、ここまで私を連れてきた少女の顔を捉《とら》える。

「刑事未成年って知ってますよね」

それは、私が説明から省略した単語だった。

近くにあったテーブルに、狐の面が投げ捨てられる。代わりに、何かが落ちた。

あれは……携帯か？

ベッドから微《かす》かな物音が聞こえた。誰かが意識を取り戻したのかもしれない。

「助けてくれ……！　このままだと全員殺される……！」

狐の面は、ぴくりとも動かない。

充血した目でナイフを握りしめる少女が、私の視界を遮《さえぎ》った。

「時間切れ。私は十三歳、法では裁かれない存在なの」

そんなバカな。

弁護士、検察官、調査官、裁判官。

騙されるな。こいつは……、
こいつだけは、絶対にやり直せない。

「さよなら、先生」

第一章　少年は、時を刻む。

っくしょん――。

できそこないのくしゃみが、喉《のど》と鼻の間くらいで鳴った。

「風邪ですか？　真昼《まひる》さん」

パイプ椅子に座る少年が、僕の顔を覗《のぞ》き込《こ》んでくる。

「いや、大丈夫。誰かが噂《うわさ》してるのかな」

少年は首を傾《かし》げた。今どきの高校生には、この迷信は通用しないのだろうか。

「空気悪いんですよね。窓もないし、息苦しくなりません？」

「居室に比べればマシだと思うけど」

少年が不平を漏らす部屋は、調査室と呼ばれている。調査の対象は生意気な高校二年生で、彼と向き合おうとしているのが、家庭裁判所調査官の僕――瀬良《せら》真昼――だ。

「ああ。あれはひどい。トイレの隣で寝ろっていうんですよ？　いくら収容所だからって、ひどすぎると思います」

「収容所じゃなくて、鑑別所ね」

正確には、少年鑑別所――。わけあって送り込まれた少年を調査したり、捜査段階の少年を一時的に身体拘束する施設だ。ちなみに、ここでいう「少年」には、少女も含まれる。僕が話しているのは非行を犯した男子高校生なので、どちらの意味でも「少年」だ。

「調査なら、前にしたばっかりじゃないですか」

「同じ調査を受けずに済む選択肢を、君には与えたはずだよ」

「真昼さん……、やっぱり怒ってます？」

僕のことを「真昼さん」と呼ぶ少年は多い。不思議なことに、変わった名前の持ち主ほど、その呼び名を好んで使う。僕自身は、無邪気に明るい性格をイメージされがちな自分の名前は好きでも嫌いでもないのだが、類は友を呼ぶということなのだろうか。

ちなみに、眼前の少年「影《かげ》戸《と》圭《けい》」は、僕の頭の中では「影時計」と変換されている。

「残念だなって思っただけ。別に怒ってるわけじゃない」ダメな教師が口にしそうな台詞《せりふ》だ。「真昼って元気そうな名前だけど、じめっとした性格なんだよ」

「えっと……、その冗談を聞くのも二度目です」

「同じ冗談を聞かずに済む選択肢を――」

「ループしてます。俺だって、こんなところには戻りたくなかったですよ」

「なのに、川上《かわかみ》くんの目にドライバーを突き刺そうとしたわけ？」

「それだけのことをしたからね」

前回の事件の際には見せなかった、攻撃的な表情。

「一緒に万引きをしたくらいなんだから、友達だったんじゃないの？」

「びびって店にチクりやがった。あいつのせいで、俺は――」

「それが動機？」

「どうせ、真昼さんには理解できない」

僕を睨みながら、圭は言った。

「正直に話してくれれば、理解できるかもしれない」

「無理だよ。大人は信用できない」

職場では若手に分類されているし、童顔のせいで大学生と間違われることもある。それでも高校生の圭から見れば、僕も冴《さ》えないおっさんの一人にすぎないだろう。

「この前とは、別人みたいだね」

「もう、優等生の振りをする必要もないでしょ」

確かに、三ヵ月ほど前に面接したときは、彼は優等生の犯罪少年だった。

デジタルコンテンツを購入できるプリペイドカードを万引き（レジを通さないとカードは有効化されないが、その事実を知らなかったらしい）したところを店員に見つかった。素直に捕まっていればよかったのに、追いかけてきた店員に飛び膝蹴《ひざげ》りをお見舞い。その後、一緒にいた同級生の川上慎吾《しんご》が母親に打ち明けて、圭は逮捕されるに至った。

逮捕された少年は、軽微な事件を起こしたにすぎない場合でも、すべて家庭裁判所に送致される。これを全件送致主義と呼ぶ。成人が罪を犯した場合は、罪の重さや前科の有無に応じて検察官が不起訴を選択することが少なくない。というか、割と多い。少年事件ではそういった例外が認められておらず、審判手続を開始するかは裁判所の判断に委《ゆだ》ねられている。

有効化されていないプリペイドカードはただの紙切れなので、あえてそれを狙《ねら》ったということは常習犯の可能性は低い。もっとも、店員に暴力を振るった点は看過できないと判断され、川上少年は審判不開始となったが、圭には審判開始決定が出された。

かくして、僕は三ヵ月前も、担当調査官として彼と調査室で向き合った。検察から送られてきた資料だと肩にかかるくらい長い茶髪だったのに、俯《うつむ》いていたのは野球少年にしか見えない坊《ぼう》主《ず》頭だった。鑑別所に入所してすぐに、頭を丸めたいと申し入れたらしい。

少年の本音を引き出して、何が適切な処分かを考えるのが、調査官の役割だ。反省の言葉を繰り返し口にして、何が悪かったのか拙《つたな》い言葉でノートに書き記す。圭の立ち居振る舞いは、僕のような未熟な調査官を欺くには充分なものだった。

家庭環境の問題は改善の見込みがあり、過去の非行歴もない。保護観察処分も少年院送致もあり得る事案だと思ったが、僕は前者が相当だと記載した報告書を裁判官に提出した。

保護観察官や保護司の指導監督に服する必要はあれど、悪い噂が飛び交う少年院送致に比べれば保護観察処分のほうが何倍もマシだと考えるのが、「少年」の間での常識だ。

それなのに圭は、手に入れた自由を手放した。

「保護観察中に問題を起こしたらまずいとは考えなかったの？」

「少年院送りになることくらい、俺だってわかってますよ」

「それでも、復讐《ふくしゅう》しなくちゃいけなかった？　前にも言ったけど、川上くんが店に謝りに行かなくても、君は捕まっていたと思うよ。監視カメラに映っていたしね」

「そういう問題じゃない」

「じゃあ、どういう問題？」

男がすたる、面子《メンツ》が立たない——。一昔前の不良少年なら、そう答えただろう。

「このまま許したら、ヤバいと思ったんだ」

「……そうだね。ヤバいね」

「バカにしてるでしょ？」

「いやいや、君の素直な気持ちを聞きたいだけだよ。でもさ、さすがにドライバーはやりすぎだって。大事には至らなかったけど、失明する危険もあったんだから」

「殴るだけじゃ気が済まなかった」

「じゃあ……、せめてシャーペンにするべきだったね」

圭はぽかんと口を開けた。余計なことを言ったと、遅れて気付く。

「ドライバーでもシャーペンでも一緒じゃん」

「ドライバーって、普通は手元にないでしょ。そんなのを刺せば、計画的な行動だって解釈せざるを得ない。だけどシャーペンなら、カッとなって筆箱から出したと言い訳できた」

少年の心を開くには、ある程度の思い切りは必要だ。

案の定、圭は口元を緩《ゆる》めた。「へえ。今度やるときは、気を付けるよ」

「刺さずに済む解決法を考えてくれると、僕としては助かるんだけどね。さして喜ばれるのは、目薬くらいだよ」

言葉の綾《あや》で、目薬は「刺す」ものではないし、他人に目薬をさされるのも僕は嫌だ。

「真昼さんって、変わってるよな」

「投げやりになってるだけ」本音を漏らす。

「調査官って、みんな真昼さんみたいな感じなの？」

「確認する機会が訪れないことを願ってる」

そんな皮肉を口にすると、唐突に話題が変わった。

「心の瞳《ひとみ》って曲を、学校で歌わされたんだけど」

「ああ。その曲なら僕も知ってる。坂本《さかもと》九《きゅう》でしょ？」

「誰の曲かは知らない。心の瞳で見つめれば、愛することの意味がわかるんだって」

「ふうん。それで？」

そこまで断定的な歌詞だったかなと思いながら訊く。

「真昼さんも、心の瞳で俺を見てよ」

「愛する意味を教えるために？」

「どうしてドライバーで刺そうとしたのか、俺の本心を見抜いて」

「それは、君が考えなくちゃいけないことだ」

「考えてもわからないんだ。謝られたけど、許せなくて……。授業をサボって、ドライバーを買って、あいつに飛び掛かった。ヤバいよね、俺。自分の感情が、コントロールできなくなるときがあるんだ。そのうち、誰かを殺しちゃうんじゃないかな」

圭は、引きつった笑みを浮かべた。あどけなさが残る面持ちに、影が差す。

「後悔はしてる？」

「うん」

「それは、少年院に入るかもしれないから？」

「わかんない。あいつのこと、やっぱり友達だと思ってたのかな」

「また来るから、それまでに気持ちを整理してみてよ。少年院に入るのを覚悟してるなら、もう取《と》り繕《つくろ》う必要もないだろうし」

俯いた圭を残して、僕はパイプ椅子から立ち上がろうとした。

「ねえ、真昼さん」

「なに？」

「俺、やり直せるのかな」

ひと呼吸の間を置いてから、僕は答えた。

「やり直せるから、少年なんだよ」

＊

面接の終了を職員に告げて、鑑別所を後にした。

淡いベージュの外壁、色とりどりの花が植えられた花壇、広い敷地《しきち》。名称を聞かなければ、病院や学校と勘違いする者も多くいるだろう。三メートルほどの高さの塀と、ところどころに見られる小さな窓が、他の福祉施設と見分けるヒントになる。

歩いて裁判所に戻ることにした。頬に、秋の終わりを告げる冷たい風が当たる。

やり直せるから、少年なんだよ――。去り際の発言を振り返る。

研修所でも、裁判所でも、少年法の理念を叩《たた》きこまれた。

精神的に未熟で不安定な少年は、家庭や学校といった環境の影響を受けやすい。そのような少年が道を踏み外しても、深い犯罪性に根差すものとは限らないから、成人と同じように刑罰を科して責任を追及するのが妥当とはいえない。すなわち、心も身体も発展途上の少年には、教育的手段を用いて更生を促すのが効果的で、社会にとっても利益になる。

まとめれば、『やり直せる少年には、教育で更生の道を切り開こう』となる。

けれど、理念と現実は、必ずしも一致するものではない。

やり直せなかった少年を、この目で見てきた。荒《すさ》んだ家庭、鑑別所、少年院。居場所を見つけられないまま、彼らは社会と塀の中を行き来する。成人してから罪を犯せば、刑務所に入る道が開かれる。もう少年ではないから、君はやり直せないんだよ。そんな烙印《らくいん》を、社会から、国から、裁判官から、元少年は押される。

窃盗と傷害事件を起こした圭も、非行の程度はかなり重い。

それを自覚しているから、自身の行く末を不安に思って僕に質問したのだろう。

何と答えるのが、正解だったのか。

担当している二十件近くの事件記録がロッカーに並んでいるので、深く考える時間はない。裁判所に戻ったときには、僕の頭の中は別の事件に関する情報に切り替わっていた。

「戻りました、主任」

フレームがべっこう色の丸眼鏡《めがね》をかけた上柳《かみやなぎ》主任が、顔を上げる。

右手に携帯が握られていたので、おや？　と思った。温厚で生真面目《きまじめ》な主任が、昼休みでもない時間に携帯を弄《いじ》っていることに違和感を覚えたからだ。

「ああ、お帰り」

いつもなら、面接をした少年の様子を訊かれるところだ。

確認がないということは——、

「何かあったんですか？」

「そっか……。瀬良くんはまだ知らないのか。事件だよ、大事件」

「誰かがやらかしたんですね」

思い付いた可能性は、二つあった。

「そうそう。盛大にやらかしちゃったんだよ」

「職員ですか？　少年ですか？」

「すごい二択を突き付けてくるね」

「職員の不祥事なら、管理職の主任にとっては一大事でしょうけど」

「少年が、とんでもない事件を起こしたとしたら？」

「真剣に聞く必要があると思います」

職員の些細《ささい》なミスが大袈裟《おおげさ》に騒ぎ立てられるのは、誠実に職務を遂行するのが当然の前提とされているからだ。それに比べて、非行に走ることも織り込み済みの少年は、よほどの事件を起こさない限り、『とんでもない事件』とは形容されない。

「残念だけど、少年だよ。というか、狐の少女」

そう答えたのは、斜め前の席に座る篠塚《しのづか》さんだった。きりっとした目元が特徴的な、頼れるお姉さん調査官である。僕が部屋に入ったときは電話中だったが終わったようだ。

「狐の少女？」

篠塚さんは、煩わしそうに手を顔の前で振った。

「ＵＲＬを送ったから」

携帯を取り出すと、動画投稿サイトのＵＲＬが記載されたメッセージが届いていた。

少年と動画投稿サイト。嫌な組み合わせだ。

「瀬良くん」上柳主任が、眼鏡を指で押し上げながら言った。「心して見るんだよ」

「脅さないでくださいよ」

「私は、トラウマになりかけてる」

少年事件を取り扱う調査官は、衝撃度が強い写真に対する耐性はそれなりにある。傷害事件などでは、そういった写真が添付された記録が送られてくるからだ。

それが動画に変わったところで、たいした違いはないだろう。と内心では思いながら、いや、若干の緊張を覚えながら、僕はＵＲＬをタップした。

すると、すぐに動画が再生された。

縦長のアスペクト比の動画。おそらく、携帯のカメラで撮影したものだろう。画角は狭いが、何が映っているのかは問題なく確認できる。

画面には、二脚の椅子が映し出されていた。一方には、スーツを着た人物が座らされている。手足を縛られ、狐の面を被った状態で。子供が好みそうなデザインのお面の下に、髭《ひげ》とテープで覆われた口元。そのアンバランスが、不気味さを際立たせている。

これが、篠塚さんが言った「狐」か。

では、「少女」は？

空席だったもう一脚の椅子に、小柄な人物が歩いて向かっていく。

カーディガンとスカート。長い黒髪。そして、狐の面。

彼女が、狐の少女。

椅子まで行った少女は、ちょこんと座る。足が床に付かず、ぶらぶらと揺れている。

男性が拘束されていなければ、微笑《ほほえ》ましい光景だと思ったかもしれない。

だが、そこからの展開は衝撃の連続だった。

立ち上がった少女。右手に握られたライター。揺らめくオレンジの炎。

炙られた男性の右腕。びくんと跳ねた身体。うめき声。

——おはようございます。……先生。

——どうしてこんなことになったか、わかります？

——タイムアップ。

剝がされた口元のテープ。数秒の空白。絞り出された疑問。

——お前は一体……、誰なんだ。

取り乱した男性の声。少女の高い笑い声。

——そこに、誰が……。

——安心してください。まだ生きてますから。

画面から消えた少女。手足を拘束されたままの男性。

——先生は、記念すべき一人目の被害者。

差し出されたライター。男性の右腕に押し付けられた煙草。

——この部屋にいる人を皆殺しにします。

その発言だけ、エコーがかかっているように耳の奥に残った。思わず、篠塚さんの顔を見る。携帯のスピーカーから、音は漏れている。けれど、反応は返ってこなかった。

携帯の画面に視線を戻すと、テーブルの上に四つの凶器が並べられていた。

——刺殺、撲殺、絞殺、毒殺。他の人と同じ殺され方は選択できません。

——人を殺したらどうなるか、君にもわかるはずだ。

男性の左肩に突き刺さったナイフ。血。嗚咽《おえつ》。

「マジかよ……」言葉が、漏れた。

——少年法が対象とする未成年でも、刑罰を科されることはある。

男性が言ったことは、間違っていない。少年審判ではなく刑事処分が相当だという裁判官の判断に基づいて検察に送り返された事件を担当した経験もある。

再び繰り出されたナイフが、男性を襲う。

——こんなの無意味。

狐の面が外される。そして、少女の素顔が映った。

これまで僕は、非行に走った多くの少年を見てきた。奇声を発して暴《あば》れ出した少年がいた。社会から見放された少年がいた。命を奪ってしまった少年もいた。

未来を絶望している目、感情が読み取れない目、威嚇的な目。正面から少年の目を見れば、抱えている問題の重さについて、ある程度の分析はできるようになった。

けれど、少女の目は違った。真っ赤に充血した目を見て、僕は恐怖を覚えた。

――刑事未成年って知ってますよね。

投げ捨てられた狐の面が、カメラに当たった。

撃墜された戦闘機のように画面が回転し、フローリングの床を映し出す。

暗転して動画が停止したあとも、しばらく顔を上げることができなかった。

「それで終わりだよ」篠塚さんが言った。

「何なんですか、これ……」

「誰かが無断でアップロードした動画。元は、生放送だったんだって」

「……生放送？」

「とある教師が個人的に開設したチャンネルで、急に生放送が始まったらしい。ああ……。そのチャンネルは削除されてるよ。登録者は少なくて、生放送を見られた人はほとんどいない。私も主任も、瀬良くんに送ったのと同じ動画を見ただけ」

「その教師って、何者なんですか？」

「さあ。でも、嫌な感じはするでしょ。教師って聞くとさ」

篠塚さんが言いたいことは、何となくわかった。

「あの……、続きはないんですか？　他にも監禁されてる人がいましたよね」

「今のところは、さっきの動画しか投稿されていない。でも、ネットには、二回目の生放送を見たって書き込みもあった。アップロードされるのを待つしかない」

　ここまで篠塚さんが積極的に調べているのは、好奇心だけが動機ではない。無関心ではいられない事情が、動画の中で仄《ほの》めかされてしまったからだろう。

「刑事未成年って、最後に言ってました」

「そう。聞きたくなかったよ」篠塚さんが顔をしかめた。

「瀬良くん。刑事未成年の定義は？」

　主任に訊かれた。さすがに、その程度の質問には答えられる。

「十四歳に満たない少年のことですよね。刑事未成年の行為は罰しないと刑法で定められているので、どんな罪を犯しても刑罰を科すことはできない」

　仮にそれが、殺人であったとしても。

「重罪を犯した刑事未成年者は、少年審判手続のレールに乗せられる。狐の面の少女が本当に十三歳以下なら、日本中が注目する少年事件になるだろうね」

　もしも僕が、この子を担当する調査官になったら。

　狐の面ではなく、素顔の少女と、鑑別所で向き合う。

　非行に走った原因を突き止めるために、僕は訊かなければならない。どうして、刺したのか。どうして、生放送を行ったのか。どうして、狐の面なのか。どうして――、
聞き取った内容を報告書にまとめて、相当と考える処分を裁判官に具申する。

僕に……できるのか？

「貧乏くじを引くのは、どの裁判所かな」主任が、大きく伸びをして言った。

確率で考えれば、僕が事件を担当する可能性は低い。きっと、全国に散らばっている調査官の多くが、同じようなことを考えている。

いや、自分がこの少女を更生させるんだと使命感に燃えている調査官もいるかもしれない。そういった熱意を持った調査官が、担当すべき事件だ。

僕は、彼女と向き合う自信がない。

「瀬良くんって、何歳？」突然、篠塚さんが訊いてきた。

「二十八です」

「あのホテルに見覚えは？」

「それ……、さっきの質問と、どう繋《つな》がってるんですか」

「若者なら、ホテルにも詳しいでしょ」

篠塚さんはたまに、冗談かどうかの判別が付かない発言をする。

「その論理が正しいとすると、篠塚さんも昔は詳しかったことになりますけど」

「ふうん。聞かなかったことにしてあげる」

事件についての情報をネットで集めたいところだが、この部屋では一番若手なので、堂々と携帯を弄るわけにはいかない。報告書を起案するために、パソコンを立ち上げた。

「そういえば、鑑別所で再会した少年はどうだったんだい？」

大分遅れて、上柳主任は今日の面接の報告を求めてきた。

「えっと……、難しい少年なんですよね」

「前回は万引きで、今回は傷害。非行の程度は重くなっていそうだね」

「万引きのときも店員に飛び膝蹴りをくらわせているので、どっちもどっちではあるんです。今回は、そのときに通報した同級生の目に、ドライバーを突き刺そうとしました」

「復讐かな」

「うーん。なんか、込み入った事情がありそうで……」

「どうして、そう思うんだい？」

手元の資料から視線を上げた主任に訊かれた。

「心の瞳で、非行に走った原因を見抜いてほしいって言われたんです」

「そんな瞳が手に入るなら、私は百万円出すよ」

視力矯正手術のように、角膜にレーザーを照射している状況を想像した。

「センチメンタルな少年が言いそうなことじゃない」篠塚さんが、割って入ってきた。「何が引っ掛かるわけ？」

「前回は、模範的な受け答えをしていたんですよ」

「それで瀬良くんは、保護観察を選択した」含みを持たせた声で、篠塚さんは言った。

「少年院に入れておけば、同級生の目は守れたわけです」

「知識がある子は、調査官の前では尻尾《しっぽ》を出さない。裁判官の手先を騙せば少年院送りは避けられる。そんな噂が流れてるくらいなんだから」

「今回は少年院に入るのも覚悟しているみたいで、面接でも言いたいことをストレートに表現しています。それなのに、心の瞳のやり取りだけ抽象的だったのが気になって」

鑑別所から戻ってくる間に歌詞を調べたが、懐《なつ》かしさがこみあげただけだった。

「自分でも、非行に走った理由がわかってないとか」

「本人も、そう言ってました。でも、ドライバーまで準備してるんですよ？　逆に、明確な意志みたいなのを感じちゃって」

「ドライバーに？」

「ペンでもコンパスでもよかったわけです。凶器になり得るものは学校にたくさんあったはずなのに、あえてホームセンターでドライバーを買った。引っ掛かりませんか？」

「文房具にするべきだったって、本人には言ってないよね？」

「――まさか」

篠塚さんから視線を逸《そ》らして答えた。

「考えすぎだよって言いたいところだけど、瀬良くんの直感ってなぜか当たるからなあ」

「直感じゃなくて分析です」

「根拠はないくせに」

僕と篠塚さんのやり取りを眺《なが》めていた主任が口を開く。

「瀬良くんはさ、少年事件における調査官の役割をどう考えているんだい？」

「非行に走った要因を多角的な視点から明らかにして、更生を促すために相当と考える処分を裁判官に具申すること……、ですかね」

「採用試験の面接じゃないんだから、自分の言葉で答えてほしいな」主任は苦笑した。「私は、ぼんやりと照らしてあげることだと思うんだよね」

「照らす？」

「立ち直るきっかけを与えるというのは、瀬良くんが言ったとおりだと思うよ。でも、大事なのは、その手段だ。非行に走る少年の中には、暗闇《くらやみ》に放り出されて道に迷った子もいるけど、それ以上に多いのは、こっちに行けあっちに行けと指示する大人から逃げようとして、反対の道を選んでしまった子なんじゃないかな」

「ああ。わかります」

「調査官は少年に光を当てなくちゃいけないけど、それがレーザーポインターであってはならないんだよ。一点を赤く示して、それが更生に繋がる道だと教える。そうすれば、一旦《いったん》は道に戻れるかもしれない。でも、光が消えたらまた迷ってしまう。そうじゃなくて、ランプでぼんやりと照らすだけでいいんだ。手探りで道を選べるくらいの、弱い光で。瀬良くんは、優秀な調査官になれる資質がある。非行の要因を明らかにすることは、若手とは思えないほど上手だしね。だけど、少年の目を眩《くら》ませてはだめだよ。そろそろ、瀬良くんも異動する頃だろうから。じんわり照らす大切さを学んでいってほしい」

　調査官は、転勤が多い職種だ。この支部に来てから、もう三年。おそらく僕は、来年の四月に別の裁判所に異動するだろう。

「真昼の太陽だから、光が強いんでしょうね」篠塚さんが、揶揄《やゆ》するように言った。

　主任や篠塚さんと働けるのも、あと数ヵ月しかない。空白のテキストが表示されたパソコンの画面を、何か思い付けと念じながら眺めた。

神様が、私の前に現れた。

嘘じゃない、でたらめじゃない、私は救われたんだから。

昨日は、眠るのが怖かった。

起きたら、すべてが元通りになっている気がして。

でも、あいつはもういない。

これは、現実なんだ。夢じゃないんだ。

神様なんていないと思ってた。

もしいたとしても、私の前には現れない。

幸せな子の前だけに現れる、サンタクロースと一緒なんだって。

一昨年のクリスマスから、地獄が始まった。

死にたいと思った。生まれてきたことを後悔した。

そのうち殺されるんだって諦《あきら》めてた。

でも、あいつは消えた。この世のどこにもいない。

怯《おび》えなくていい。もう死んだ。

狐の神様が殺してくれた。

ありがとう。あなたは本当に、私の神様だよ。

僕が手を差し伸べられるのは、物干し竿《ざお》が届く範囲にいる少年だけだ。

調査官として培ってきた知識や経験が、物干し竿程度の武器になっている。一方でそれは、保護者や学校の先生が期待しているほど万能ではない。優秀で経験も豊富な調査官なら、スカイツリーくらいの高さまで手が届いて、そこから伸ばしたアンテナで全国各地と交信ができるのかもしれない。むしろ、周囲の期待に応《こた》えるにはそれくらいの能力が必要だ。

だけど僕が使えるのは、まだ物干し竿しかない。

不思議なもので、そんなふうに割り切ってからのほうが、少年と向き合えている。手を抜き始めたわけではなく、背伸びをやめただけだ。背伸びをして少年に話しかけたら、繊細な彼らは見下されたと誤解しかねない。

同じ目線で接して違和感を覚えた場合は、物干し竿を握る手に力を入れる。

影戸圭も、要注意認定を下した少年の一人だ。

三ヵ月前の万引き（プラス飛び膝蹴り）事件と今回の傷害事件は、繋がっている。まずは、前回の事件記録を読み直すことにした。

圭が盗もうとしたプリペイドカードは、有効化されていれば総額十万円を超える量だった。社会人の僕でも支払えと言われたら困るし、高校生にとっては非現実的な額だろう。

だが、記録を読み進めていくと、圭にとっては現実離れした額ではなかったと気付く。

多い月で十五万円、少ない月でも八万円。それが、事件を起こした月から遡《さかのぼ》って半年間の圭の携帯使用料金である。基本料金や通話料金を合算した額は一万円にも満たない。残りの金額はすべて、一つのゲームに費やされた課金額だ。

ライト・プルーフ——。ライプルと呼ばれるオンラインカードゲームが、圭が熱中していたゲームの名称である。ゲームに詳しくない僕でも、そのタイトルには聞き覚えがあった。つい最近も、ダウンロード数が二千万件を超えたというニュースをネットで目にした。

簡単に調べてみたところ、戦略性が問われる駆け引きや凝《こ》ったグラフィックが話題となり、瞬《またた》く間《ま》に人気ゲームとしての地位を確立したらしい。その勢いは現在も留《とど》まるところを知らず、世界大会が頻繁に開かれ、プロチームも発足している。

圭も、ライプルの魅力に取り憑《つ》かれたユーザーの一人だった。もちろん、そこを問題視するつもりはない。ゲームなんかに現《うつつ》を抜かして——と溜息を吐《つ》く大人の中には、ゲームセンターに通い詰める少年時代を送った者が一定数いる。

問題は、平均すると一月十万円を超える課金額だ。両親は共働きで、資産家の親族もいないため、湯水のようにお小遣いをもらえていたとは思えない。また、通っている高校ではバイトが禁止されていて、本人も働いた経験はないと答えている。そうなると、違法な手段で荒稼ぎをしていた可能性を疑いたくなるが、公的な記録での非行歴は見当たらない。

それでは、どこから課金額を捻出《ねんしゅつ》していたのか？

答えは供述調書に書かれていた。動画投稿サイトの広告料が、圭の収入源だった。開設したチャンネルから、ライプルの動画を投稿していたのだ。対戦動画、カードパックの開封動画、デッキの考察動画。広告を設定した動画が再生されると、その回数に応じて報酬が振り込まれる。一年前の公式大会で高校一年生ながら入賞を果たしたことで、チャンネル登録者数や再生回数が伸び始めた。

　そうして手に入れた報酬を、圭は課金額に充てた。ライプルで稼いで、ライプルに注《つ》ぎ込む。それなりの額の金銭が、最短距離で循環していたことになる。


「心の瞳で、事件を見つめ直したよ」

　二度目の面接を行うために、僕は調査室で圭と向き合っている。もともと線が細かったのに、この一週間でさらに痩《や》せたように見える。

「何かわかりました？」

　感情的にならなければ、圭の言葉遣いは丁寧だ。

「愛することの意味は模索中だけど、君が非行に走った理由はわかった気がする」

「へえ……、すごい。教えてください」

「前回も言ったよね。自分で気付かないと意味がないって」

　坊主頭が伸びてハリネズミのようになった短髪を、圭は指先で触った。

「考えてもわからないんです。あいつを許せなかったのは間違いないけど」

「じゃあ、一緒に考えよう」圭の目を見て、僕は続けた。「ライプルは、まだ続けてるの？」

「引退しましたよ。アプリも消したし」

「そうなんだ。アカウントは誰かに売っちゃった？」

圭の顎《あご》が僅かに傾いた。「……どうして、そんなことを訊くんですか？」

「あれだけ課金していればカードも揃《そろ》ってるだろうし、大会の入賞者しかもらえない限定の称号もあったはずでしょ。それなりに高く売れたんじゃないかと思って」

「真昼さん、ライプルに詳しいんですね」

「ぜんぜん知らなかったよ。五日くらい前にダウンロードしたんだ。案外、大人でも楽しめるものだね。まあ、ランクはＤなんだけど」

　ようやくビギナーを脱したランク帯だが、面白いと思ったのは事実だった。

「俺のことを調べるために？」

「やってみなきゃわからないことって、たくさんあるからさ。まだアカウントが残ってるなら、僕がもらおうと思ったんだ。強いカードが足りなくて、ほとんど勝てない」

「アカウントの売買って、規約違反ですよ」

「そうなんだ。じゃあ、今のは聞かなかったことにして。でもさ、そこまでやりこんでたのに、引退に未練はないの？」

「所詮《しょせん》はゲームだし、後悔してません」

「月に十万円以上も稼いでいたなら、仕事といっていいんじゃないかな」

「ああ……。前回の事件で捕まってる間に、チャンネルの登録者はがっつり減りました」

　うまく誘導できた。難しいのは、ここからの光の当て方だ。

「それが、今回の事件の動機なんじゃない？」

「……どういう意味ですか？」

僕の顔から視線を外して、圭は訊いてきた。

「話を遡らせようか。プリペイドカードを万引きする前まで、君は自分で稼いだお金でカードパックを購入していた。ちゃんと自己完結してたんだから、立派だと思う。でも、事件を起こす一週間くらい前に、とんでもない性能のカードが現れてしまった」

「真昼さん、はまりすぎじゃない？」

「当然、君はそのカードを手に入れようとした。カードパックを開封する動画を見たよ。結末を言っちゃうと、十万円分のパックを開封したのに、目当てのカードは出なかった」

動画には、開封したカードを見てコメントする圭の姿も映っていた。笑顔が、引きつり笑いになり、無表情で終わる。終了間際は、見ているこっちまで息が詰まりそうになった。

コメントを見て驚いたのは、同情よりも批判が多いことだった。

「ライプルには、天井設定がないんです。沼にはまっちゃって……。メタデッキの組み方もわかってたけど、カードを持っていなければ駆け引きが成立しない」

「ごめん。半分くらいしか理解できなかった」

「絶対に引かなくちゃいけないカードだったってことです」

「罪を犯してでも？」

「高校生だとクレジットカードが作れないから、現金じゃないと課金できなかった。前の月の再生数が伸びなくて、振り込みも少なかった。手詰まりだったんです」

翌月まで待てばよかったじゃないか——と訊くのは愚問か。トッププレイヤーとしての地位を保《たも》つには、すぐに手に入れなければならないカードだったのだろう。

「それで、店からプリペイドカードを持ち去ったと」

「結局、ただの紙切れでしたけど」

自嘲《じちょう》気味に笑った圭を見据えながら、僕は言った。

「君だけ審判が開始されて、しばらく鑑別所に入ることになった。非行歴もなくて、ちゃんと反省しているように見えたから、保護観察を選択した。今までどおり高校に通って、ライプルも復帰しよう。また問題を起こすのはまずいから、チクった川上くんのことは許してやろう。そう考えたんじゃない？」

「そんな冷静に考えてたら、ここにいませんって」

未熟な調査官だから、圭の反省した振りに騙された。最初は、僕もそう思っていた。

「チャンネルの登録者数が減った理由に気付いて、自分を見失った」

「稼げなくなって八つ当たりしたって言いたいんですか？」

僕は首を横に振った。いつの間にか、圭の目つきが険《けわ》しくなっていた。

「フィクサーが、君のユーザー名だよね。フィクサーとライプルを組み合わせて検索したら、音声合成ソフトを使って作られた悪趣味な動画が見つかった」

一ヵ月近くもフィクサーが動画を投稿していないことや、ライプルをプレイしていないことを指摘して、その理由を暴露した。目当てのカードが引けず、貯金も尽きて、プリペイドカードを万引きして捕まった。鑑別所にいるから、携帯やパソコンを使えないのだと。

「もともと、フィクサーを快《こころよ》く思っていない人は多くいた。アンチっていうんだよね。高校生で活躍してることへの嫉妬《しっと》だったのかな。まあ、そういう人たちがコメント欄で盛り上がって、動画は拡散された。そんなこんなで、君が復帰しようとしたときには、チャンネルの登録者数も、ライプルでの立ち位置も、いろいろ厳しくなっていた」

　今回の傷害事件で作成された供述調書には、この辺りの事情は書かれていない。圭が説明しなかったからだろう。

「そこまで調べたなら、誰が動画を投稿したのかもわかってるんですよね」

「その一本しか、チャンネルから投稿された動画はなかった。アンチが推測で作ったにしては、事件の情報が特定されすぎてる。もしかしたらと思って、入院中の川上くんに会いに行った。ライプルのユーザー名を教えてもらって、驚いたよ。暴露動画を投稿したチャンネルの名前と一致する、アンビシャスって単語が飛び出してきたから」

「名探偵ですね。疑ってたから、ユーザー名を訊いたんでしょ？」

「心眼の解体者――。それが、君が十万円以上課金しても引けなかったカードの名前だった。プラスドライバーを使って、川上くんの目を解体したかったわけ？」

「心の瞳で見ればわかるって言ったじゃないですか」

「それ……、答えありきのヒントだからね」

「でも、真昼さんは解けたじゃん」

「続きは、自分の口で話してくれないかな」

　報告書に書かなければならないのは、少年自身の気持ちだ。調査官の僕が謎《なぞ》解《と》きをしても圭の更生には直結しない。主任に言わせれば、これでも僕は光を強く当てすぎているのだろう。自分のやり方が正しいと自《うぬ》惚《ぼ》れているわけではないし、上司に歯向かうつもりもない。

ただ、ぼんやりと照らす方法がまだわからないのだ。

　時計の針をゆっくり進めるように、圭は語り出した。

「ライプルを教えてくれたのが、慎吾だった。ハマると、徹底的にやりこんじゃうんです。休み時間も、放課後も、ずっとプレイしてて……、気付いたら、慎吾のランクを抜いてました。上級者とやったほうが楽しかったから、動画を投稿して、トッププレイヤーと繋がろうとした。アンチが増えても気になりませんでした。弱いからひがむんだって思ってたから」

　圭は、困ったような表情で僕を見た。

「ちゃんと聞いてるよ。続けて」

「動画の再生数は伸びたけど、ランクが落ちたら見てもらえなくなると思った。強いカードは、引くのが義務だと勘違いしてた。そんなときに、心眼の解体者が出たんです。ゲームバランスを壊しかねない性能を見て、びびりました。でも、どれだけ引いても出なかった。あのとき、すげー顔だったんじゃないかな。やめようとしても手が止まらなくて、画面を押し続けました。慎吾から電話がかかってきたのは、十五万注ぎ込んだあとです」

「何て言われたの？」

「苦労してるみたいだな。俺もまだ引けてないんだって。話してるうちに、プリペイドカードを万引きすることになってました。どっちが言い出したのかも覚えてないけど……。あとは、瀬良さんが話したとおりです。店員に手を出したのは事実だから、俺だけ鑑別所に入ったのは仕方ない。ここを出たら仲直りしよう。そう思ってました。だけど、あいつは俺を裏切った。きっと、邪魔だって思われてたんでしょうね」

非行に走った動機は、明らかになった。圭は膝の上で拳《こぶし》を握りしめている。

「取り調べで素直に話さなかったのは、どうして？」

「少年院に入るのは変わらないと思ったし、大人が気付けるのか試したくて」

「迷惑なテストだ」苦笑を返した。

「教師も親も……、理解した振りだけはうまいんだもん」

「それが優しさだって思い込んでるんだよ」

衝突を必要以上に恐れて、少年と正面から向き合おうとしない。

噛《か》み合《あ》わない相槌《あいづち》や愛想《あいそ》笑いは、虚《むな》しさしか伝えないのに。

「ちゃんとした大人が見抜いてくれたら、異常じゃないことを証明できると思ったんです。いつかもっとヤバい罪を犯すんじゃないかって不安になったのは、本当だから」

「僕がちゃんとした大人に含まれるかは、微妙なところだと思う」

「でも、気付いてくれて嬉《うれ》しかった」

さて。ここで面接を打ち切るのも、一つの手ではある。あとは、家庭環境さえ調べれば、裁判官に提出する調査報告書は書けるだろう。

けれど、僕は目の前の少年を信じることにした。

「あのさ……、圭くん。ショッキングな事実を打ち明けてもいい？」

「怖い前置きですね」

「動画を投稿したのは、川上くんじゃないんだ」

「は？」圭は、ぽかんと口を開けた。

「ライプルのユーザー名でわざわざ投稿するって、おかしいと思わなかった？」

「バレてもいいやって覚悟してたんでしょ。それくらい、俺を鬱陶《うっとう》しく思ってた。変なことを言い出すのはやめてよ」

「それなら地声で吹き込めばよかったはず。投稿者を特定させないために、音声合成ソフトを使った。つまり、アンビシャスに責任を押し付けようとしたんだ」

回りくどい説明は、少年の反発を招きやすい。案の定、圭の声が大きくなる。

「事件の情報が特定されすぎてるって言ったのは、真昼さんだよ。あんな動画を作れるのは、慎吾しかいなかった」

「けど、川上くんが唯一の関係者ってわけでもない。他にも、事件について知ってる人はいた。学校の先生とか、君の両親とか、あとは、被害者も――」

「違う！　だって、慎吾は否定しなかった。何度も俺に謝ってきた」

「脅されたんだろうね」

「……誰に？」

「事件の情報を把握していて、君を恨んでいた人」

「はっきり言ってよ」

「逃げるときに飛び膝蹴りをくらわせた、バイトの大学生だよ」

復讐の危険性がある以上、不用意に被害者の情報を教えるべきではない。

だが、店員として止めようとした以上の認識を圭は持っていないはずだし、その大学生は既に店を辞めているので、社会復帰後に接近する可能性は低い。

何より、圭の更生のためには、川上慎吾に対する誤解を解く必要がある。裏切られたという思い違いは、罪悪感を薄めて非行を正当化する自己弁護になりかねない。

「どうして……、だって、話したこともないのに」

「バランスを崩して手をついて、手首を捻挫《ねんざ》したんだ」

「……捻挫？　なにそれ。えっ？　それだけ？」

　感情を込めず、事実だけを伝えた。

「弓道部の主将で、全国大会を一週間後に控《ひか》えていた。怪我《けが》を隠して大会に出たけど、結果はぼろぼろだった」

　怪我と結果が繋がっていたのかはわからない。けれど、頭の片隅では、万全の状態だったらと考えてしまっただろう。あの高校生が万引きに来なければ――と。

「そんな」

「来週が全国大会だって張り紙があったわけじゃないし、君が知らなかったのはわかってる。でも、それだけのことって切り捨てていい理由にもならないよね」

　あれなければ、これなし。条件関係を突き詰めていけば、予測不可能なことまで責任を負わなければならなくなる。全国大会の結果にも責任を感じろというのは、行き過ぎた説教だろう。だが、怪我をした本人に言わしめれば……、
　自業自得だろ――。事実関係を確認しただけなのに、店にいた大学生は僕を睨んで追い返そうとした。去り際、あんな奴《やつ》は少年院にぶち込んでおけと怒鳴《どな》られた。

「その人が……、慎吾を脅したっていうんですか？」

「協力を拒否するなら、お前も訴える。そんなことを言われたらしい。川上くんの審判不開始は決まっていたし、金銭的な被害も生じてないから、訴える権限はないんだけどね。それでも、高校生の川上くんには酷な脅しだったと思う」

「協力って？」

「君を追い詰めるために、弱みを探ろうとした。万引きの動機とライプルの情報を明らかにしたら、解放してもらえたってさ」

　圭がライプルに熱中していることや、動画を投稿して稼いでいることを大学生は知った。熱中しているものを理不尽に奪われる苦しみを味わわせる——その辺りが動機だろう。

「それで、アンビシャスを名乗って動画を投稿した……」

「黙ってろと脅されてたから、君にも打ち明けられなかった。話を訊くために病院に行ったら、圭の処分を軽くしてくださいって頼まれたよ。目を潰《つぶ》されかけたのに、君を裏切った罪悪感のほうが川上くんの中では勝っているんだ」

　圭は、俯いたまま固まった。さまざまな想《おも》いが、頭の中を駆け巡っているのだろう。

「俺、慎吾に謝らないと」

「うん、そうだね」

　どのように事件の真相を受け止めるのかは、彼次第だ。受け止めきれず、押し潰されてしまうかもしれない。目を背けて、深い闇に迷い込んでしまうかもしれない。

　けれど——、

「もう一回、やり直したい」

まっすぐな目を見て、この少年は大丈夫だと思った。

「僕の仕事は、君が立ち直るサポートをすること。もし少年院に入る決定が出されても、それは罰するためじゃない。もう一度保護観察に付したとしても、今までの非行がリセットされるわけじゃない。そんな単純な話ではないんだ。だけど、やり直したいって気持ちは大事にしてほしい。何が悪かったのか、これからどうするのかを考えて、審判期日に自分の言葉で裁判官に伝えてみて。審判廷には、僕もいるから」

椅子から上半身を乗り出して聞いていた圭は、大きく頷《うなず》いた。

「はい、わかりました」

「時計の針がちゃんと進むように、僕が光を当てて誘導するよ」

「真昼さん……。その台詞はヤバいです」

そう言って顔を上げた影時計は、陰《かげ》りのない顔で笑った。

「じゃあ、学校とか家族についても訊いていくね――」

本人が更生の意欲を示しても、親身になって寄り添う大人の存在は不可欠だ。周囲の影響を受けやすい少年は、善意も悪意もスポンジのように吸収してしまう。

ほんの僅かな時間しか、僕たち調査官は少年と向き合うことができない。信頼のおける大人を見つけて道案内役を引き継ぐのも、重要な役割だと思っている。

経済的な観点からも、血の繋がりとしても、両親に任せられるのがベストだろう。

「さすがに、親父《おやじ》にも見捨てられたんじゃないかな」

「ちゃんと謝って、事情を説明しなよ」

「それでも許してくれなかったら？」

「許してくれるまで謝る」

「ですよね」吹っ切れたような表情で、圭は呟《つぶや》いた。「俺も、一つ訊いていいですか？」

「うん、いいよ」

「真昼さんは、あの狐もやり直せると思ってますか」

「……狐？」

「この前の事件の犯人です」

「どこで聞いたの？」

鑑別所では、テレビや新聞を自由に見ることは許されていないはずだ。

「昨日入ってきた奴が話してました」

「ああ、なるほど」

入所者同士の会話も制限されてはいるが、運動の時間などに顔を合わせる機会はある。ニュースを見た少年が鑑別所に入り、とんでもない事件が起きたと触れ回ったのだろう。

「俺が言うべきことじゃないだろうけど、そいつはもうダメだと思います」

「僕も、ニュースで流れた情報しか知らない」

圭が求めている答えではないとわかっていながら、言葉を濁《にご》してしまった。

「ムカついて、殺してやろうかと思ったことはあります。でも、考えるのと実際に殺すのは、全然違うじゃないですか。それでも真昼さんは、やり直せるって言うんですか」

「あの子も、いろんな事情を抱えていたのかもしれない」

「大量殺人を犯すような？」

「もちろん、許される行為ではないよ」

僕の調査では、少年との共感を重視している。

同じくらいの年齢で、同じような状況に陥《おちい》っていたら、道を踏み外していたかもしれない。その事実を受け入れた上で、分岐点まで一緒に戻り、正しい道を見つけさせる。

同調できなければ、そのやり方は成り立たない。

「比べても意味ないですよね。すみません、忘れてください」

あの少女は生きている世界が違う——。そう答えれば、圭を安心させられるだろう。だが、僕は調査官として、二人を切り分けることに躊躇《ためら》いを覚えている。

「理解できない事件を起こした少年でも、僕たちは見捨てちゃいけないんだ」

一方で、少女がやり直せるとも断言できなかった。

迷っている？　いや、恐れているんだ。

中途半端《ちゅうとはんぱ》な覚悟で向き合う僕を、圭はまっすぐ見つめていた。

第二章　少女は、雨に嫌われる。

私は、三年前に雨だまりになった。

それまでは、桜《さくら》川《がわ》茉莉という、芸能人にいそうなこじゃれた名前だった。

お父さんもお母さんもモデルの仕事をしていた時期があって、可愛《かわい》い子が生まれるって確信していたんだと思う。その期待に応えられているのかはわからないけど。

かっこよくて優しいお父さんは、事故で死んじゃった。ヘルメットなしでバイクに乗って、ガードレールに突っ込んだ。バカな死に方だって、みんな泣きながら怒ってた。

泣きじゃくってたら、すぐに新しい父親候補がやってきた。

それが、三年前のことだった。

お母さんは、見た目も性格も着せ替え人形みたいな、超絶美人。お父さんも洋服とかと一緒に替えちゃったのかなって悲しくなった。でも、私にもそんなお母さんの血が流れてるから、ごめんねって謝って、お父さんの遺影を押し入れにしまった。

新しい父親のせいで、私は雨田茉莉になった。後付けの、雨だまり。

お母さんは、お金がほしくてあいつと結婚したのかもしれない。お父さんは、かっこよくて優しかったけど、フリーターだった。あいつは、ごみくず野郎だけど、弁護士だった。

お母さん。もっと普通の人は見つけられなかったの？

家族ごっこは、一年も経《た》たないうちに終わった。クリスマスの夜に、あいつは本性を現した。私は、いろんなところに穴を開けられた。見える穴も、見えない穴も。

サンタクロースじゃなくて、警官に助けを求めるために家を飛び出した。

外は雨が降っていた。冬なのに、雪にはなりきれていなくて。

逃げきれずに、あいつに捕まった。

髪の毛を引っ張られて、部屋に閉じ込められた。

ぽつぽつと、雨が屋根に当たり続けていた。うるさいし、涙が止まらないし。

だから、私は雨が嫌い。苗字《みょうじ》も、フルネームも、ぜんぶ嫌い。

でも、もういいの。狐の神様が、殺してくれたから。

お母さんが元気になったら、前の苗字に戻そうって言おう。桜川に戻せないなら、お母さんの実家の苗字でもいい。そうすれば、私は雨だまりから抜け出せる。

まだ、あいつが死んでから半月しか経ってない。時間が経つのって、こんなに遅かった？

周りが慌ただしく動き回るせいで、時計の針も空気を読んでゆっくり進んでるのかな。

刑事も、先生も、記者も、うんざり。お願いだから、放っておいて。

　今日は、半月ぶりに学校に行った。

　定禅寺《じょうぜんじ》高校。お寺と見間違えることはないだろうけど、古風な名前に見合ったぼろぼろの校舎。紺色のセーラー服も、何だか歴史を感じる。良く言えば、伝統のある由緒正しき高校。悪く言えば、時代遅れの建造物。

　おはようって言いながら教室に入ったら、沈黙で迎えられた。思っていたとおり、クラスは崩壊していた。休んでる子もちらほらいたし、私の顔を見て固まった子もいた。

　そりゃあ、そうだよね。だって……、

　一年五組には、被害者が勢揃《せいぞろ》いしてるんだもん。

　私が復帰一番乗りだと思ったのに、佐原漠《さはらばく》――バクが窓際の席に座っていた。

　小学校からの幼馴染《おさななじ》みで、野球をこよなく愛する男子。坊主頭と学ランの組み合わせは応援団員みたいだけど、小柄で顔立ちが整っているから間近で見ると別に怖くない。

　そして、半月前に父親を殺された。

　机の前で立ち止まったら、「おせーよ」って睨まれた。

　バクが早すぎるって言い返そうとして、寮生だって思い出した。野球部は、自宅から通える部員も含めて、全員が寮に入らなくちゃいけない。その暑苦しい寮は、学校のすぐ隣にある。部屋にいても落ち着かないだろうし、学校に来れば友達に会える。

　お葬式やいろんな手続は、スナがやったみたい。

　佐原砂《すな》――スナは、バクの四つ上のお兄ちゃん。兄弟の名前を繋げると「砂漠」になって、フルネームだと「サハラ砂漠」になる。私よりずっとへんてこりんな、砂漠の兄弟。

母親は、バクを産んでサハラ砂漠を完成させた一年後に、家を出て行ったらしい。オアシスを探しに行ったとスナは笑い、新しい男を見つけて逃げたとバクは怒っていた。

それから佐原家は、三人家族で生きてきた。私とバクは小学生のときからよく遊んでいて、スナとも仲良し。でも、お父さんには会ったことがない。ピアノを弾《ひ》いてるって、バクが教えてくれた。スナは美容師を目指して専門学校に通ってるし、バクはピッチャーだから、手先が器用な血筋なのかも。

そのピアニストのお父さんも、狐の神様が殺した。トンカチで、撲殺だった。

家族が殺されたときの正しい反応が、私にはわからない。

犯人を恨むべきなの？　感謝していても？

スナは、一人で実家に住んでいるのかな。さすがに、バクに訊くのはどうかと思った。そうしたら、「土曜日、家に来いよ。兄貴が話したいらしい」ってバクに誘われて驚いちゃった。「へっ？」って変な声が漏れたくらい。

好奇の視線を感じた。バクが舌打ちをして机を蹴ったら教室が静まり返った。

教壇には、白いユリの花が入った花瓶《かびん》が置いてある。

悪質ないたずらがされているわけじゃない。

一年五組の担任だった田嶋賢人《たじまけんと》が、ロープで絞殺された三人目の被害者。

今は、副担任の手塚由香《てづかゆか》が担任代理をしているらしい。クラスが崩壊したのは先生のせいじゃないですよって言ってあげたい。ヒステリックに睨まれそうだけど。

事件の情報がネットにばら撒《ま》かれたのは知ってる。真実もあるし、嘘も混じってる。

傍観者は、勝手に盛り上がっていればいい。

ネットでは、フォックス事件って呼ばれているみたい。

死んだのは三人。あいつは刺殺、スナとバクの父親は撲殺、田嶋先生は絞殺。

ラブホテルで、みんな仲良く殺された。

部屋には他に二人いた。狐の神様と、私の友達。

窓際の後ろから二番目の席。休んでるだけの子の席とは何かが違う。

そうか。周りの三つの机が少しずつ離れているんだ。ほんの数センチ、関わりたくないって意思表明するように。窓の下にあるエアコンだけが、ぴったり寄り添っている。

毒殺されかけた、神永《かみなが》奏乃《かの》の机。

唯一の女性、唯一の高校生、唯一の生き残り。

あらゆる点で、仲間外れの被害者。

それなのに、誰も奏乃を純粋な被害者だとは思っていない。

むしろ、加害者側の人間だと思っている人も多いはず。

神永詩緒《しお》。それが、狐の神様の名前。

十三歳、中学生、奏乃の妹。

詩緒ちゃんが、三人の大人を殺して、奏乃を殺そうとして、私を救った。

この世界は、どうしようもないくらい狂っている。

＊

土曜日。約束どおり私は、砂漠の家に行った。

バス停も駅も近くになくて、自転車を三十分くらい漕《こ》ぐと目印の森が見えてきて、森に入る道の手前に、ぽつんと小さな家が建っている。

戦争から帰ってきたおじいさんが、森から伐《き》ってきた木を組み合わせて建てた家なんだと、スナは言っていた。冗談なのかはわからないけど、歪《いびつ》な間取りでドアも変なところに付いているから、欠陥住宅なのは間違いなさそう。

家の中を見回していると、「何も変わってないよ」ってスナが笑った。

スナの顔は、びっくりするほど綺麗《きれい》。肩にかかるくらい髪が長いのに、それが違和感なく馴染んでる。長いまつげも、高くて小さな鼻も、女の子が憧《あこが》れて化粧で手に入れようとして、ごまかすのが精一杯で諦めちゃうような本物。

バクが台所から出てきて、三人でこたつを囲んで座った。

「わざわざ来てもらって悪いね」スナが言った。

「ううん。私も、二人と話したかったから」

泥で汚れたユニフォーム姿のバクと、真っ白のシャツを着ているスナ。よく見ると顔は似ているけど、服装とか髪の長さは正反対。それに、言葉遣いもぜんぜん違う。優しいお兄ちゃんと生意気な弟を見比べながら、どっちかが話し始めるのを待った。

「俺、練習を抜け出してきてるんだよ。戻らなくちゃいけないから、世間話はなしな」

グローブを弄りながら、バクが言った。

「どうして、お父さんは殺されたんだと思う？」そうスナに訊かれた。

「え？　どっちの？」

「茉莉のお父さん」

昔話をするために呼ばれたとは思ってなかったけど、驚いて固まっちゃった。

「訊き方ってもんがあるだろ、兄貴」

「バクが急《せ》かすからだよ」

「極端すぎるんだよ」バスバスと、グローブが拳で叩かれる。

「えっと……、出会い系で騙されたって聞いたけど」

あいつらしい間抜けな死に方。中学生に誘惑されるって、救いようがない。

「そうじゃなくて、被害者に選ばれた理由」

「どういう意味？」

私の理解力が足りないのか、スナの質問が不親切なのか。

「あの動画は、見たよね」

「どっち？」

「一本目」

あいつが刺された瞬間の映像が、頭に浮かんだ。

「うん、見たよ」

「茉莉に頼まれたんだろって、お父さんは訊いた」

「……うん」頷くことしかできない。

「神永詩緒に頼んだの？」

「頼んでない。殺してくれなんて言ってないよ」

「でも、あの極限状態で、お父さんの頭には茉莉が依頼者なんじゃないかって疑念があった。つまり、殺される心当たりがあったわけだよね」

「私、わかんない」

「話したくないってこと？」

「違うよ」首を左右に振った。

あってるけど、認めるわけにはいかない。相手が、スナでも……。

「じゃあ、僕の話を先にしようか」

「スナの話？」

「兄貴――」バクが、何か言おうとした。

「いいんだ。どっちにしても茉莉には話そうと思ってたから。僕は、父さんに指を潰された。もちろん、血が繋がったピアニストの父親だよ」

「え？」

スナの指を見た。細くて、長くて、綺麗な指。

「右手の親指と人差し指。見ただけじゃわからないと思う」

「潰されたって……」

「もともと、売れないピアニストだった。たまにレストランで弾かせてもらって、キッチンでバイトもしながら、何とか生活費を稼いでいた。小遣い程度しかもらえてなかったのに、プロのピアニストを名乗ってたんだ。でも、その小遣いも打ち切られた。店長を殴ってクビになったのが一年くらい前のこと」

そんな話、全然知らなかった。この家に最後に来たのは、中学二年生のときだった。

立ち上がったスナが振り向いて、ふすまをゆっくり開けた。畳が五枚くらい敷かれた和室にピアノが置かれていた。遠目でも、埃《ほこり》が積もっているのがわかる。ピアノに歩み寄ったスナは、そばにあった箱から何かを取り出して戻ってきた。

「それからは、ずっと家にいた。ピアノを弾くわけでもなく、仕事を探すわけでもなく、ただ酒を飲んでいた。ちょうどその頃に祖父が亡くなった。結構な額の財産を残してくれたから、バクは野球を続けられたし、僕も専門学校に通い続けることができた。でも父さんは、薬に手を出した」

「……薬？」

「覚せい剤だよ」ぼそりとバクが言った。

「どんどんお金が減っていった。何度やめてくれと言っても、廃人みたいで会話が成立しない。僕は、ピアノを売ろうとした。弾く気がないなら、お金に換えたほうがいいと思ったんだ。それが、父さんの逆鱗《げきりん》に触れた。寝てたら、激痛が走ってさ。これで襲われたんだ」

スナが持っているのは、見たことがない道具だった。持ち手のところは木製で、その先に金属のレンチのようなものが付いている。

「なに、それ？」

「チューニングハンマーっていう、ピアノの調律に使う道具」

「そんなので、指を？」

「うん。ピアノに愛着があったのか、薬でおかしくなったのかはわからないけど」

「警察は呼ばなかったの？」

「覚せい剤の件もあったし、一応父親だからね」

「スナは……、優しすぎるよ」

「僕は、しばらく入院していた。その間に、父さんは神永詩緒に殺された」

私は言葉を失った。驚いたというのもあるし、それに――、

「そういえば、二本目の動画で……」

フォックス事件では、二本の動画が投稿された。一本目はあいつが襲われる動画。二本目は奏乃が襲われる動画。二本目で、詩緒ちゃんは被害者の殺し方も喋っていた。

「それを見て、もしかしたらって思ったんだ。担任の先生のことは、バクに教えてもらったよ。問題を起こした先生みたいだね」

「茉莉も知ってるだろ」不快そうに、バクは表情を歪《ゆが》ませる。

「うん。噂は聞いたことがある」

スナは、私の目をまっすぐ見た。吸い込まれそうになって、顔を背けてしまう。

「僕が言いたいことはわかった？」

「あいつが、殺された理由……」

「もし、茉莉にも同じような事情があるなら教えてくれないかな」

大きく息を吸った。こんな話を聞いたら、黙っているわけにはいかない。

「これが、私の傷」

いつもは長袖《ながそで》で隠している右腕を、久しぶりに人に見せた。私の右腕には、小さな穴が開いている。何度も煙草を押し付けられたせいで、完全には閉じなくなった。

「お父さんにやられたの？」

「そう。お母さんに教えてもらったけど、あいつも右腕を火傷してたんだって。詩緒ちゃんが、殺す前に焼いてくれたんだと思う」

「話してくれてありがとう。誰にも言わないから」

スナのほうが大変な目に遭ったのに、お礼を言われても困っちゃうよ。

「詩緒ちゃんは、私たちの傷を再現してから殺したってことだよね。でも、どうして……」

「盛り上がってるところ悪いけど、練習に戻るよ」

急にバクが立ち上がった。まだ話し始めたばっかりなのに。

「もう少しくらい、いいじゃん」

「戻るのにも時間がかかるんだよ」

「そうだね。続きは、また今度にしよう」

スナにまで言われたら、頷くしかない。ユニフォーム姿のバクと一緒に、砂漠の家を出た。私が自転車に乗ると、バクは道路で屈伸を始めた。

「走って戻るつもり？」

「練習中だから。好きなペースでいいよ。途中までついていく」

少し怒っていたこともあって、十分くらい無言でペダルを漕ぎ続けた。

さすがは野球部といった感じで、バクはすぐ後ろを余裕そうについてくる。体力お化けだ。前方に、見慣れた街並みが広がり始めた。

「悪かったな。邪魔して」

道路が広くなったと思ったら、バクが話しかけてきた。

「え？　練習なんでしょ。しょうがないじゃん」

「素直な奴」

並んで歩いているような自然さで、答えが返ってくる。

「ふうん。私とスナが仲良さそうに話してるのが嫌だったんでしょ」

「ちげーよ、バカ」

「筋肉野球バカに言われたくありませーん」むかついたからスピードを上げたのに、信号が赤になってしまった。追いついたバクが、地面を見ながら言った。

「踏み込みすぎる前に、伝えたかったんだ」

「何を？」

顔を上げたバクは、いつもと違って眉尻《まゆじり》を少し下げていた。

困ったときにスナが見せる表情に似ていて、やっぱり兄弟なんだと思った。

「兄貴の指は、治ってない」

「嘘……」

ふすまを開けるときも、ハンマーを握ってるときも、ちゃんと右手を使っていた。それを見て私は安心した。治っていないわけがない。

「普通に生活する分には問題ない。でも、細かい動きは難しいらしい」

「じゃあ、美容師は？」

バクを見ると、目を逸らされた。

「リハビリを続けてるけど、元通りにはならないかもって」

「……嘘だよね」

「だから、兄貴の前でその話題は出さないでくれ」

「そんな……、だって、美容師になるのは、スナの夢だったじゃん」

信号が、青になる。

私が睨み続けていると、バクは溜息を吐いた。

「兄貴は、親父がおかしくなってるのに気付いていた。俺を心配して、寮がある野球部を見つけて受験させた。家にいたら危ないってわかってたんだ。だけど、親父を放っておけないから自分は家に残った。もしかしたら、潰されたのは俺の指だったかもしれない」

「なにそれっ。自分は運が良かったって、そう言いたいわけ？」

「野球を続けられてるのは、兄貴のおかげだと思ってる」

「さっきから、自分のことばっかり！」

青信号が点滅する。

バクは、横断歩道を渡り出した。私は、自転車を反対方向に向けた。

「おい！」振り返ったバクが叫ぶ。

「スナに会ってくる！」私も大声を張り上げた。

背後でバクが何か言っていたけど、無視して全力でペダルを漕いだ。

頭の中で、いろんな言葉がぐるぐる回る。スナの言葉、バクの言葉——。今日だけじゃない。小学生のときから二人を見てきた。夢を追いかける姿を見てきたんだ。

おかしい。こんなの……、絶対におかしい。

私を追い返そうとする向かい風が、ドライヤーみたいに髪を乱してくる。

スナが褒めてくれた、癖《くせ》のない黒髪。

二年前までは、スナに切ってもらっていた。新聞紙を畳の上に敷いて、鏡の前に座りながら。早く髪が伸びるように、いろんな小技を試した。顔を見つめながら話せるのは、そのときしかなかったから。

細い指が、髪の間をすっと通る瞬間、私が、幸せを感じる瞬間。

中学二年のクリスマスで汚れちゃって、砂漠の家には近付けなくなった。綺麗なスナには、汚い私を見てほしくなかった。でも、髪は伸ばし続けた。そうすれば、いつかまた会えたときに、指を通して褒めてもらえると思ったから。

ねえ、スナ。私の、大好きな人。

急に雨が降り出した。さっきまで、そんな気配はなかったのに。

だから雨は嫌い。いつも、大事なときに邪魔をしてくる。

スピードを上げる。頬に当たる雨粒が勢いを増す。

雨が上がれば、水たまりが残る。世界から取り残された雨だまりみたいに。

私は、違う。みっともなくたって、必死に生きてやる。

スナも、そうだよね。諦めたりなんかしないよね。

門の前で、自転車を降りる。砂漠の家のドアを、力いっぱい叩く。

「スナ！」

すぐにドアが開いた。雨に濡《ぬ》れた私を見て、スナは首を傾げた。

「どうしたの？　忘れ物？」

私は首を左右に振る。

顎を上げて、目の力を抜いて、八重歯をちらっと見せる。とびっきりの笑顔。

「お願いがあるの」

「なに？　傘を貸せばいい？」

右手を伸ばして、シャツの裾《すそ》を摑《つか》んだ。ぴたっと指先が張り付く。

「前みたいに、私の髪を切ってよ」

「え？」

スナは私を見つめた。眉尻を下げる、砂漠の兄弟の表情。

「切ってくれないと、帰らないから」

「ごめん。それはできないんだ」

「バクに聞いたよ。今、リハビリ中なんでしょ？　でも……、髪を切る練習もしなくちゃいけないよね。モデルが必要なんじゃないかな。バクは坊主だし」

気を抜くと、涙が溢《あふ》れそうになる。

「思い通りに動かないんだよ。茉莉の髪を切ることなんて――」

「私が、いいって言ってるんだから、いいの！　失敗したっていい。また、伸ばすもん。私ね、髪を早く伸ばす小技……、いっぱい知ってるんだよ。お金もないから、助かるし……。そんな顔しないで。お願いだよ」

ぽつぽつ、ぽつぽつ。砂漠の家は、雨の音が響く。雨漏りだってしているかも。

迷惑だと思われても、鬱陶しいと思われても、

「茉莉。泣くのはずるいよ」

頬が濡れている。いつの間にか、泣いちゃってた？

「涙じゃない。雨だもん」

大っ嫌いな雨のせいにした。なりふり構っていられない。

「タオルを持ってくるから、ちょっと待ってて」

そう言い残して、スナは家の中に入った。

華奢《きゃしゃ》な背中を見て目を伏せる。やっぱり、スナは優しすぎる。

その優しさに甘えてる私は、最低な人間だ。

＊

二本目の動画が最初に投稿されたのは、事件が起きた日の夜だった。

刑事が身元確認のためにお母さんを病院に連れて行ったのと、ちょうど同じくらいの時間。現実の出来事だとは思えなくて、私は携帯を握りしめてソファに座っていた。

ぼんやりした頭で動画を再生したのを、今でも覚えている。

――生放送、終わっちゃってたんですね。

椅子に座り直した詩緒ちゃんは、もう狐のお面を被っていなかった。

――ええっと、どこで止まっちゃったのかわからないから、簡単に報告しますね。一人目の弁護士は、ライターと煙草で右腕を焦《こ》がして、ナイフで刺しました。

あいつの死に様は、世界中《せかいじゅう》に晒《さら》された。生放送を録画したのを誰かが投稿して、運営が消す。その追いかけっこが続いてるけど、いつ検索しても一つはヒットする。

――二人目のピアニストとは、ジャンケンをしました。私が勝ったときは手の指を、負けたときは足の指を、トンカチで潰していく。勝ち続ければ、ピアノを弾くための指は守れたわけです。半分くらい潰して、飽きちゃったから頭を殴って殺しました。

詩緒ちゃんは、淡々と殺し方を語っていった。承認欲求を満たすための行動だと学者は分析していたけど、被害者遺族の私たちに何かを伝えようとしたのかもしれない。

私の右腕に穴を開けた父親は、右腕を焼かれた。

スナの指を潰した父親は、トンカチで指を潰された。

不思議な一致は、まだ続く。

――三人目は、高校の先生です。ちなみにこの生放送は、先生のチャンネルを使わせてもらっています。普段はゲームの実況を投稿してたみたいですね。本当は手で絞め殺したかったんですけど、力がないのでロープを使いました。

死者の紹介を終えた詩緒ちゃんは、にっこり微笑んだ。

田嶋賢人。クラスメイトで担任の死を心から悲しんでいる子は、どれくらいいるんだろう。もともとは人気者の先生だった。教師の中では若くて、授業ですべったりもしない。

私は何となく苦手で避けていたけど、慕《した》ってた子は結構いた。

ううん……、本気で田嶋先生を好きになった子もいた。

添木奈美《そえぎなみ》っていう、あんまり目立たない子だった。夏休みの間に、どこかに転校しちゃった。高校で転校するのは珍しいから話題になったけど、仲がいい子がクラスにそんなにいなくて、すぐに忘れられそうになった。

でも、とんでもない噂が流れてきた。首吊り自殺《じさつ》に失敗して、両親が無理やり転校させた。首を吊ったのは妊娠が原因で、父親は田嶋先生。

どこから流れた噂かもわからないし、それはないよねって笑っていた子も多かった。

だけど、私は見たことがある。ホットチョコレートみたいな甘い声で、添木さんが田嶋先生にまとわりついているのを。そんな彼女の声を聞いたのは初めてだった。私以外にも目撃者がいたらしくて、先生に話しかける子は減っていった。

生徒を首吊りに追い込んだかもしれない田嶋先生は、首を絞められて殺された。

火傷、指潰し、首絞め。こんな偶然が、あり得るのかな。

――最後に、大好きなお姉ちゃんを連れてきます。

映像から詩緒ちゃんの姿が消える。何かが切られる音がして、囁《ささや》くような話し声が聞こえる。それも一瞬のことで、詩緒ちゃんと素顔の奏乃が向かい合って椅子に座った。

——待たせちゃってごめんね。

奏乃は、何も答えない。妹と視線を合わせようともしない。

——お姉ちゃんには、選択肢が残ってないの。でも安心して。一番、楽な死に方だから。

詩緒ちゃんの右手には、茶色の液体が入った注射器が握られている。

——これは、ニコチンを抽出して作った毒薬。煙草から葉っぱを取り出して煮詰めたの。臭くて、何度も吐きそうになったんだよ。こんなのを好んで吸うなんて、バカだよね。

——お願い……、助けて。

いつもは強気なのに、奏乃の声は震えていた。

——お姉ちゃんを恨んでるわけじゃないの。だって大好きだもん。お姉ちゃんのこと。人を殺してみたかった。本当に、ただそれだけなの。

——殺さないで。

——みんなが恋人を作ってドキドキしたいって思うように、私も人を殺してドキドキしたい。十四歳になってから殺すと、罰せられちゃうんだって。だから、今しかないの。

注射器の針は、間違いなく奏乃の腕に刺さった。

でも、奏乃は助かった。

二人の大人が死んで、一人の女子高生だけが生き残った。

＊

神永奏乃の存在を最初に認識したのは、高校の入学式だった。

少しだけオーバーサイズの制服に身を包んだ奏乃は、壇上で代表の挨拶《あいさつ》を述べた。入試でトップの成績を取った新入生が選ばれるのは有名な話で、しかもプログラムに書いてあったのが綺麗な名前だったから、つまらない校長の話にあくびを噛み殺しながら、どんな子が現れるのか想像していた。

登壇した奏乃が振り返ったとき、みんながざわついたのは気のせいじゃなかったと思う。

これで勉強もできちゃうんだと、ちょっと感動して、ちょっとむかついた。

凛《りん》とした立ち姿で、意志が強そうな大きな瞳が、どこか遠いところを見つめていた。

完璧《かんぺき》なデビューを飾った奏乃は、本人さえ望めば人気者に一直線だったはず。

でも奏乃は、そのルートに進むことを拒絶した。

話しかけられても振り返らない。連絡先を訊かれても顔を上げない。部活に勧誘されてもビラを受け取らない。先輩に呼び出されても相手にしない。

すべてにノーを示し続けて、どのグループにも所属しない孤高の存在になった。

当時の私の精神状態は最悪で、バク以外の男子とは目も合わせられないくらいだった。家にも学校にも、居場所を見つけられなかった。このままだと、私か奏乃がいじめの標的になる。そんな不穏な気配を感じていた。

でも、奏乃が竹を投げ捨てたことで、未来が変わった。

この町は、七夕に対する想いが異常に強い。一年で一番大きなイベントが七夕祭りで、その時期は町中が七夕飾りで彩《いろど》られる。丸いくす玉に吹き流しって呼ばれる和紙をたくさん付けたものもあるし、笹《ささ》とか竹に願い事を書いた短冊を括《くく》り付けたものもある。

私たちの高校でも、毎年クラスで飾り付けをするのが伝統で、担任の田嶋先生が小さい竹を準備して願い事を書くための短冊をみんなに配った。

その竹を、奏乃はベランダから投げ捨てた。

成績を上げたい。お金持ちになりたい。カメラが欲しい。背を伸ばしたい――。

クラスメイトに読まれるとわかった上で書いた、偽物の願い。

薄っぺらな短冊が、綺麗に空を舞った。

真っ先に落ちたのは、自由になった竹だった。

ぽかんと口を開けてる子が、たくさんいた。先生を呼びに行った子が、何人かいた。奏乃に話しかけた子は、一人もいなかった。

私は、他の子に見つからないように机の天板を見て笑った。『空を飛びたい』って、短冊に書いておいたから。みんなの願いは校庭に落ちたのに、私の願いだけが叶《かな》った。

職員室から走ってきた田嶋先生は、犯人が奏乃だと知って驚いていた。学年トップの成績で、問題を起こしたことは一度もない優等生。何回も瞬きしてから、先生は理由を訊いた。

「竹アレルギーなんです」

「あの竹は、プラスチック製だ」

そのやり取りが面白くて、今度は声に出して笑っちゃった。私を睨んだ子がいたけど、バクが「じゃあ樹脂アレルギーだな」と言ったらみんなが笑った。

ちゃんと拾って元に戻すのが奏乃に与えられた罰で、私とバクも手伝った。

「久しぶりに茉莉の笑い声を聞いたよ」そんな言葉を恥ずかしがらず言えちゃうのがバク。

私のほうが照れて、拾った短冊を落としちゃった。

奏乃は相変わらずで、会話にはほとんど加わらずに黙々と短冊を拾っていた。

何だか居心地がよくて、この子と友達になりたいって思った。

「ねえ。七夕祭りに行かない？」

短冊を持った奏乃とバクに向かって、私は言った。

「アレルギーで倒れるぞ」バクは笑ったけど、

「別にいいよ」奏乃は了承してくれた。

奏乃なら、私をどこかに連れ出してくれる。そう勝手に期待していた。

お祭り当日。待ち合わせ場所には、奏乃だけがきた。バクからは、『練習で行けなくなった。二人で楽しめよ』ってメッセージが直前に届いた。

私は、スーパーのセールで買った水玉模様の安い浴衣。奏乃は、藍色《あいいろ》の複雑な模様の浴衣。知識はないけど見るからに高そうで、しかも奏乃に着せるために織られたのかなって疑いたくなるくらい似合っていた。

本物の竹も飾られていたけど、奏乃はくしゃみ一つしなかった。やっぱり、竹アレルギーは嘘だった。首を傾けながら七夕飾りを見て、そこに書かれた願い事を読み上げていた。

「奏乃は、この前の短冊に何て書いたの？」

「妹の病気が治りますように」

「病気？　入院してるの？」

「ううん。どうやって治すのかもわからない病気」

「……そうなんだ」

裏道を通って、打ち上げ花火が見やすい場所に向かおうとした。そうしたら、道路の真ん中で手持ち花火をしている高校生っぽい集団がいた。

わけのわからない奇声を発していて、関わりたくないと思った。

早歩きで、奏乃の手を引く。ヒュン――。風を切る音が聞こえて、ロケット花火が飛んできた。それは、私たちのすぐ近くを通って落ちた。口笛。にやにや、気持ち悪い顔。

来た道を引き返そうとしたら、手を放した奏乃が集団に近付いて行った。

ダメ――。心の中で呟く。でも、声には出せない。

点火した手持ち花火を持った男子の前で立ち止まった奏乃は、バッグから無言で虫除《むしよ》けスプレーを取り出した。胸の前で構えて、噴射。花火に引火して、火炎放射みたいになった。

男子の服が、燃えたように見えた。少し遅れて、情けない悲鳴。

戻ってきた奏乃は、私の手を引いて走り出した。

奏乃の下駄《げた》が、小気味いい音を鳴らす。浴衣の裾に足を取られて、何度も転びそうになった。振り向いて確認する余裕もなかった。

十分くらい走って、ようやく奏乃は止まった。私たちは、顔を見合わせて笑った。

奏乃の行動は予測できない。気付いたときには始まっていて、いつの間にか終わっている。完璧なように見えて、大切なものが欠けている。すごく、危ういんだ。

打ち上げ花火が始まった。木が邪魔で特等席ではなかったけど、他に誰もいないベンチに座った。かき氷とチョコバナナを買ってきて、半分ずつ食べた。

お金を受け取ったとき、奏乃のバッグの中に煙草が入っているのが見えた。驚かなかったのは、それ以上に非日常的な体験をしたからだと思う。

「綺麗だね」

明るく光っている空を指さしたら、奏乃は首を傾げた。

「茉莉が綺麗だと思うなら、綺麗なんだと思う」

「え？」

「よくわからないの。美しさとか、人の気持ちとか」

自分は感性が特別だって勘違いしている子の発言みたいで、少し意外だった。

「ふうん。じゃあ奏乃は、自分が綺麗なことも自覚してないの？」

「私は、汚いよ。それだけは知ってる」

「ほんとに、わかってないんだね」

苛《いら》立《だ》っている自分がいた。そんなに整った顔なのに、高そうな浴衣も買ってもらえるのに、成績だって抜群にいいのに、汚いって自虐する資格なんかない。

浴衣の袖をまくって、奏乃に小さな穴を見せた。

「汚いって、こういうことだよ」

奏乃は、目を逸らさないで理由を訊いてきた。花火の音と歓声に交えて、私は秘密を打ち明けた。このときはまだ、スナやバクにも話していなかった。

言葉にする辛《つら》さを、初めて知った。

「私と一緒だね」

たった一言の感想。奏乃は、腕時計を外して手首を見せてきた。

そこには、何重にも刻まれた傷跡があった。

大きな音が鳴って、夜空が光る。

「切ったの？」

「ううん」奏乃は首を左右に振った。

「リスカに見えるけど……」

「外側のほうが、細くなってるでしょ」

想像してみる。自分で切れば、内側のほうが細くなる。

「えっと……、切られたってこと？」

「うん」女子っぽくない大きい腕時計で、傷跡が隠される。「だから、茉莉と一緒」

「誰に？」

「妹。誰かを傷つけないと、生きていけない子なの」

奏乃は、空を見上げた。花火じゃなくて、星を見ているみたいだった。

「痛くないの？」

「痛いよ。死にかけたこともある」

「どうして奏乃を傷つけるの？」

一回の傷跡じゃなかった。何度も何度も、奏乃は手首を切られている。

「痛みを知りたいからじゃないかな」

「そんなの……、自分の手首を切ればいいじゃん」

「自分の痛みじゃダメなの」

意味がわからなかった。だけど、追及する前に邪魔が入った。

ベンチの前に現れた人影で、花火が見えなくなる。

「見つけたぞ。スプレー女」

さっき奏乃が服を燃やそうとした男子だった。仲間が三人。

助けを求めようとして、周りを見回した。

「ヒーローは、遅れてやってくる」奏乃は言った。

「……え？」

ビュン——。さっきのロケット花火よりも、重い音。野球ボールが男子の背中に当たって、間抜けな声が漏れた。ナイスコントロール。近付いてくる、たくさんの足音。

ユニフォームを着た野球部集団。先頭にいるのはバク。

「よお、茉莉」

ヒュルルルルー、ドーン。

高く打ちあがった花火が、試合開始のサイレンになった。

＊

チョキチョキ、チョキチョキ。スナは、真剣な表情で私の髪を切っている。

鏡越しに髪を確認する振りをして、その奥にいるスナを見る。

「殴り合いの大喧嘩《げんか》になったの。すぐに警察が来て、まずいなって思ったけど、私たちが絡まれてるのを見てた人がたくさんいた。それに、相手の男子のポケットから煙草が見つかって、ちょっと注意されただけで帰らせてもらえた」

見つかった煙草は、奏乃のバッグに入っていたのと同じ銘柄《めいがら》だった。私の視線に気付いた奏乃は、口元に指を添えた。

「じゃあ、茉莉と神永奏乃は友達だったんだね」

「私は、今でも友達だと思ってるよ」

ここは、美容室じゃなくて砂漠の家。

足元に新聞紙を敷いて、カッパを加工したクロスを被って、硬い木の椅子に座る。中学生のときと違うのは、私の背が伸びて、ちょっかいを出してくるバクがいないこと。

「茉莉の腕の秘密を、神永奏乃は知っていた」

「奏乃が覚えてるのかはわからないけど。何ヵ月も前だし」

「他に、話した人はいる？」

髪を切り始めてから、奏乃の話を聞きたいとスナに言われた。

何を話そうかなと思って、入学式で出会ってから仲良くなるまでのことを喋った。七夕祭りでの騒ぎは、次の日にはクラスのみんなが知ってた。奏乃は無視を決め込んで、私は訊いてくる男子と目を合わせられなくて、バクがめんどくさそうに一部始終を語った。

「ううん。あとは、スナとバクにしか教えてない」

「茉莉は、神永詩緒に会ったことはあるの？」

「名前も知らなかった。妹がいるのは、花火を見ながら聞いたけど」

狐の神様が詩緒ちゃんだったとわかったとき、奏乃の手首の傷跡が頭に浮かんだ。

「神永奏乃が、妹に話したんじゃないかな」

「スナの指のことも？」

ハサミを握る右手を、スナはじっと見つめた。

「バクから伝わったのかもしれない」

「お祭り以降はよく三人でいたから、あり得ると思う」

「添木奈美って子の噂も、有名な話だったんだよね」

「うん。私でも知ってたくらいだから」

「あとは、神永奏乃自身……」

スナが言いたいことは、私でも理解できた。

「奏乃が詩緒ちゃんに話して、三人は殺された。そういうこと？」

「動機は、まったくわからないけど。神永詩緒が傷つけられたわけじゃないんだし。姉の友達を守るために、加害者を殺した。さすがにそれは現実的じゃないよね」

恨みとか、復讐とか、そういう単純な話ではないと思う。

「妹が病気だって話をしたとき、奏乃は、治し方がわからないって言ってた。もしかしたら、前兆みたいなのがあったのかも」

「……人を殺す前兆？」

ハサミの動きが止まった。鏡を見ると、スナと視線が合った。

怒りか、悲しみ。負の感情が、そこにはあった。

「ごめんなさい。はっきりした考えがあるわけじゃないの」

「警察も訊いてくるばかりで教えてくれなくてさ。少年事件だと、特に口が堅くなるらしい。少年審判が始まっても、詳しい報道はされないみたいだし」

「へえ……」

「神永奏乃が退院すれば、いろいろわかるのかな」

「学校に来たら、私も訊いてみる」

「うん、助かるよ」

ハサミが動き出した。仕上げをしているみたい。

新聞紙には私の髪が溜《た》まっている。切り落とされた、私の残骸《ざんがい》。

「スナは……、詩緒ちゃんを恨んでるの？」

「ひどい父親だったけど、それでも殺される理由はなかったと思う」

その答えを聞いて思う。スナが優しいんじゃなくて、私がおかしいのかな。

「私は、詩緒ちゃんに感謝してる」

「どっちの反応が正しいのかは、僕にもわからない。——できたよ」

少しだけ髪が短くなった私が鏡に映っている。

「どう？」そう私が訊くと、「それを訊くのは僕の役目」スナは笑った。

「……指の調子だよ」

「やっぱり、違和感があるんだ」

「そっか」童話じゃないんだから、切っただけで怪我が治る魔法の髪は存在しない。

「また伸びたらきてもいい？」

「ありがとう、茉莉」

後片付けをしていたら、思い出したようにスナが言った。

「さっきの七夕祭りの話だけど、綺麗に花火が見える特等席を教えるよ」

「そんな場所があるの？」

「うん。高校の屋上」

「屋上？」

「高い場所から、何にも邪魔されないで見られるんだ」

スナも、二年前までは定禅寺高校に通っていた。うちの高校には屋上があって、休み時間は自由に出入りできる。

「花火が始まる時間って、校舎は出入り禁止でしょ」

「だから独占できるんだよ。夜になるまで隠れていれば、巡視の目はかい潜《くぐ》れる」

「スナも、そんなことしてたんだね」

「どうしても綺麗な花火を見たくなったときは、この特等席を思い出してみて」

スナと一緒に見たい——なんて口走らない程度には、身の程をわきまえている。こうやって話ができるだけで、今は満足しないと。

自転車を漕いで帰る。髪を撫《な》でる風が、鬱陶しくなくなった。


帰ったら、お母さんが泣いていた。

お母さんは、一人では生きていけないお人形さん。あんなパートナーでも、傍《そば》に誰かがいることが心の支えになっていたんだと思う。私じゃ、その隙間《すきま》は埋めてあげられない。

「……茉莉ちゃんは、若くていいね」

腫《は》れた瞼《まぶた》の下にある目が暗く淀《よど》んでいる。涙で化粧が崩れると、お人形さんじゃなくなる。美人に変わりはないけど、それは年相応の美しさでしかない。タイムリミットを感じて焦っているのかもしれない。新しい男の人を見つければ、少しは落ち着くのかな。

あいつと結婚してから、お母さんはずっと働いていない。弁護士だから、それなりに収入はあったみたい。でも、お金遣いも荒くて、多分、遺産はほとんどない。

それだけなら、まだいい。慰謝料とか生命保険で、まとまったお金がもらえるらしい。

困っているのは、家事をしなくなったこと。家にいるのに、料理も洗濯も掃除も何もしない。ソファに座って、ぼんやりテレビを見ているだけ。

学校を休んでる間は、私がやってた。

でも、そろそろ限界。

部屋が汚い。ゴミも溜まってる。洗濯しないと着る服がない。

困ったな。時間が足りないや。

ねえ、お母さん。やっと、自由になれたんだよ。

苗字を変えたいなんて我《わ》が儘《まま》は言わないから。雨だまりのままでいいから。

この家には私たちしかいない。誰も助けてくれない。

頑張って、二人で生きていこうよ。

眠るのが怖い。明日は、もっとひどい状態になっているかもしれない。

だけど、もう寝なくちゃ。朝ご飯も、私が作るんだ。

✳

私が学校に復帰した半月後に、奏乃は教室に姿を現した。

「明日から、神永さんが登校します」

手塚先生が昨日のホームルームで宣言したのは、心の準備をさせるためだったのかもしれない。それか、巻き込まれたくなかったら休めというアドバイス。

実際、今日はいつも以上に欠席者が多い。着席してる子も教室の引き戸を睨んでいて、退院したクラスメイトを歓迎する雰囲気はまったくない。早く奏乃と話したいと思っているのは、きっと私くらい。机に頬杖《ほおづえ》をついたバクは、何を考えているのかわからない。

鐘の音が聞こえたのとほぼ同時に、建て付けが悪い引き戸が動いた。

「奏乃！」私の声が、静まり返った教室に響いた。「……もう大丈夫なの？」

「うん。退院したのは先週」

話したいことがたくさんあるけど、聞き耳を立てているクラスメイトが邪魔だ。

「屋上に行こうぜ」近付いてきたバクが、乱暴な口調で言った。

「今から？　ホームルーム始まっちゃうよ」

「俺らがいないほうが喜ばれるだろ」

周りを見たら、一斉に視線を逸らされた。そういうゲームみたい。

「奏乃、どうする？」

「二人がそうしたいなら、付き合う」

私たちは教室を抜け出した。廊下に出たとき、反対側から手塚先生が歩いてくるのが見えた。先生も気付いたはずだけど、止められなかった。

東側にある階段を四階まで上がると、屋上に繋がるドアがある。施錠もされていないから、天気がいい日は屋上で弁当を食べる子も結構いる。

先頭を歩いていたバクは、空調の室外機がある辺りで止まった。

コンクリートの壁に背中を預けて、バク、奏乃、私の順番で並んだ。

「神永が来るって聞いて、昨日からいろいろ考えてたんだ」

「それは、ありがとう」

お礼を言うべきタイミングではない。だけど、奏乃は真剣に答えたはずだ。

「俺と茉莉は被害者の子供で、お前は加害者の姉。俺たちの関係性は複雑になった」

「適切な表現だと思う」

「どう接すればいいんだろうな」

一ヵ月前まで、私たちは友人だった。私は、それが現在進行形で続いていると思っている。あとは、バクと奏乃の気持ち次第だ。

「家族を失った遺族が加害者に抱く感情が、私はわからない」奏乃は言った。

「想像はできるだろ」

「できないよ。父親を殺されても、私は何も感じないから」

「お前は……、そういうやつだよな」

他人の気持ちを完全に理解するのは不可能でも、想像はできる。

たとえば、今のバクの表情を見れば、葛藤《かっとう》していることや心が揺れ動いていることがわかる。それは自分の感情を物差しに使って想像しているだけで、特別な能力ではない。

でも奏乃にはできない。いろんな羨《うらや》ましい才能を神様から受け取って生まれたのに、その物差しだけなぜか与えられなかった。

自分の感情がわからないから、基準になる拠《よ》り所《どころ》がなくて、人の気持ちも想像できない。

だから奏乃は、淡々と事実だけを語っていく。

「詩緒は、衝動が抑えられないの。やりたいことを、やりたいようにやってしまう。お菓子をねだる子供みたいに、他人を傷つける。両親は、命の大切さとか、ルールが存在する理由を、詩緒に理解させようとした。でも、詩緒は首を傾げるだけだった。最初は、アリとかトンボを殺していたみたい。それが、どんどんエスカレートしていった。バラバラになった猫の死骸《しがい》が家の庭で見つかったのは、詩緒が小六のときだった」

トンボの羽をむしる。カエルに爆竹を投げつける。そんなことをしている同級生の男子を、私は公園で見かけたことがある。境界線を引くのは難しいけど、その程度なら親に知られても怒られるだけで済むかもしれない。でも、詩緒ちゃんがしていたのは……、

「自分がされたくないことを人にしちゃいけない。そんなお決まりの言葉も、あの子の耳には届かなかった。詩緒が最初に傷つけた人の身体は、自分自身だったから。部屋でリストカットしているのを私が見つけた。もう動物じゃ満足できないと打ち明けられて、このままだと誰かを殺すと思った。だから私は、自分の手首を切らせた」

七夕祭り。花火に照らされて見えた奏乃の手首。

綺麗なのに――、汚れた手首。

「詩緒は、何度も私の手首を切った。その行為が続いてる間は、破壊の衝動は家の外に向かわなかった。それなりに健全な関係だったの」

奏乃は屋上からの景色を見ている。どんな声をかければいいのかわからなかった。バクも、何も言わずに上履きに視線を落としている。

「だけど、長続きはしなかった。私の手首が耐えきれなかったの。血管がもろくなって、切れちゃいけないものが切れた。血が噴《ふ》き出して、救急車を呼ぶしかなかった。一歩間違えてたら死んでいたみたい。その噂が広まって、逃げるように引っ越した――」

鐘の音が聞こえてきた。校舎の中でしか鳴っていないから、音がこもっている。

「一時間目、始まっちゃったね。でも、あと少しで終わるから。住む場所を変えたからっ

て、問題が解決するわけではない。それなのに、親は病院にも連れて行かないで、ただ私と詩緒の接触を禁止した。傷つけても許される唯一の手首を奪ったの。同じ家にはいたけど、あの子の部屋には鍵《かぎ》が付けられた」

「……閉じ込めたってことか？」ずっと黙ってたバクが訊いた。

「学校には行かせてたから、家にいる間だけ。何の意味があるのか、私は理解できなかった。もしかしたら、詩緒に襲われるのを怖がっていたのかもしれない。詩緒の中にある破壊衝動は高まっていった。親に隠れて電話で話をしていた私には、それがわかった」

「それで……、あの事件を？」

「学校も休みがちになって、部屋から出ないようになった。不登校なのに、高校の話を聞きたがった。佐原くんと茉莉の父親を被害者に選んだのは、私が話したからだと思う」

　奏乃の責任を問う流れになるのが怖くて、思い浮かんだ疑問を口にした。

「どうして、会ったこともない人を殺そうと思ったのかな？」

「それは私にもわからない」

「奏乃も、あの部屋に呼び出されたんだよね」

「詩緒から電話がかかってきて、ホテルの部屋番号を教えられた。来ないと大変なことになる。そう言われて、誰かを傷つけるつもりなんだと思った。部屋に入ったら、急に何かで殴られた。あとは、映像に記録されていたとおり」

「詩緒ちゃんは……、奏乃まで殺そうとしたの？」

「きっと、身内も殺したかったんだろうね」

「そんな――」

続ける言葉が見つからず、バクが別の質問をした。

「神永詩緒は、これからどうなるんだ？」

「今は、病院で精神鑑定を受けてる。少年審判の結果が出るまでには三ヵ月くらい掛かるって弁護士は言ってた。最終的には少年院に入る可能性が高いみたい」

十三歳だから、刑罰は科せない。詩緒ちゃんが言っていたことは正しかった。

「奏乃は、大丈夫なの？」

「ニコチンの濃度が低かったから、私は助かった」

「そうじゃなくて……、記者もたくさんきてるだろうし、これからも――」

「親は、そのうち離婚するんじゃないかな。ずっと責任を押し付け合ってる。仕事も続けられないと思う。でも、慰謝料はちゃんと払うはずだから安心して」

お金なんてどうでもいい。私が伝えたいのは……、

「詩緒ちゃんは、私を救ってくれた」

「あの子は、自分の欲求を満たしたかっただけ」

そこで会話が途切れた。冷たい風が頬を掠《かす》める。そろそろ、雪が降り始めてもおかしくない季節だ。積もった雪が溶けだす頃に、詩緒ちゃんの審判の結果は下される。

「少し……、考えさせてほしい」

バクは、一人で屋上を去って行った。教室には戻らない気がした。

神永奏乃は、人の気持ちが理解できない。

神永詩緒は、人の痛みが理解できない。
これから二人が歩んでいく道は、誰が決めるんだろう。
私は、どうやって大人になればいいんだろう。
わからないことばかりだ。

三ヵ月後――、詩緒ちゃんの処分が決まったことを知った。
私は、高校二年生になろうとしていた。

第三章　少年は、未来を切り落とす。

「すべての少年がやり直せる？　そんなわけないでしょ」

ジョッキ片手にそう言い切ったのは、主任調査官の早霧《さぎり》沙紀《さき》だ。

くすんだ茶髪のセミロング。凛とした顔立ちの中でひと際目立つ、切れ長の目。長身で、手足がすらりと長い。

主任と紹介されるまでは、同い年くらいの調査官だと勘違いしていた。

「声が大きいですよ、早霧さん」

「正論と乾杯は、声を張り上げないと伝わらない」

この歓迎会は荒れそうだと、頬をほんのり赤く染めている上司を見て思った。

三週間前の四月二日から、僕は青葉《あおば》家庭裁判所で働いている。

青葉家裁は、いわゆる中規模庁で、高等裁判所、地方裁判所、簡易裁判所、家庭裁判所が、同じ敷地内にある二つの建物に詰め込まれている。三月まで勤務していたのが支部の狭い庁舎だったこともあり、慣れるには時間が掛かりそうだ。

とはいえ、仕事の内容は支部にいたときと大きく変わらない。主に少年事件を担当することになり、記録を読み進めながら、手探りで少年と接している。

忙しさが一段落したところで、歓迎会を開こうと誰かが言った。いや、別にいいですよ。いやいや、すぐ開こう。そんなやり取りを経《へ》て、少人数で飲むことになった。

チェーン店の焼き鳥屋に集まっているのは、主任調査官の早霧沙紀、先輩調査官の新田《にった》由《ゆ》奈《な》、調査官補の一条《いちじょう》篤紀《あつき》、そして僕の四人だ。このメンバーは調査官室でも一つの島に机を並べていて、チームとして動くことが多い。

早霧さんがその発言をしたのは、乾杯から三十分ほどが経ったあとだった。

急に一条が少年法の理念を語り出し、早霧さんが冷たく切り捨てた。

「僕たちが彼らを信じてあげなくて、どうするんですか」

酔った勢いなのか、若さゆえなのか、物怖《ものお》じせずに一条は言い返した。

一条の正確な肩書は家庭裁判所調査官補で、言うなれば調査官の見習いである。去年の四月に採用されたばかりで、研修所と裁判所を行き来して研鑽《けんさん》を積んでいる。

「カンポは、つじつまを合わせようとしてるだけ」

調査官補のことを、カンポちゃんとかカンポくんと呼ぶことはあるけれど、面と向かって、しかも呼び捨てにしている人を見たのは、早霧さんが初めてだ。

「つじつま？」

目にかかった前髪を払って一条は訊いた。スーツを着ていても大学生のように見えるのは、ワックスで固めた髪が癖毛っぽく撥《は》ねているからだろうか。

「理念の正しさを妄信して、少年はやり直せる存在だと決めつけている。研修所で理念を学んでから実務の不条理に直面して困惑するのはわかるけど、それは本末転倒だし順番が逆。理想と現実にずれが生じたとき、現実を捻《ね》じ曲《ま》げて理想を押し付けるのを現実逃避っていうんだよ。私たちが向き合うべきなのは、少年であって理念じゃないんだから」

綺麗に論理を紡ぐ人だと、素直に感心した。

早霧さんは、主任なのに主任らしくない。だから、「主任」ではなく「早霧さん」と呼んでしまう。一条が調べたところによると、大学院の博士課程まで進んだ経歴の持ち主らしい。それから調査官になったとすれば、さすがに僕と同年代ということはなさそうだ。

「じゃあ、教育主義の考え方が間違ってるっていうんですか？」

そう一条が訊くと、早霧さんはレバーを串《くし》から外しながら答えた。

「可塑性が認められる少年には、刑罰ではなく教育的な手段によって再非行の防止を図るのが相当で、かつ更生にも繋がりやすい。これが、教育主義の基本的な考え方」

「可塑性って、やり直せるって意味ですよ」一条が指摘する。

「原則があるところには例外がある。数学の公式でもない限り、一切の例外を許容しない理論なんてほとんど存在しない」

「でも、ゼロじゃないわけですよね」

このままだと水掛け論になりかねない。隣に座る新田さんを見ると、緩くウェーブした髪の毛を指で触りながら、二人のやり取りを退屈そうに眺めていた。

「瀬良くん」

新田さんに気を取られていたら、早霧さんが僕の顔を見ていた。

「ちゃんと聞いてた？」

「もちろん。一言一句漏らさず」

すると、研修所でもされたことがない質問が飛んできた。

「少年がやり直せるのかは、どうやって判断するべきだと思う？」

「えっと……、抱えている問題の大きさにもよりますが、保護観察や少年院送致を経て再非行を防止できるなら、やり直せると言っていいと思います」

他にも選択できる処分はあるが、基本となるのはこの二つだ。

「うん。つまり、そこで想定されているのは、教育に主眼を置いた手段なわけだよね」

「そうですね」

雑談と呼ぶには堅苦しいが、議論と呼ぶのもシチュエーションにそぐわない。確かなのは、僕の歓迎会という雰囲気は雲散霧消したということだ。

「新田さんは、どう思う？」

「特に何も……。あっ、鶏《とり》皮《かわ》とハツを。両方塩で」

後半は、通りかかった店員に向けられた注文だった。おそらく、新田さんの反応が正しい。ここは職場ではなく焼き鳥屋なのだから。

僕と一条を見比べながら、早霧さんは訊いてきた。

「二人は、教育以外のアプローチの必要性を検討したことはないわけ？」

「ありません」一条は即答し、

「……たとえば？」僕は訊き返した。

「まあ、思考実験みたいなものだと思ってよ。あれこれ頭を捻《ひね》る過程に意味があるってこと。とはいえ、検討材料くらいは与えるべきか。うーん。そうだなあ」

早霧さんは、テーブルに肘《ひじ》をついて続けた。

「これから話す少年を、君たちは立ち直らせることができる？」

喧騒《けんそう》に満ちた店内で滑《なめ》らかに語られたのは、一人の少年が辿った悲劇だった。

＊

Xは、高校二年生の少年だった。

サッカー部のレギュラーで、成績は中の上をキープ。部活を引退してから勉強に専念すれば、上位の大学も狙える。文武両道を実践していて、男女を問わず友達が多かった。

夏休み、Xは部員を誘って肝試しを企画した。ネットで調べれば有名な心霊スポットとしてヒットする廃病院が市内にあり、深夜に侵入することを決めたのだ。

Xのような侵入者が後を絶たないので、廃病院の正門は施錠され、門の上には有刺鉄線が張り巡らされていた。一方で、ネットにはその対策も記されていて、病院の裏側にあるフェンスをよじ登れば侵入は可能だった。

Ｘたちが裏道を通り抜けると、高さが五メートル以上あるフェンスが敷地を囲んでいた。ここまで来て引き返すわけにもいかず、一年生から順にフェンスをよじ登っていった。前日に雨が降ったせいでしがみ付いた手足は安定せず、灯《あか》りもないので視界は最悪だった。フェンスの最上部を摑み身体を引き上げたところで、Ｘは足を滑《すべ》らせた。

そのまま着地できれば、大きな怪我には繋がらなかっただろう。しかし、真下には投げ捨てられた看板があった。腐った木が剝がれ落ち、看板を固定するための長いボルトが剝《む》き出しになっていた。

鈍《にぶ》い音がして、Ｘは看板に激突した。ボルトは、Ｘの左頰から右のこめかみまでを一直線に貫《つらぬ》いた。顔から飛び出したボルトの先端を見た部員は、すぐに救急車を呼んだ。助からないと思っていた部員のほうが多かった。

だが、Ｘは奇跡的に一命をとりとめた。左目の視力は失ったが、二ヵ月ほどで退院することができたのだ。高校にも通い始め、少しずつ体力も回復していった。

ただ、事故の前後を比べると、Ｘは別人のような行動をとるようになってしまった。

退院して一ヵ月も経たないうちに、Ｘはホームレスを蹴り飛ばして骨折させた傷害の容疑で逮捕された。どれだけ調べても被害者との接点が見出せず、本人も多くを語りたがらない。動機が不明なまま家裁に送致され、ある調査官が担当することになった。

しかし、面接を繰り返し、両親や教師から話を聞いても、調査官は非行の原因を突き止められなかった。ホームレス狩りを楽しむ少年とは思えず、周囲の人間も一様に驚いた。

非行歴はなく、家族も更生に尽力することを誓っている。片目の視力を失った大事故から、それほど時間が経っていない。そういった事情が考慮されて、Xを保護観察処分に付することが決まった。保護観察官も、この少年は立ち直れると考えていたという。

だが、鑑別所を出て家族の元に戻った僅か二週間後、Xは人を殺《あや》めてしまう。

前回の事件と被害者は異なったが、犯行場所は同じ地下道だった。何度も執拗《しつよう》に蹴り続け、肋骨《ろっこつ》が折れて肺に血液が溜まり、ホームレスは死亡した。司法解剖の結果、蹴られた数は優に百回を超えることが判明した。

この事件でも、死亡した被害者とXの間には何らの繋がりもなかった。

故意に人を死亡させた事案なので、少年審判ではなく刑事裁判を行うのが相当かという観点から調査が行われた。鑑別所に赴いた調査官に対して、俯きながらXは言った。

「人を蹴りたい衝動が、どうしても抑えられないんです」——と。

*

「実際にあった事件なんですか？」一条が訊いた。

「まったくのフィクションってわけではない。似た事例が過去に存在している」

早霧さんが答えたあと、注文していた鶏皮とハツがテーブルに並んだ。

新田さんは、うとうとしていて今にも寝てしまいそうだ。首が、小刻みに動いている。早霧さんの話は、半分も聞いていなかっただろう。

「実はホームレスを恨んでいたとか、そういう話ではないんですよね」

「アンフェアなミステリーじゃないんだから。瀬良くんは、どう思った？」

「えっと……」一応、話を整理しておこう。

「Ｘと被害者の間には接点がなく、ホームレスなので金品目的とも思えない。動機として考えられるのは、弱者をいたぶることによる快楽くらいですが、そういった心理的な要因は調査の中では見出せなかった。そうなると、注目せざるを得ないのは、退院した直後に非行に走っている点です。落下事故と非行はすぐには繋がらないので、その間に何らかの事情が介在していたと考えるのが素直だと思います」

「たとえば？」

「事故の原因に部員の悪意が隠されていたとか、入院中に裏切りにあったとか。それが原因で人間不信に陥り、憎しみが社会的な弱者に向けられた。ある種の防衛反応でしょうか。まあ、無理があるストーリーだとは思いますけど」

早霧さんは、右手に持った串を僕に向けた。行儀が悪い。

「悪くない推論だね。担当した調査官も、その点は疑ったかもしれない。でも、Ｘには本当に心当たりがない。誰のことも恨んでいないのに、人を蹴りたい衝動が頭の中を支配している。そう調査室で言われたら？」

「お手上げです」

この限られた情報だけで、Ｘが非行に走った要因を見抜けるとは思えない。

「諦めるのが早い」

「実際に会って話してみないことには、何とも」

「生物学的要因によって事件が引き起こされたとは考えないの？」

「……どういう意味ですか？」

生物学という響きに、心がざわついた。

「不十分な教育、周囲の荒んだ環境。そういった社会的要因だけに、君たちは着目している。もっと根本的な生物学的要因……、つまり、脳の構造的な特徴や神経作用が非行を引き起こす可能性も考えてみるべきなんじゃないかな」

そこで、一条に教えられた、かつての早霧さんの専門分野を思い出した。

「神経犯罪学は、そういった要因を研究する学問なんですか？」

「よく知ってるね。反社会的行動の起源の理解に、神経科学の原理と理論を適用する学問。それが、神経犯罪学。この国ではまだまだマイナーな学問だけど」

反社会的行動の起源？　神経科学の原理と理論？

具体的に説明してもらわないと、理解が追い付かなそうだ。

「Ｘが非行に走った要因は、神経科学の考え方を適用することで説明できると？」

「そのとおり。後発的な脳機能の障害に分類できる」

「要するに、ボルトが頭を貫通したのが関わってくるんですよね」

早霧さんは、自分のこめかみ辺りを指さした。

「前頭前皮質の腹内側部領域を損傷すると、衝動的な反社会的行動を引き起こしやすくなる。そういった研究結果が存在しているの。そのさらに奥には扁桃《へんとう》体という組織があって、これを欠損すると正常な情動反応を示しにくくなる。左頬から入って右のこめかみまで貫通したボルトは、これらを傷つけた可能性がある。破壊衝動を抑えられず、歯止めになる良心が機能しづらい。ホームレスを蹴り殺した理由を、うまく説明できていると思わない？」

早霧さんが創作した事例なら、都合よく説明できるのは当然だ。

だが、類似する過去の事例が存在するのであれば……、

「本当に、そんな研究結果があるんですか？　聞いたことがないんですけど」

いつの間にか届いていた釜《かま》めしを取り分けながら、一条が訊いた。

「海外の研究結果だから、知らないんだと思う。この国は、生物学的要因を受け入れることに消極的なの。一見して異常な非行に走った少年が逮捕されても、精神鑑定や脳波を調べるくらいで、詳細な脳機能の検査はしない。どうしてかわかる？」

「さあ……」

一条も僕も、同じ方向に首を傾けた。

「これは私の穿《うが》った見方かもしれないけど」そう前置きをして、早霧さんは続けた。

「社会的な要因で非行に走ったなら、その要因を除去すれば少年は立ち直れる。まともな親がいないのであれば、保護観察官や少年院の法務教官が親に代わって教育を施せばいい。荒んだ環境で育ったせいで精神を病んだのであれば、環境を変える方法を模索したり、自立して生きる方法を教えればいい。その限度では、教育主義の考え方は正しい。教育によってやり直せる少年が大多数を占めるのを否定するつもりもない」

運ばれてきたジョッキのビールを、早霧さんは一口で半分減らした。

「問題は、生物学的要因によって非行に走ってしまった少年。彼らには何を教えればいい？

人を傷つけてはいけない理由？　被害者の気持ち？　衝動との向き合い方？」

「それは――」

「彼らに必要なのは、教育によって更生を促すことではなく、専門家による治療なの。教育的手段でやり直せない少年は、少数ではあっても存在する」

　そこで言葉を切った早霧さんは、黒目がちな瞳で僕を見つめた。

「私は彼らを、不可逆少年と呼んでいる」

　焼き鳥屋にいるにもかかわらず、僕は言葉を失うほどの衝撃を受けた。

　担当している少年は、調査室で向き合っている少年は――、本当にやり直せるのか。言葉に出さずとも、疑問に思っていたことだった。

「不可逆少年……」自分の声で呟く。

「この考え方は、教育主義とは相容《あいい》れない。少年法の理念を貫き通すなら、教育によってやり直せない少年の存在は不都合になるから。疑わしい少年の脳機能を検査すれば、パンドラの箱を開けてしまうかもしれない」

「早霧主任って、過激派ですよね」一条が言った。

「酔ってるからね」

　僕は、早霧さんが発した言葉の意図を理解するのに必死だった。

　このまま受け入れてしまったら、調査官の信念を揺るがす結論が導かれるのではないか。

「無意識のうちに人を傷つける……。そんな少年がいるってことですか？」

「論理が飛躍してる」早霧さんは苦笑した。

「破壊衝動を抑えられないだけで、自分の行動や結果は正しく認識している。衝動と意識は、表裏一体なの。ただ、衝動っていう水滴を溜める受け皿がないから、すぐに溢れ出る。それに、教育や周囲の環境が無意味だと言いたいわけでもない。生物学的要因と社会的要因が相互に作用して、反社会的行動を引き起こす。バイオソーシャルと呼ばれている考え方」

　バイオ（生物）ソーシャル（社会）――。

「でも……、衝動の抑え方を教えることはできるはずです」

「欠損した脳組織の機能を、教育で代替できると思う？　儀式とか祈禱《きとう》で病気を治そうとする怪しげな宗教の教義みたいに聞こえるよ」

　唐突に、一つの施設の名称が思い浮かんだ。

「そういった要因と向き合うために、医療少年院があるのでは？」

「医療少年院は、病気の治療を施しながら更生のための教育を行う。対象となるのは精神障害や精神疾患がある少年で、身体障害をもつ子や妊娠している子も含まれるけど、神経犯罪学が想定している少年は列挙されていない。それに、医療少年院で組まれているプログラムは、あくまで教育による更生に主眼が置かれている」

　そこで一条が、声を潜めて言った。

「瀬良さん。俺たち、医療少年院に詳しいんですよ」

「え？」

「めっちゃ調べましたから」

　一瞬、一条が何を言っているのかわからなかった。医療少年院に送致される少年は多くない。どこで学ぶ機会があったのかと疑問に思ったのだ。

だが、すぐに気付いた。僕は、一条よりもさらに声を潜めて訊いた。

「その話って、してもいいんですか？」

「むしろ、よく我慢したと思うよ」早霧さんは、軽く一条を睨んだ。

「タブーなのかと思って」

「まあ、いろいろあったからね」

異動の内示を告げられたとき、上柳主任は「大変だろうけど頑張って」と僕の肩を叩いた。当時、少年事件を担当している調査官で、青葉家裁の名前を知らない者はいなかったはずだ。連日に亘って新聞やニュースで採り上げられ、無関係の支部にまで問い合わせの電話がかかってくるほどだった。

——どうして、あの悪魔が死刑にならないんだ！

——お前たちは、殺人鬼の味方をするのか！

青葉家裁に着任した翌日、僕は首席調査官に呼び出されて、「知っているとは思いますが、この裁判所では大きな事件を扱ったばかりです。一般人からの非難の電話が鳴りやまず、記者が庁舎の前で待ち構えている。そんな事件でした。職員の中には、心に傷を負ってしまった者もいます。不必要な詮索《せんさく》は控えてください」と念押しされた。

チームを組んでいる三人は、いずれも去年から青葉家裁で働いている職員だが、その事件が話題に上ることは今日まで一度もなかった。

調査官室には、事件が残した爪痕《つめあと》が確かに残っていた。目に見えるものもあれば、そうではないものもあった。首席の助言に従って、僕は見て見ぬ振りをしてきた。

「彼女は、医療少年院に送致されたんですよね」

「さすがに、この店で話すのはやめておこう。気になるなら、職場で教えるから」

残っていたビールを飲み切ってから、早霧さんは付け加えた。

「フォックスは、やり直せないよ」

＊

フォックス事件は、日本中を震撼《しんかん》させた。

狐の面を被った十三歳の少女が、三人の成人男性を殺害し、一人の女子高生に重傷を負わせた。犯行の様子は動画投稿サイトを通じて拡散され、少年事件であるにもかかわらず加害者や被害者の情報が瞬く間に広まった。

刺殺、撲殺、絞殺。死をもたらすのを楽しむかのように、三つの殺害方法を駆使して被害者を殺していった。そして、最後にニコチンを注射された女子高生は、少女の姉だった。

——みんなが恋人を作ってドキドキしたいって思うように、私も人を殺してドキドキしたい。十四歳になってから殺すと、罰せられちゃうんだって。だから、今しかないの。

加工された音声が、繰り返しニュースで流された。フォックス事件の異常性を象徴する発言だったからだろう。犯行の動機は、被害者に対する怨恨《えんこん》ではなく、殺人という行為への純粋な興味。刑事裁判や少年審判の仕組みを理解した上で、殺人に踏み切った決断。

世間の注目や怒りの矛先は、フォックスや家族に対してまず向けられた。しかし、初動段階の報道が落ち着いたあとは、少年法の在り方が厳しく非難されるようになった。

問題は、十三歳というフォックスの年齢にあった。

故意に被害者を死亡させた十六歳以上の少年は、検察官に送致されて刑事裁判を受けるのが原則とされている。つまり、この場合は成人と同様に刑罰を科されることになり、犯情によっては無期刑、十八歳以上であれば死刑もあり得る。

また、二十年ほど前に行われた法改正によって、十六歳未満の少年であっても十四歳に達していれば、一定の場合には検察官に送致して刑罰を科すことが可能とされた。

この法改正は、犯行当時十四歳の少年が起こした連続殺傷事件が一つの契機となった。

事件当時、僕はまだ小学生だったので、詳しい事情は把握していない。ただ、事件の概要は調査官になってから自分なりに調べて知った。それは、あまりに凄惨《せいさん》な事件だった。

一方、十三歳以下の少年に成人と同様の刑罰を科す道は、現行法の下でも拓《ひら》けていない。

約二十年前の法改正と同じように、刑事処分可能年齢を再び引き下げるべきだ。そういった署名活動がフォックス事件の報道と並行して行われ、国会にも提出された。

しかし、十四歳への引き下げと、十三歳以下への引き下げには、大きな違いがある。

前回の法改正は、少年法の刑事処分可能年齢と、刑法の刑事責任能力との間に生じていた齟齬《そご》を解消しただけだった。だが、十三歳以下への引き下げとなると、刑法が設けた十四歳のハードルを飛び越えてしまう。

少年の刑事処分に関する諸外国の規制はさまざまで、小学生でも刑罰を科される国もあるし、年齢による制限を課さず個別具体的に判断している国もある。政策的な判断が不可欠なので、統一的に規制するのが難しいのだろう。

現状の議論はこの辺りで止《とど》まっているはずだ。二度目の引き下げには難色を示す有識者のほうが多いと聞いている。いずれにしても、フォックスは現行法のレールに乗せるしかなく、少年審判が開始されることになった。

管轄に従って児童相談所が送致したのが、青葉家庭裁判所だったのだ。

僕はまだ、早霧さんたちがどのようにしてフォックスと向き合ったのかを聞かされていない。新田さんが途中で寝てしまって、昨夜は一次会で解散となった。

ガタン。電車が揺れて、ヒールで足を踏まれた。

若干の二日酔いと爪先《つまさき》の痛みに耐えながら、裁判所の最寄り駅に向かっている。

教育ではやり直せない少年――、不可逆少年。早霧さんから聞いた持論が、鮮明に頭の中に残っている。時間ができたら、神経犯罪学について調べてみようと思っていた。

調査官が持つ専門分野のバックボーンは、さまざまなものがある。法律学、心理学、社会学、教育学。採用試験では、専門分野の科目を選択して受験することができる。採用後の研修では他の分野についても学ぶが、特定の専門分野を思想の根幹に据える者は少なくない。

僕は法学部出身で、「だから理屈っぽいんだ」と笑われたり、「瀬良くんは少年の気持ちがわかってない」と注意されたりする。こんなことを言うと、他の法学部出身の調査官から、「一緒にするな」と怒られそうだけれど。

そんな調査官の中でも、神経犯罪学という聞きなれない学問を、それも博士課程まで学んだ人には初めて出会った。早霧さんは、これまで関わってきたどの調査官とも違う独特な雰囲気がある。ジャケットより白衣が似合いそうで、研究者と言われたほうがしっくりくる。とりとめのないことを考えながら吊り革《かわ》を摑んでいたら、目的の駅に着いた。それなりに栄えている都市なので、満員電車とは言わないまでも降りるのも一苦労だ。

　ホームの様子に違和感を覚えて立ち止まる。

中央辺りに十人ほどが集まり、何かを見ていた。

何だろうと思って僕も近付く。彼らの視線の先には、ぺたりと座り込んでいる女性がいた。制服を着ているので、おそらく女子高生だろう。泣いているように見えた。

……痴漢か？　駅員がやってきて、野次馬を退《ど》かした。

女子高生が手に持っているものが視界に入り、ぎょっとした。

長い黒髪の束《たば》――。

「またかよ」傍を通り過ぎた誰かが言った。

女子高生連続髪切り事件。先週の地方紙で見た記事を思い出した。

青葉市内を走る東西線や南北線の電車内で、女子高生の髪が切り落とされる事件が多発している。長い黒髪の女子高生ばかりが狙われ、二十センチ以上切られた者もいる。

各鉄道会社が注意を呼びかけ、警察も動いているが、混みあった車内での犯行ということもあって、まだ犯人は捕まっていない。

「なんで……、私が……」

女子高生の悲痛な声が聞こえてきた。ホームに降り立ってから、被害に気付いたのだろう。切られた髪が肩に残っていたか、他の乗客が気付いて教えたか。

駆け寄った駅員は、男性ばかりだった。彼らが宥《なだ》めても、女子高生が落ち着くまでには時間が掛かるだろう。近くにあった事務室に入って、女性の職員に事情を説明した。

「二次被害に繋がりかねないので、あの子の側にいてもらえませんか？」

「あっ……わかりました」

「お願いします」

これ以上、僕にできることはない。やるせなさを覚えながら、ホームを離れた。

＊

その日の午後。僕と新田さんは、官用車に乗って鑑別所に向かっていた。

鑑別所までは結構な距離があって、支部にいたときのように歩いて通うのは難しい。都合が付けば官用車に乗せてもらえるが、公共交通機関を使うこともあるらしい。

「髪切り事件って知ってます？」

「ああ、女子高生ばかり狙われてるやつね」

今日も、新田さんは眠そうだ。調査官としてのキャリアは、僕より五年くらい長いと聞いた。おっとりした性格に見えるが、怒らせると怖いと一条は言っていた。

「今朝、被害者を見ちゃって」

「黒髪のロング？」

「はい。ばっさりでした」

新田さんは、自分の髪を摑みながら、「ひどいことをするなあ」と言った。

「ショックを受けてるでしょうね」

「それで済む？　犯人は、髪を一部持ち去ってるんだよね」

「え？　そうなんですか？」

　そこまでじっくり記事を読んだわけではなかった。

「現場に落ちてることが多いけど、切られた量には足りないってニュースで言ってた」

「何に使ってるんでしょうね」

「理解できるかは別として、性的な使い道を思い浮かべる人が多いんじゃないかな。過去の似た事件では、ネットのオークションで取り引きされていたらしいし」

　想像しただけで、不快な気分になった。

「誰が買うんですか……」

「そりゃあ、お仲間でしょ。怖い世の中」

「詳しいんですね、新田さん」

「この犯人は、すべての女性に喧嘩を売ったようなものだから」

　横顔を覗《のぞ》き見て、怒らせたら怖いというのは本当かもしれないと思った。

「瀬良くんは、髪の毛の使い道ってどんなのが思い浮かぶ？」

「性的なのは抜かしてもいいですか？」

「うん。気分が悪くなりそうだし」

「うーん。そうですね。ウィッグとかエクステは、人毛から作るのが多いって聞いたことがあります。髪の毛を寄付するのは……、ヘアドネーションでしたっけ？」

　そういった用途なら、質が良《い》い黒髪を切り落とす動機も説明できるだろうか。

「犯人は抜け毛に苦しんでいて、女子高生の髪でカツラを作ろうとしてる」

「冗談ですよね」

「半分くらい本気。他には？」

「ぱっと思い付いたのは、あとはストレス発散くらいです」

「髪の毛って、醤油《しょうゆ》の原料にも一応なるらしいよ」

「醤油？　髪が？」

「人毛醤油ってやつで、髪の毛を塩酸で煮て一手間加えると、醤油的なのができる」

「的なのって……」そもそも、食品に塩酸を使う時点で怪しすぎる。

「気になるなら調べてみて」

　そこで、新田さんは小さく笑った。

「どうしたんですか？」

「この質問、少年にしてみたら面白いかも」

「心理テストの一環ですか？」

「うん。いろんな答えがあり得るから、分析に使えそう」

　訊いたことはないが、新田さんは心理学を専攻してきた調査官のような気がする。

「ウィッグを作るためって答えるのは、どんな心理状態になりますか？」

「三十代に差し掛かろうとしていて、髪の行く末に不安を抱いてる」

余計なお世話だし、それは心理分析じゃない。

「この話、やめましょうか」

「そうだね。犯人が捕まればわかることだし」

これから面接する少年について訊こうとしたら、新田さんが話を振ってきた。

「昨日の歓迎会は災難だったね。早霧主任、酔うとよく喋るの」

「神経犯罪学の話は、衝撃的でした」

「真に受けないほうが良いよ」

「不可逆少年の話って聞こえてましたか？」

「巻き込まれたくないから寝た振りをしてただけ」

「迫真の演技でした」

首の動きを再現してみせると、新田さんは頬を緩めた。

「頑張って反論しようとしてたよね。正直、ちょっと意外だった。瀬良くんって、理念よりも現実的な解決策を重視するタイプだと思ってたから」

「神経犯罪学が、現実的な解決策になるってことですか？」

「というより……、調査官としては楽でしょ。やり直せない少年の存在を認めちゃったほうが。信頼を裏切られたときに、自分を納得させることができる」

早霧さんの話を聞いて、受け入れることに抵抗を覚えたのは確かだ。

頷いたら、引き返せなくなると思った。

「はっきり否定することもできませんでした。面接中、この少年は本当にやり直せるのかって、たまに考えちゃうんです」

「瀬良くんは真面目だね。ああ……、バカにしてるわけじゃないよ。私も、そんなふうに悩んだ時期はあったし。でも、子供が生まれたら考え方も変わったなあ」

「どんなふうにですか？」

「まだ小学二年生だから、私たちが向き合ってる少年ともちょっと違うけど、どんどん成長していくんだよね。いろんなことを吸収すれば、性格だって変わる。一年後には、別人みたいになってるの。私は、もう性格も考え方も凝り固まってるから」

「可塑性が目に見えるものだったら、こんなに悩まないんですけど」

「調査室で向き合ってる少年が反省しているように見えなくて、親とか先生が頼りなくても、環境を整えて自分を見つめ直させれば、絶対にやり直せないって言い切れる子はいないと思う。だから私は、早霧主任の考え方を認められない」

　立ち直れるか不安だった少年や保護者から手紙で近況報告を受けて、安堵《あんど》の息を吐いたことがある。少年の可塑性を信じてよかったと思える瞬間だった。

　一方で、最後まで悩んで保護観察を選択した少年が、再非行に走ってしまったこともある。働きかけが不十分だったと自分に言い聞かせて、折り合いをつけてきた。

　不可逆少年の存在を肯定すれば、責任の所在が曖昧《あいまい》になる。

「神永詩緒も……、やり直せると思いますか？」

　新田さんは、一瞬驚いた表情を見せた。

「さっきの答えと矛盾してるし、情けない先輩だと思われるかもしれないけど、彼女がやり直せるかはわからない。私は、あの子と向き合っていないから」

「これ以上は訊かないほうがいいですか？」

「私に答えられる質問ならいいよ。瀬良くんも気になってるだろうし」

「担当調査官は、誰が？」

　事件記録を受け取った裁判官は、法的な視点から適切なルートを検討して、さらに踏み込むべきと判断した場合は、少年との面接を調査官に行わせる。

「あの事件は異例尽くめだった。調査命令は、四人の調査官に出されたの」

「四人？」

　通常であれば、一つの事件を担当する調査官は一人だ。

「資料として何十冊っていう数の分厚いファイルが送られてきて、詳細な精神鑑定を実施することも決まった。記録を読み込んで、本人と面接をしながら周囲の環境について調べて、調査報告書を作成する。一人の調査官でこなせる業務量じゃなかった」

「じゃあ、新田さんも？」

「私は、その他の事件をサポートする役割だったから、参加していない。四人態勢とはいっても、メインで担当していたのは二人で、残りの二人は日程調整とかの雑務を引き受けた。そのメインの二人が、早霧主任と、君の前任の常永《つねなが》くんだった」

　常永靖《やすし》。僕と同い年くらいの調査官だったと聞いている。

　そして、今年の三月で調査官の職を辞したと——。

「優秀な調査官で、将来を期待されていた。だから、フォックス事件も担当することになったんじゃないかな。運が悪かっただけかもしれないけど……。瀬良くんを熱血にして、鬱陶しさを三割増しにした感じ」

「それは、もはや別人だと思います」

「事件現場が市内と判明してからは、送致されるのを覚悟して準備を進めた。重大事件の処理経験がある裁判所から対応要領をもらって、職員でシミュレーションを繰り返した。さんざん焦《じ》らされてから、満を持して神永詩緒は送致されてきた」

「どんな子だったんですか？」

　動画で見た、神永詩緒の真っ赤に充血した目を思い出す。

「私は一度も会ってないから、詳しいことは早霧主任に訊いて。でも、初回の面接から戻ってきた常永くんは、抜け殻みたいだと言っていた」

「抜け殻……」

「審判が開始したのは十二月。観護措置と鑑定留置を経て医療少年院送致が決定したのは三月。あれからまだ、一ヵ月しか経ってないんだね。あまりに長い三ヵ月だった」

　家庭裁判所に送致されてきた少年は、身柄《みがら》を保全する必要があるかをまず判断し、必要性が肯定された場合には、鑑別所に一定期間収容する。これを、観護措置と呼ぶ。観護措置の基本的な期間は更新分も含めて四週間なので、約一ヵ月で結論が出ることが多い。神永詩緒の事件では鑑定留置が別に行われたので、身柄拘束が三ヵ月に及んだのだろう。

　もう一つ、訊くべきことがある。

「どうして……、常永調査官は調査官を辞めてしまったんですか？」

「もともと常永くんは四月で異動して、代わりに瀬良くんが来ることは決まっていた。それなのに、誰にも相談しないで退職を申し入れた。だから、本当の理由は知らない」

「でも——」と新田さんは続けた。

「常永くんを追い詰めたのは、神永詩緒じゃない。早霧主任だよ」

＊

数日後。僕は早霧さんに呼び出されて、青葉大学のキャンパスにいた。

焼き鳥屋での講義、官用車での会話。青葉家裁少年係で数週間働いて感じたのは、これまでの調査官室とは異なる雰囲気が漂っているということだった。中心には早霧さんがいて、フォックス事件の残り香がその周りをコーティングしている。

早霧沙紀という人間は、謎に包まれたままだ。異端な経歴の持ち主なのは間違いなく、主任になれるくらい優秀なのもわかるが、人となりが見えてこない。

少年係の事務官や書記官にそれとなく訊いてみても、「ああ……、早霧主任ですか。うん。ちょっと変わってますよね」と言葉を濁されるだけだった。

神経犯罪学。

脳の構造的な特徴や神経作用の問題といった生物学的要因を重視して、非行の要因を読み解こうとする。控《ひか》え目《め》に言っても、調査官としてスタンダードな考え方とは言い難《がた》い。

それを理解していながら、もっと詳しく知りたいと僕は望んでいる。

少年が暴走したときの言い訳を増やすためではない。彼らと向き合う中で蓄積された疑念を解決する糸口になることを期待しているからだ。

資料室では文献が見つからず、ネットでは断片的な情報しか手に入らなかった。マイナーな学問だと教えられたのを思い出して、早霧さん本人に訊くことにした。

そうしたら、青葉大医学部キャンパスの場所と時間を告げられたのだった。

仕事を終わらせてから、スーツのまま待ち合わせ場所に来た。涼しさが残っているからまだいいが、すぐにジャケットが鬱陶しくなるだろう。クールビズ期間が待ち遠しい。

「お待たせ」

白いブラウスに濃紺のスカートという服装の早霧さんが近付いてきた。

キャンパスの並木道を歩くと、まだ桜が咲いていた。この地方は、開花の時期が遅いらしい。白を基調とした建物に入り、早霧さんがカードキーを使って自動ドアを開けた。

「どうして、そんなものを持ってるんですか？」

「関係者だから」

エレベーターで三階まで上がって、リノリウムの廊下を進む。誰ともすれ違うことはなく、光が漏れている部屋はあったが、話し声は聞こえてこない。

第二研究室と白色の文字で書かれた扉の近くで、早霧さんは立ち止まった。そこに入るのかと思ったら、先ほどのカードキーをすぐ隣にある部屋の扉にかざした。

四畳くらいしかない、縦長の狭い部屋だ。机と椅子が、壁を正面にして置かれている。

「ここは？」

「実験を観測する部屋」

早霧さんは小さなスイッチを押した。既に照明はついている。何のスイッチなのだろう。

そう考えていたら、机と接している壁がスライドしてアクリル板が現れた。

照明を消すと、向こうの部屋の様子が見られるようになった。

「マジックミラーになってる。瀬良くんも、見たことはあるでしょ」

「はい。覗き見している気がして苦手ですけど」

家裁にも同じような部屋がある。一方の親と子供を別室で遊ばせて、その様子を調査官と親権を争う親がマジックミラー越しに観察する。そういった用途で使われる部屋だ。

別室の親は、子供が楽しんでいる姿を見せつけようと必死になる。それが空回りしているのを見ると、やるせない気持ちになるのだ。

「音声は切ってあるから、声を潜めなくていいよ」

向こうの部屋は広く、人も多くいた。ベッドやリクライニングチェアがあるのはわかるが、いくつも並んでいる機械は用途が不明なものばかりだ。隅のほうに複雑な波形や数値が表示されたモニターがあり、それを多くの人が眺めている。

ベッドは無人だが、リクライニングチェアに誰かが座っていた。

「女の子……ですよね」

「彼女が被験者」

背を向けているため、顔は見えない。制服を着ているのだが、どこかで見たことがある気がした。引っ越してからそれほど日が経っていないので、最近の出来事のはずだ。

制服を見かける機会。記録に添付された写真か――、

駅のホームだ。髪を切り落とされた女子高生が、彼女と同じ制服を着ていた。

「これから、何が始まるんですか？」

「皮膚コンダクタンスを測定する」

「皮膚……」

「コンダクタンス。指先に電極が付いてるでしょ？」

背もたれの側にあるモニターを早霧さんは指さした。心電図のような画面が表示されている。女子高生の位置からは見えない角度だ。

「電極からは、対象者には感知できない微弱な電流が流れている。そしてあのモニターには、発汗量の変動によって生じる電流の伝導率の変遷が記録される」

「すみません。まったく理解できません」

「汗っかきの人は、電流が流れやすいってこと」

「拷問みたいに聞こえるんですけど」

「気付かないくらい弱い電流って言ったでしょ。発汗量は、中枢神経系が活性化しているとき、言い換えると、高度な集中状態にあるときに増える」

「はあ……」集中力を試すテストと理解すればいいのだろうか。

「とりあえず見てて」

車輪がついたラックに載せられた大型のモニターが、リクライニングチェアの前に置かれ

た。そのモニターに、田舎《いなか》のあぜ道が映し出された。女子高生は、画面を見ているようだ。

「間違い探しでも始まるんですか？」

集中状態から連想したのだが、早霧さんは黙ったままだった。

水田があって、奥には森が広がっている。何の変哲もない田舎の光景。三十秒くらい、同じ画像が映し出された。そのあとに画面が暗転して、パリのエッフェル塔に切り替わった。そこでも三十秒の待機時間があった。再び暗転。どこかの公園の噴水。三十秒の静寂。

風景写真を見せているだけ。そう思ったら、急に直視し難い画像が表示された。

焼けただれた皮膚。

手違いで混入した画像なのかと思った。だが、画像が切り替わる気配はない。三十秒が経ら、何事もなかったかのようにチューリップ畑が映し出された。

「さっきのって……、火傷の痕ですよね」

「まだ続くよ」

チューリップ畑の次は、展望台から見える夜景、朝焼けに照らされた砂浜と続いた。

暗転。大量の鼻血を出している男性の顔。

もしかして……、と思う。思考がまとまる前に、画面が暗転する。

星空。工場の跡地。雪が積もった山。化膿《かのう》した傷口。

やはり、そうだ。三つの風景写真が続いたあとに、傷跡が映し出される。

三つ目の風景を見ている三十秒は、そのあとの画像を想像して鼓動が速くなる。暗転した瞬間、緊張はピークを迎える。傷跡を見て、気分が悪くなる。風景に戻って、安堵する。

「あの子がかわいそうですよ」

本心から出た言葉だった。こんなのを見続けたら、トラウマになりかねない。

「本質に触れない程度の説明はしてる」

「だからって」

「あとは繰り返すだけだから、説明を始めてもいい？」

横並びの椅子に座ったが、視線の先にある部屋では残酷な上映会が続いている。

「ルールは理解できた？」早霧さんに訊かれる。

「三つの風景と一つの傷跡がセットで、三十秒ごとに切り替わる」

「正解。それぞれの時点での発汗量を調べて計測してるの」

「それで何がわかるんですか？」

「古典的条件付けによる、情動反応の強弱」

補足があると思ったので、実験の様子を眺めながら説明を待った。

「さっきも言ったように、高度な集中状態にあるときに人の発汗量は増える。集中しているときは、喜怒哀楽をはじめとする情動反応が前面に出やすい。そして、そういう情動反応は突然に生じるものではなく、その前段階の出来事がトリガーになっている。褒められたから、嬉しい。叩かれたから、悲しい。こういった経験を積み重ねていくと、何をすれば嬉しい気分になり、何をすれば悲しい気分になるかを無意識に覚えていく。つまり、情動反応が条件付けられるの。幼少期に蓄積した情動反応が、良心を形成するといわれている」

概略は理解できた。思い浮かんだ単語を口にする。

「パブロフの犬みたいな話ですよね？」

「そのとおり。パブロフの犬の場合は、ベルを鳴らしたあとに餌《えさ》を与える流れを繰り返すことで、ベルの音を聞いただけで唾液《だえき》を分泌するようになった。今回の実験も、基本的には一緒。条件付けられた情動反応を強制的に形成している」

マジックミラー越しに行われている実験の内容を、頭の中で振り返る。

「ああ、そうか。三枚目の風景写真が、ベルの音なんですね」

「良心がきちんと形成されていれば、三枚目の風景写真を見たときか、遅くとも暗転したときに、そのあとに起こる不快な出来事を無意識に予測して発汗量が増えるはず」

「良心の形成が不十分だと、どうなるんですか？」

「覚せい度が恒常的に低くなって、適切な情動反応を示さなくなる」

「喜怒哀楽が乏《とぼ》しくなるってことですよね。でもそれって、そこまで問題があるんですか？人付き合いに苦労するのはわかりますけど」

冗談を交えて言うと、早霧さんは首を左右に振った。

「恐れるべきものを恐れないのが問題なの。盗みたい、殴りたい、殺したい。そういった感情が芽生《めば》えても、充分な良心を形成できていれば想像した結果に恐怖を覚えて踏み止まる。適切な情動反応を示さないのは、善悪の区別が付かないのとイコールなんだよ」

「善悪の区別が付かない……」

「大問題でしょ」

僕たちは、許される行為と許されない行為を無意識に峻別《しゅんべつ》している。

命を粗末《そまつ》にしてはいけない、人の物を盗《と》ってはいけない、自分がされて嫌なことを人にしてはいけない――。誰から教わったのかも覚えていない規範や常識が、良心となって自身の行動を制御している。

「つまり、衝動が抑えられなくなるってことですよね」

「反社会的行動を引き起こすともいうね」

「それって――」

僕が続けようとした言葉は、早霧さんに引き取られた。

「あれは、不可逆少年か否かを見極める実験でもあるってこと」

「あの子は……、何者なんですか？」

「いろんな問題が絡んでるから、まだ教えられない。でも一つだけ言えるのは、彼女が被験者に名乗り出なければ、このメンバーが集まることはなかった」

ここからでは後ろ姿しか見えない。非行歴がある少女なのだろうか。

「向こうにいる人たちは、青葉大で神経犯罪学の研究を？」

「何人かは混じってるけど、研究に興味を示した学者が集まった寄せ集めのチームだよ。彼女が来やすいように、無理を言って場所を貸してもらってる」

十人くらいが、慌ただしく動き回っている。

「そんなに重要な存在なんですね」

「というか、彼らは常に被験者を探してるの。めったに見つからないから」

「適任なのは、前科者とか非行歴がある少年ですか？」

特別試し読み

「皆はさあ、最大の悪、ってどういうものだと思う？」

びっくりするくらい、唐突な話題だった。皆、初めて光に当たった生き物みたいにきょとんとしている。

「それほど難しい問いかけじゃない。悪を『汚れ』に置き換えて考えたらいいんだよ。たとえばTシャツに付いた泥の汚れ、コーヒーの汚れ、油汚れ……洗濯機にぶちこんで、最終的に油汚れだけ落ちなかったら、一番たちが悪いのは油汚れ、って結論になるでしょう」

一瞬だけ、コンサルタントはこちらを振り返った。

「それではどのような洗剤でも拭いきれない悪とはどのようなものか例を挙げて考えて行こう。たとえば貧困のために盗みを犯す人間がいる。他国の富を求めて侵略戦争をしかける国家が存在する。これらの悪行は、潤沢な資源が全世界に行き渡れば姿を消すだろう」

その、全世界に行き渡らせる、という部分が難しいような気がするけれど……ここは黙っておこう。

「では憎しみ、怒りが引き起こす悪行は？　これはさっきの悪に比べると厄介だけれど、対処が不可能ってわけじゃない。なぜなら怒りも憎しみも、その理由、対象がなければ発生しないものだからだ。社会への不満、対人関係のトラブル……これらはいつの時代にもあり得る厄介な要因ではあるけれど、まったく手に負えない要因とは言えない。対人カウンセリング、大衆を政治へ参加させるシステムの再構築、他者の精神と同調を可能にする感応システムの開発・普及等によって、漸進的に姿を消すだろう」

「あなたの仰りようですと」

茂木さんは無表情のまま、顎の位置だけ動かした。

「理由が存在する悪行であれば、いつかは解決できる、取るに足らぬものであると見なしておられるようですな。楽観的な考えだ」

「皮肉で仰っているようですが、それで正しいと思いますよ」

受け流すように安楽さんは肩で波を立てる。

「その通りですとも。突き詰めて考えると、理由の存在する悪は、文明の発展と共に減少することは確実です。私は在野の研究者ですので、宮仕えの方よりずっと未来を見つめています。だとすれば、そういった理由付きの悪が消滅した未来、人類の脅威となる悪とは」

「『理由がない悪』」

私と玲奈の言葉が被った。ちょっと気まずい。

バックミラーの安楽さんが目元を綻ばせた。

「そう……理由のない悪が最も恐ろしい。手に持ったボールペンをくるくる回すように、扇風機の前で『あああ』と口にするように発生する加害行為があるとしたら、それこそが最悪だ。理屈も意図もないものは予測も、抑制もできないからね」

沈黙が訪れた。

数十秒、間を置いて、私は探るように訊いた。

「……今の話、本当にパン屋さんと関係ないんですか」

「本当は関係あるんだけどね」

意味ありげに安楽さんは歯を覗かせた。

ハイマーは大学のロータリーに入り、間もなく駐車場へ移動した。エンジンを切り、心理コンサルタントは運転席を回転させて身体をこちらへ向ける。

「さて、皆さんお待たせしました。ようやく本題、アルバイトの内容説明に入ります。本当は大学の会議室とかを使いたかったけど、手続きが面倒でさ、ここで許してね」

そう言って、スマホをかざして見せた。

「事前に確認したんですけど、皆、スマホは持ってるよね。これからメールを送るので、各々受け取ってください」

すぐに送信されてきたメールには、用途不明のファイルが添付されていた。

「あやしいウイルスじゃあ、ないよ。皆さんに使ってもらうアプリケーションです。クリックしてもらったら解凍されます」

言われるままにファイルを解凍する。それほど重いアプリじゃないらしく、インストールは数秒で終了した。それまで使っていた他のアプリに混じってホーム画面に新しいアイコンが表示される。

シンプルなアイコンだ。豆腐みたいな白い立方体の上に、赤く、短い円柱が乗っかっている。

この形は……スイッチ？

クイズ番組の回答者が叩くようなわざとらしい形状だ。

「立ち上げてみてください」

安楽さんの指示に従ってアイコンをタップする

と、メッセージが現れた。

●スイッチを押しますか？
押す場合はパスワードを入力してください

「パスワードは応募書類の生年月日で登録したからね」

安楽さんは自身のスマホを掌で弄ぶ。

「パスワードを入力した後、『本当に押しますか？』のメッセージが表示されるから、『はい』をタップすれば、スイッチが作動するよ。なお、作動は一回きり。誰かが押したら、他の五人はアプリを使えなくなってしまいます」

参加者全員、訊きたくて仕方がないことがあるものの、安楽さんがまくしたてるので割り込む余地がない。

「これから一ヵ月の間、皆さんにはこのスイッチを押す権利が与えられます。その期間、各人の銀行口座には毎日、一万円が振り込まれる。その後で、皆さんにはインタビューをさせてもらいます。スイッチを押した人には、どうして押したかについて。押さなかった人には、どうして押さなかったかについてのね。一ヵ月間の心の機微を詳細に語ってもらうから、忘れっぽい人はメモ、よろしくー」

安楽さんは人差し指をこめかみにぐりぐりと当てる。

「もう一つ、嬉しいお知らせがあります！　インタビューの後で、皆さんにボーナスを差し上げます！　その額、なーんとっ！　百万円！」

ざわめきが、ハイマーの中を吹き荒れる。百万円を欲しがらない人間なんていない。にも関わらず、純粋に歓喜する顔が見当たらなかった。

「あのう」

私は意を決して手を挙げる。

「そのスイッチを押したら、何がどうなるんですか」

「ああ……それね。このスイッチを作動させるとね」

心理コンサルタントはあっさりと告げた。どうでもいい洗面所のスイッチに触れるみたいに。

「さっきのパン屋さん……彼らが、破滅します」

続きは単行本で！

「刑務所や少年院に協力を申し入れても、ほとんど応じてもらえない。どうにかして出所後に見つけ出しても、後ろめたいものを抱えているからすぐに逃げられる。罪を犯した人は、過去を隠して生きることを望む」

「ああ……、なるほど」被験者を探すのが困難なことは理解できた。

「早霧さんは、調査官として関わってるんですか？」

「見学を認められてるだけ。私は、研究から逃げた人間だから」

「博士課程まで進んだって聞きました」

「噂って、どこから漏れるんだろうね。残念ながら、私の最終学歴は中退だよ」

「大学をやめて調査官に？」

「急に泣いたりも怒ったりもしない理論は、優等生すぎるのよ。現場で、生の犯罪と向き合いたいと思った。調査官は、それができる仕事でしょ」

知れば知るほど、早霧さんの本質がわからなくなっていく。

「よく見学を認められましたね」

「私が彼女を連れてきたから、断りようがない」

「もしかして……、以前に担当した少年なんですか？」

「安心して。非行歴がある子ではない」

だとすれば、なおさら何者なのか気になってくる。

長い黒髪。着崩していない制服。後ろ姿は、どこにでもいそうな女子高生だ。

少女が見つめる先には、今もグロテスクな傷跡が映し出されている。

カミキリムシのことを話している女子の声が、私の席まで聞こえてきた。

「絶対、変態のしわざだよ」

「ハゲでしょ。国松《くにまつ》みたいな」

きゃはは。髪が薄い現国の教師をバカにして、バカみたいな笑い声。

「てか、制服盗まれたほうがまだマシだよね」

「十五センチ伸ばすのって、どれくらい掛かるのかなあ」

個人差はあるけど、一年ちょっとだよ。そう私が教えても信じないんだろうな。

ここ数ヵ月の間で起きている、女子高生連続髪切り事件。カミキリムシって呼んでいる子が多い。青葉市内を走る電車の中で、たくさんの子が被害に遭っている。うちの生徒の髪も切り落とされたみたいで、笑い話では済まなくなってきた。

気を付けてくださいってアナウンスを聞いたことがあるけど、いつの間にか切り落とされているらしいのに、どう気を付ければいいんだろう。休み時間に本を読みながら盗み聞きしたら、自転車通学に変えた子も結構いるみたい。それが一番の対策なんだと思う。

二年生になってから、まだ一ヵ月しか経っていない。クラス替えがあって、私と奏乃とバクはバラバラになった。爆弾を分散させたつもりなんだろうけど、逆効果だと思う。かわいそうなクラスが三つに増えただけだから。

たった一ヵ月で、私のクラスでの立ち位置は決まった。一言でいえば邪魔者。教室の空気を汚染する異物。でも、すぐに排除しなくちゃいけないウイルスとまでは思われてない。悪口が聞こえてくるだけで、積極的には攻撃されない。

殺されたあいつが私の父親だってことは、みんなが知ってる。多分、四月に入学したばかりの一年生も知ってる。というか、あんな事件があったのに、よく定禅寺高校を受ける気になったなと思う。倍率は一倍を余裕で切って、クラスも二つ減ったけど。

ようやく校門の前を陣取っていた記者もいなくなって、緊急の学年集会も三月以降は開かれていない。新たな一歩を踏み出そうって雰囲気を、学校全体で作ろうとしている。

あの三人さえいなくなればって……、先生たちも思っているんだろうな。

弁当箱を鞄にしまって、三周目くらいの小説を開いた。

「あいつもカミキリムシに切られたんでしょ？」

「ちょっと、やめてよー」

きゃはは。顔は上げない。笑われているのは私じゃない。

本を顔に近付けて小説の世界に入り込む。昼休みが終わるまで、あと二十分。

「茉莉」

顔を上げたら奏乃が立っていた。クラス中の視線を集めている。

「どうしたの？」

「屋上に行かない？」

微笑んで立ち上がる。奏乃がいなければ、私はウイルス認定されていただろう。さっきまで大声で話していた女子の近くを通ったら、舌打ちされた。

　一人じゃ何もできないくせに。


「ちょっと寒いね」

　屋上には誰もいなかった。風が強いからかな。

「今日は例年の平均気温くらい。昨日までが暖かすぎた」

「へえ……、そうなんだ」

　奏乃は変なところに細かい。今の気温を聞いたら、ぴったり言い当てられそう。

「茉莉のお母さんは、相変わらず？」

「え？」

「そろそろ、事件から半年経つよね」

　他人事《ひとごと》みたいな奏乃の口調がおかしかった。

「別に普通だよ。何もしないで、家でだらだらしてる」

「着せ替え人形のままってこと？」

「そうだね。どんどん自分の意思を失ってる感じ」

　お母さんのことは、奏乃に相談していた。一人で抱えるには重すぎて、誰かに聞いてもらいたかった。バクに話そうかなとも思ったけど、避けられているのがわかったからやめた。

　屋上で話した日から、バクは私たちと距離を置くようになった。

「今も、誰か家にいるの？」

「名前も知らないおじさんが、たまに来るよ」

「ふうん……」

本当に、お母さんの話が聞きたかったみたい。私を元気付けるために話しかけてくれた？

ううん。そんなことをする子じゃない。

「そういえば、カミキリムシって知ってる？」私は訊いた。

「カミキリムシ？」

「連続髪切り事件のこと。女子高生ばっかり狙われてるやつ」

「ああ。一年生の誰かも切られたんでしょ」

「何がしたいんだろうね」

「髪を切りたいんじゃない？」

そりゃそうだ。思わず笑いそうになった。

「何に使うのかとか、そういう話」

「動機を知りたがる人って多いよね。犯人に訊かないとわからないのに」

「……ごめん」

「どうして謝るの？」

「詩緒ちゃんのことを言ってるのかと思って」

フォックス事件の動機を、いろんな人が分析しようとしていた。奏乃も、警察とか記者から心当たりがないか訊かれたはずだ。

「もしも私が犯人なら、ショートカットを見るために切るんじゃないかな」

「被害者の？」

「うん。ショートにすると、どんな見た目になるんだろう。その好奇心が動機」

残酷な答えに、背筋がぞっとした。

「雑な切り方らしいから、ちょっと違う気がする」

「そっか。いい答えだと思ったんだけど」

フェンスを掴んで校庭を見下ろしたら、バドミントンをしている男子がいた。風が強すぎて羽が魔球みたいに動くから、ラリーが続いていない。

ふと思い立って、「詩緒ちゃんは元気かな？」と訊いた。

「病気になっても知るすべがない」

「医療少年院ってどこにあるんだっけ？」

「京都」

「遠いね……」

修学旅行が京都と大阪の予定だけど、新幹線を乗り継ぐ必要がある。

「会いに行く必要もないから」

「面会はできるんでしょ？」

「詩緒は、神永家から縁を切られた。もう、あの家に居場所はない」

「そんな……、それでいいの？」

詩緒ちゃんは、奏乃を殺そうとした。こんなことは訊くべきじゃないのかもしれない。

「監視された部屋で会っても意味がない。出てくるときは、私が迎えに行く」

「どれくらい掛かりそうなの？」

「更生したと判断されない限りは、ずっと出てこられない」

「三年とか五年もあり得るってこと？」

「十年近く掛かる可能性も、ゼロではない」

三年経てば、高校三年生。五年経てば、大学二年生。十年後は、何をしているんだろう。

詩緒ちゃんが受けているのは、誰のための罰なのかな。

死んだ人？　遺族？　傷つけられた人？　怖がっている人？

わからないよ。どれくらいの罰にするかって、私は訊かれてないもん。

更生するまで出てこられないって、奏乃は言った。

社会に戻したら、また人を殺しちゃうかもしれない。それが怖いのは理解できる。

でも……、詩緒ちゃんは、本当に少年院で立ち直れるの？

「出てくるときは、私も一緒に行っていいかな」

「引っ叩《ぱた》くために？」

「ううん。お礼を言いたいの」

詩緒ちゃんが失った時間を使って、私は大人になるんだ。

＊

家に帰ったら、ぼろぼろの革靴が玄関にあった。また来てるんだ。

そっとドアを閉めて、足音を立てないように階段を上った。

革靴を見落として、一度だけリビングで鉢合わせたことがある。髭が濃いのに髪は薄くて、お腹《なか》が膨《ふく》らんでた。臭《くさ》い息を吐きながら、暴力団の知り合いがいるって自慢された。

お父さんは、フリーターだけどかっこよかった。あいつは、最低だけど弁護士だった。

足し算するところを間違えてるよ、お母さん。

イヤホンを耳に入れて、リビングの声が聞こえてこないようにする。

私は、大学に行けるのかな。そんなことを、たまに考える。県立大に入れるくらいの成績は取れていると思う。勉強も嫌いじゃないし、何でもいいから専門知識を身に着けたい。

問題は学費。国公立でも、援助してもらえなかったらさすがに厳しい。

一回、ちゃんと話してみるべきなんだろうな。

お金のこと、家事のこと、将来のこと。いろんな問題を、まとめて解決したい。

ドアがノックされた。おじさんかと思って、びくっとする。

「なに？」イヤホンを外して返事する。

「茉莉ちゃん。入るね」

ばっちりメイクをしたお母さんが入ってくる。

冷蔵庫は空っぽなのに、化粧品は増えていく。我が家の七不思議の一つ。

「帰ってきたなら、ひと声かけてほしいな」

「邪魔しちゃ悪いかなって」

ドアが開いた音で気付いたんだろう。来客中の表示を外に出しておいてよ。

「不機嫌になっちゃって、大変なの」

「私が家にいるだけで？」

「昔から子供が苦手なんだって」

「だから、邪魔はしないよ」

手を握られた。伸びた爪《つめ》が凶器みたいに尖ってる。

「ねえ、茉莉ちゃん。お願いがあるの」

「なに？」

「あの人が家にいるときは、入ってこないでほしいの」

ふっと息を吐く。「自分の家なのに？」

「相続したのは、お母さんだよ」

「そうだね。私は住まわせてもらってるだけだった。何時までいるの？」

「わからない。夜ご飯は好きなのを食べてきていいから」

千円札を渡された。ネカフェ代に足りるのかも微妙なんだけど。

「じゃあ、帰ったなって思ったら帰ってくるから」

「ありがとう」意味不明な提案なのに、お母さんは頷いた。

思いっきり玄関のドアを閉めて、いなくなったことを教えてあげる。

自転車に乗って、砂漠の家に向かった。もともと今日は、スナに呼ばれていた。

スナからメッセージが届くペースが早くなってる。もちろん、髪を切らせてほしいって内容。ロングだった髪は、ちょっと長いショートくらいになった。

スナは、私を必要としている。できる限りの協力はしてあげたい。

もっともっと、早く伸びろ。立ち漕ぎで、坂道を登る。

涙が溢れてきた。手の甲で拭《ぬぐ》う。

向かい風のせいだ。私は不幸なんかじゃない。

奏乃がいる。スナがいる。きっと、バクとも仲直りできる。

クラスメイトも、家族も、一生付き合わなくちゃいけない人たちじゃない。

私の居場所は、ここじゃない。ここじゃない、どこかだ。


予定より一時間早く、砂漠の家についた。

「茉莉？」チャイムを鳴らしたら、スナが出てきた。

「ちょっと早く来ちゃった」

「そうなんだ。いいよ、入って」

家の中に入ると、もうカットの準備が整っていた。

いや、違う。新聞紙の上に溜まった黒い髪。前に切ったときのまま放置してるんだ。二週間も経っているのに。うちほどではないけど、ごみが溜まっている。食べかけのコンビニ弁当があったり、ビールの空き缶が潰れていたり。

　前までは生活感がなかったのに、来るたびに部屋が荒れていく。指摘することもできなくて、気付かない振りをしてきた。受け取った新聞紙を重ねて椅子に座る。手作りのクロスを被せられたときに、スナの匂《にお》いを背中で感じた。

最近、スナの様子がおかしい。

落ち着きがなくて、私と視線を合わせようとしない。それに、どんどん痩せて……、ううん、病人みたいにやつれてる。目の下の隈《くま》も濃くなってるし、ちゃんと眠れてないのかな。

「ちょっとだけ切るね」

会話が噛み合わないことがあって、カット中も話しかけづらい。

鏡に映るスナの顔を見ていたら、かっこよかったお父さんを思い出した。顔が似ているわけじゃない。年齢も離れている。それなのに、どうしてだろう。

そうだ……。事故で死ぬ直前のお父さんと、今のスナが重なるんだ。まとっている雰囲気とか、こけた頬が。やだな。不吉な想像をしている。偶然に決まっているのに。

そこで、扉が開く音がした。驚いて、身体が少し跳ねた。

「バクかな……」スナが呟いた。

髪を切ってもらっていることをバクには話していない。隠すつもりはないけど、打ち明ける機会がなかった。

悪いことをしているわけじゃない。膝の上に置いた拳を、ぎゅっと握りしめる。

「何やってんだよ、お前ら」

久しぶりに、バクの声を聞いた。

鏡にバクが映る。坊主頭を乱暴に掻《か》きながら、大股《おおまた》で近付いてきた。

「どういうつもりだ、兄貴」

「何が？」

「自分が何をしてるか、わかってんのか」

口調からも、表情からも、怒りの感情が滲《にじ》み出ている。

でも、どうして？

「茉莉の髪を切ってるんだよ」

「そんな資格……、今の兄貴にはないだろ」

スナの腕を掴んで、ハサミを取り上げようとした。

突然の展開に、理解が追い付かない。

「ちょっと、やめなよ！」見かねて口を挟んだ。

「茉莉は黙ってろ」

「は？　急に来てなんなの？」

「ここは俺たちの家だ」

お母さんの顔を思い出した。これ以上、私の居場所を奪わないで。

「普段住んでるのはスナでしょ。私は約束してきてるの」

「何の約束だよ」

「見ればわかるでしょ」

バクは、私を無視してスナを睨んだ。いつの間にか、ハサミが畳の上に落ちていた。

「あれはどうした？」

「捨てたよ。もう心配しなくていい」

「信じると思ってんのかよ。どっかに隠したんだろ」

「茉莉がいるんだ。あとにしてくれないか」

「ふざけるなよ……」

ここまで怒ってるバクは、初めて見た。

「ねえ、落ち着こうよ、二人とも……」

鏡越しにバクと目が合う。怒ってるのに、泣き出しそう。

「兄貴がおかしくなってることは、茉莉も気付いていたんじゃないのか」

やっぱり、そういう話なんだ。気付いていたよ。でも……、

「今日は調子が良さそうだし――」

「本気で治そうとしてるなら、調子が良いわけないんだ」

「何を言ってるの……」

ハサミを拾ったスナが、バクの肩に手を置いた。

「退いてくれ。僕は、茉莉の髪を切らなくちゃいけない」

「本当に、何も見えてないんだな」

「もう治ったんだよ、指も、全部……」

「これが、治った奴がやることなのかよ！」

強い力で肩を摑まれる。振り向くと、そこには睨み合っている二人がいた。

「茉莉が、学校で笑われてるのを知ってるか？」

「…………」スナは、無言で私を見た。

「カミキリムシに襲われたって、そう笑われてるんだ」

やめて――。だけど、言葉が出てこない。

「ショートカットが似合ってないから？　違う。兄貴の切り方が下手くそすぎるからだよ。素人が見てもわかる。毛先が揃ってない、左右対称じゃない、一部分だけ短い。カミキリムシって……、うまいこと言うよな」

「違うよ、バク。まだリハビリ中だから――」

「指が震えるだけで、こんなことになるわけないだろ」

そんな目で私を見ないで。かわいそうな奴だって思わないで。

「私はいいの。すぐに伸びるから」

「兄貴……。お前には、茉莉の髪がどう見えてるんだよ」

左手を顔に当てて、スナは目を見開いた。

「カミキリムシ……」

「家が貧乏だから、自分で切るしかない。鏡がないから、あそこまでひどくなる。そうやって教室で笑われてもな……、茉莉は黙って座ってるんだよ。だって……、言えるわけないよな。美容師志望だった奴に、めちゃくちゃに切られてるなんて」

恥ずかしくて顔を伏せたくなる。バクは、すべて知っていたんだ。

「茉莉は……、一言も……」

「黙ってた理由もわかんねえのかよ！」バクは、スナの胸倉を力任せに掴んだ。

畳の上に二人が倒れる。馬乗りになったバクの頬から、血が出てた。スナの手にはハサミが握られている。どうしよう。私が止めないと。

「僕を憐《あわ》れんでたのか、茉莉」倒れたスナが私を見た。

「違うよ、私……」

「そうじゃねえだろ！」

バクの血が、スナのシャツを赤く染める。

「お前に、何がわかるっていうんだ！」裏返った声でスナが叫んだ。

「そうやって、自分だけが不幸だって顔すんなよ……」

「バクには野球があるだろ。僕には何も残ってないのに！」

「ああ。兄貴のおかげで、俺は野球を続けられてる」

両手を広げたスナは、抵抗するのをやめた。バクも摑んでいたシャツを放した。

「羨ましいよ。好きなように生きられて」

「なあ、指を潰されたときのことを覚えてるか？」声を震わせながら、バクは訊いた。

「忘れるわけない」

「あいつと、同じことをしてるんだぜ……」

ハサミを奪ったバクが、スナのシャツの袖を乱暴にまくり上げた。隠されていた右腕には、数え切れないくらいの注射の跡があった。

涙と、記憶が、溢れてくる。

「……一緒にするな」

「一緒だろ。薬でおかしくなって、大切にしなくちゃいけない人を傷つけた」

——あんな状態でバイクに乗るって、何を考えてるんだろうね。

――小さい子がいるのに、ほんとバカだよ。

――覚せい剤なんかに手を出して……。

記憶の奥底に押し込んでいた、お父さんが死んだときの記憶。

だから、お父さんとスナの姿が重なったんだ。

「あれがないと、ハサミを握れないんだ」

「やめる気はないのか？」

「もう、無理だよ」

「このままだと……、親父みたいになるぞ」

「神永詩緒なら、殺してくれるかな」

そう言ったスナの顔を、バクが殴った。

「死にたいなら……、勝手に死ねよ」

「やめて！」バクの身体にしがみ付く。だけど止められない。

「どうして、茉莉の気持ちに気付いてやらないんだよ……」

拳を赤く染めたバクは、うずくまるように畳に顔を押し付けて動かなくなった。

鼻から血を流しているスナは、生気を失った目で天井を見た。

無力な私は、涙を流すことしかできなかった。

ここが最悪なんだと思った。もっと落ちることはないと思った。

でも、二ヵ月後の七月。私たちは、地獄に堕《お》ちた。

第四章　少年は、未来を語らない。

☀ 七月八日（月）

青葉家裁に配属されてから三ヵ月が経ち、七月を迎えた。

七月七日といえば織姫《おりひめ》と彦星《ひこぼし》が出会う七夕だが、この町では旧暦に従って七夕祭りが開かれるらしく、市街を歩いても短冊を飾っている家屋は見かけない。来月のお祭りに向けて準備を進めているところなのだろう。

比較的大きな規模の庁舎で働くのは、調査官補のとき以来だ。担当に割り当てられたバラエティ豊かな事件と向き合っているうちに、忙しさにも慣れてきた。

人間関係にも大きな変化はない。早霧さんは何を考えているかわからず、新田さんはいつも眠そうでたまに口が悪く、一条はミスを重ねながら成長している。裁判官や書記官からは個性豊かなチームだと言われることが多いが、主任のせいですと答えれば納得してもらえる。

青葉大で実験を見たのは、早霧さんに呼ばれた際の一度だけだ。神経犯罪学に関する質問をすれば、一般論としては答えてもらえる。ただ、実験の進捗《しんちょく》状況は語りたがらず、僕を大学に連れて行ったことを後悔しているようにも見えた。

フォックス事件も同様で、本当にこの裁判所に事件が係属していたのかと疑問に思うほど誰も触れようとしない。一つわかったのは、彼らが避けようとしているのは神永詩緒の話題ではなく、僕の前任の常永調査官の話題だということだ。

将来を期待されていたが、フォックス事件を経て職を辞した調査官。

調査官が若くして退職するのは、それほど珍しいことではない。事件の情報や少年と接するうちに心を病んでしまう者が一定数いるからだ。しかし新田さんは、早霧さんが追い込んだと言っていた。あれは、どういう意味だったのだろうか。

机に置かれていた新聞に目を通していると、一条が話しかけてきた。

「瀬良さん知ってました？」

「うん。知ってたよ」

長い前髪が邪魔そうな調査官補と視線を合わせる。

「なんだ。それなら教えてくださいよ」

「何の話？」

「えっ？　知ってるんじゃないんですか？」

「不適切な質問だったと気付いてもらうために肯定した」

一条は、自分の思い込みを相手に押し付けることが多い。こういった世間話なら構わないが、少年との面接でも会話が嚙み合わなくて苦労していると聞いたので、矯正に協力しようという試みだ。決して、後輩をいじめて楽しんでいるわけではない。

「えっと……、カミキリムシのことです」

「また被害者が出たの？」

いつの間にか、連続髪切り事件の犯人は、カミキリムシと呼ばれるようになっていた。

「いや、捕まったらしいです」

「本当に？」

「多分、その中にありますよ」

回覧されているのは、裁判所に関係する記事を抜粋してコピーしたものだ。ぱらぱらとめくっていくと、すぐに事件についての記事が見つかった。

『地下鉄東西線の電車内で女性の髪を切ったとして、M県警青葉南署は6日、暴行の疑いで県内の公立高校2年の男子高校生（16）を逮捕した。「間違いありません」と容疑を認めているという。県内で多発していた類似の事件との関連性は不明。青葉南署によると、5日に男子生徒が同署に出頭したということで――』

顔を上げて、一条に頷いてみせた。

「一条が興味津々な理由がわかったよ」

「少年が犯人だったんですね」

「しかも、うちに送致されてくる可能性が高い」

この少年がカミキリムシなら、検察は一連の事件から立件できるものを抽出することになる。勾留《こうりゅう》延長が請求されなければ、送致は今月の十七日前後になるだろう。

「いやあ……、大変なことになりそうです」

「一条が担当かもよ」

「僕は、カンポですから。多分、瀬良さんです」

「やめてくれ」

それにしても、男子高校生が女子高校生の髪を切り続けていたとは――、
予断を持つのはよくないが、少年が心に抱えている闇の深さを感じてしまう。記事によれば、少年は自ら警察に出頭したようだ。この手の事件は動機の解明に苦労することが多いのだが、自責の念に駆られて自首したのなら取り調べには素直に応じるだろう。

「暴行なんですね」一条がぼそりと呟いた。

「傷害じゃないのかって?」

「どういう区別なんでしたっけ?」

記事には、少年を暴行の疑いで逮捕したと書いてある。警察がそのように発表したのだろう。傷害罪で逮捕状が請求されていれば、ここには傷害の疑いと書かれているはずだ。

「身体の生理機能を侵害する行為が傷害で、そこまでは至らない不法な有形力の行使が暴行。要するに、診断名が付くような結果が生じれば傷害罪の責任を問える」

「うわあ。そんな定義よく覚えられますね」

「髪を切り落としたり眉を剃《そ》り落とす行為は、外見に重大な変更を及ぼしても、生理機能は侵害していないから、暴行にとどまることになる」

構成要件が限定的な傷害のほうが、暴行よりも重い法定刑が定められている。

「女の人は怒りそうですね。髪は命っていいますし」

一条が言いたいことはわかる。ペットの命を奪っても器物損壊しか成立しないのと似た話だろう。被害感情と法定刑は、必ずしも比例するものではない。

「興味深いのは……、っていうのも反感を買いそうだけど、髪を切るんじゃなくて抜いた場合には、傷害罪が成立する余地があるんだ。不思議だよね」

「ああ。毛根とか地肌を傷つけてるからか……」

この区別は、一般的な感覚から乖離《かいり》していると批判されても仕方ない気がする。

「髪の切り落としも含めるために、身体の完全性の侵害を傷害と定義する考え方もあるらしい。実際、髪を切った行為に傷害罪を適用した裁判例もあって、警察は何の容疑で逮捕状を請求すればいいのか悩んだだろうね」

「瀬良さん……。何でそんなに詳しいんですか？」

一条は、驚いたような表情で訊いてきた。

「法学部出身だから」

「いやいや、僕も法学部だけど初耳です」

「自信満々に言われても困る」

「考え方も論理的だし、調査官より弁護士っぽいですよね」

良く言えば論理的。悪く言えば理屈屋。いろんな人にそう指摘されてきた。

「法律は好きだよ。でも、調査官になりたかったんだ」

「どうしてですか？」

面接用ではなく、本当の答えを教えることにした。

「僕も、虞犯《ぐはん》少年だったから」

「はあ……」

虞犯少年とは、行動や性格、周囲の環境に問題があって、そのまま放置すると罪を犯すおそれがある少年を指す。現時点では何とか踏み止まっているが、その先には切り立った崖《がけ》が待ち構えている。そんな少年のことだ。

件数としては多くないが、深夜徘徊《はいかい》で補導された少年が反社会的勢力との関係を仄めかしたり、援助交際が発覚した場合などに、虞犯少年として家裁に送致されるケースがある。

「運よく見つからなかったから、立件はされてないけど」

「荒れた少年時代だったんですか？」

おそらく一条は、昔は悪かったと武勇伝を語る先輩を見ている心境だろう。

「教師も諦めるくらいに荒れてた」

「へえ。意外です」

鑑別所や家裁で僕が面接してきた少年と、中学生だった頃の自分。

それぞれの少年が辿る運命の違いは、どこにあったのか。

「立ち直るきっかけを与えてくれた大人がいたんだ。その人は調査官ではなかったけど、仕事じゃなく生き方として、僕みたいな子供に関わり続けていた。話しているうちに影響を受けて、この道に進むことを決めた」

そうだ。僕は、スタートラインの遥《はる》か後方から見た景色を知っている。

だからこそ少年の気持ちが理解できたし、抱えている問題の大きさもある程度把握できた。足りない知識や経験は、過去の自分と重ね合わせることで補おうとした。

けれど……、その調査は、自分の物差しを基準に少年をはかっているにすぎない。

尺度を越える価値観や考え方に対して、どう向き合えばいいのか。

フォックス事件が、不安を顕在化させてしまった。

充血した神永詩緒の目を動画で見たとき、理解できないと思った。それどころか、重ね合わせようとした臆病《おくびょう》な少年は、怖がって目を背けた。

不可逆少年の存在を認めることに否定的な自分がいる。理解を拒みながら、少年の可塑性を信じ込もうとしているのだ。それは、調査官としての信念ではなく、道を踏み外すことを恐れたかつての少年の願望にすぎないのかもしれない。

少年は、やり直せる。そう心の中で呟いても、虚しさが募るばかりだった。

七月二十三日（火）

鑑別所の調査室で向き合う、初対面の少年。

何度繰り返しても、この瞬間の独特な緊張感には慣れない。いや、経験を積んだからこそ、第一印象の重要性を意識して身構えてしまう。調査は、既に始まっている。

カミキリムシは、七月十八日に青葉家裁に送致されてきた。

「佐原漠くん……だね」

「はい」

漠は、あどけなさが残る顔をゆっくり上げた。

坊主頭が少し伸びたような髪型だが、異性から人気もありそうな整ったルックスだ。不良少年というより、真面目なスポーツマンという印象を受けた。

「僕は、調査官の瀬良真昼。苗字でも名前でも、好きなほうで呼んでくれればいいから。彼は、一条篤紀。僕たち二人で、君の調査を担当することになった」

研鑽のために、調査官補の一条も面接に連れてきた。

「調査官の役割は、ここの職員から聞いてる？」

「俺の処分を決めるために来たんですよね」

「最終的な処分を決めるのは裁判官だよ。僕たちは、君の話を聞いて事件を起こしてしまった理由を一緒に考える。だから、思ってることを素直に話してほしい」

「わかりました」

感情が読み取りにくい目だ。接し方を誤れば、すぐに口を閉ざしてしまうだろう。

「何度も同じ質問をされて飽き飽きしてるかもしれないけど、いろんな角度から一連の事件を振り返る必要があるんだ」

「そういうものだとわかってるので大丈夫です」

受け答えはしっかりしているし、反抗的な口調でもない。

問題は、表情に一切の変化がないことだ。

「僕の手元にある送致書には、四人の女子高生の髪を切り落とした犯罪事実が書かれていた。どの事件を立件されたのかはわかってる？」

「はい」

調査官の役割は、非行事実の存否を認定することではない。しかし、調査を進めるためには、犯した罪に関する少年の認識を把握する必要がある。

「でも、警察で話を聞かれたときに君はこう答えてるよね。正確な人数は覚えていませんが、八人以上の髪は切ったと思います——」

「証拠が足りなくて、俺が認めただけでは不十分だと言われました」

「女子高生連続髪切り事件という見出しで、たくさんの事件が報道された。カミキリムシと呼ばれていたみたいだね。そのすべてを自分の犯行だと認めたってこと？」

「俺を真似《まね》した人間がいなければ、そうです」

カミキリムシの犯行として報道された女子高生は、全部で七人いる。

送致書の犯罪事実を見たとき、よく四人も立件できたなと僕は思った。誰でも出入りできる電車内での犯行となれば、現行犯逮捕しない限り犯人の特定は困難なはずだからだ。

だが、添付資料の捜査報告書を見て納得した。漠は、警察に出頭した際に、大量の髪の毛を持参したらしいのだ。それらを分析した結果、被害届を出した女子高生が任意提供したものと一部が一致した。

「さて」わざとらしく手を合わせる。「一条だったら、次は何を訊く？」

置物のように座っていた一条に話を振った。

「えっ？　自分ですか？」

「怖い顔で睨んでるだけなら、二人で来た意味がないじゃないか」

「睨んでないですって。心外だなあ。でも……、そうですね。やっぱり、たくさんの女子高生の髪を切り落とした理由を教えてほしいかな」

　重苦しい空気を変えたかったのだが、効果はなかった。

「ストレス発散です」

「どんなストレス？」

「部活、勉強、家族、友達。そういうイライラを、髪を切ることで発散していました」

　ほとんど同じ内容の発言が、犯行動機として供述調書に記載されている。

　きっかけは一条が作ってくれたので、質問を引き取った。

「部活のストレスって？」

「寮での集団生活とか、レギュラー争いが嫌になりました」

「勉強は？」矢継ぎ早に訊いていく。

「部活が忙しくて、予習や復習が追い付きませんでした」

「家族は？」

「父親が殺されました」

「友達は？」

「その事件が起きてから、避けられるようになりました」

　湊に聞こえるように、わざとらしく溜息を吐いた。

「そうやって冷静に分析できる人は、爆発しないものだよ」

「だけど、それが理由です」

警察は漠が答えたとおりに録取したのだろうし、荒唐《こうとう》無稽《むけい》な動機ではないので検察も追及しなかった。彼らが重視すべきは客観的な証拠なのだから仕方ない。

「女子高生の髪を切るとストレスを発散できるの？」

「だから繰り返しました」

「どんなふうに、すっきりする？」

「切り落とした分だけ、溜まっていた汚いものが排出される感じです」

「……それはおかしいな」

そう答えると、漠だけでなく一条も僕の顔を見た。

「被害者の髪を入れた袋を持って、警察に出頭したらしいね。つまり君は、切り落とした髪を現場から持ち帰り、どこかで保管していた」

「それが何か？」

「せっかく排出したものを取っておいたことになる。普通は、捨てて帰るんじゃない？」

毛髪がポジティブな意味を持つ場合——性的な欲求を満たすためや転売目的など——なら、切り落とした髪を持ち帰った理由は説明できる。

だが、漠が口にしたのは、ネガティブな動機に他ならなかった。

「戦利品みたいなものです」

これを信じるかは別の問題だが、供述調書に書かれていない答えを引き出せた。

「自首を決断したのはどうして？」

「いつか捕まるんじゃないかと思ったら怖くなって」

「覚えている限りで、最初の犯行はいつ？」

「四月に入ったくらいです」

正確には、四月六日が送致書に記載されている中でもっとも古い犯行日だ。被害者は私立の女子高に通う二年生で、佐原漠のことは知らないと答えている。

「三ヵ月間も、君は捕まらずに犯行を重ねていた。警察が学校にきたとか、自分が疑われてると考えるような事情があったの？」

「そういうわけじゃありません。ニュースを見て、怖くなったんです」

「怖くなった……、ね」その一点張りか。「被害者に対しては、どんな気持ちでいる？」

「取り返しのつかないことをしてしまいました。電車に乗るのが怖くなって、自転車通学に変えた子もいると聞いています」

「どうして、電車に乗るのが怖いんだと思う？」

「……うまく言葉にできません」

僕は、首を左右に振った。きちんと考えたようには見えなかったからだ。

「じゃあ、家族のことを訊くけど――」

座り直しただけかもしれないが、漠が背筋を伸ばした気がした。

「どうぞ」

「ああ、うん」気のせいだろうか。「保護者からも話を聞きたくてさ」

「母は俺が生まれてすぐに家を出ていったし、父は死にました」

当然、その辺りの事情は記録を読んだので知っている。

「お父さんが亡くなってからは、お兄さんと二人暮らしだったの？」

「俺は寮に入ってるので、家にいるのは兄貴だけです」

「君の状況を伝えようとしているんだけど、なかなか電話が繋がらないんだよね。旅行に行ってるとか、何か事情を知ってる？」

「さあ。携帯の番号は、警察の人に伝えたとおりです」

訊くべきことは、まだ山ほどある。ただ、漠の反応を見て僕は躊躇《ちゅうちょ》していた。

時間を掛けて向き合うつもりだったが、ここまで本心を見せてくれないのは想定外だ。

「あの――」漠が、僕の目を見つめていた。

「どうしたの？」

「被害者と会ったりもするんですか？」

「僕が？　うん。必要だと思ったら、会うことはあるよ」

「そうですか。手紙を渡してもらったりとかは……、難しいですよね」

意外な提案だった。どう答えるべきか、瞬時に思考を巡らせる。

捜査資料を読んだ限り、立件された女子高生は、いずれも漠とは面識がないと答えていた。特定の被害者を思い浮かべているなら、新たな繋がりが見えてくるかもしれない。

「誰に渡したいの？」

僕が手紙を預かるのは難しい。だが、この糸を手放したくなかった。

「いや……、やっぱり忘れてください」

「力になれるかもしれないよ」

「……」

どんな言葉を投げかけても、漠は俯き続けるだけだった。

＊

調査官室で記録を読んでいたら、いつの間にか十九時を回っていた。

超勤する者が多くいる係ではなく、この時間まで残ったのは久しぶりだ。終業時間になると冷房が強制的に止められるので、日中より不快指数が上昇する。

蒸《む》し暑い部屋を見回すと、残っているのは僕と新田さんだけだった。

「お子さんの迎えはいいんですか？」

訊いてから、余計なお世話だよなと気付く。

「今日は旦那《だんな》に行かせた。報告書を作らなくちゃいけなくて」

新田さんの夫は、隣の建物の地裁刑事部で書記官をしているらしい。

「厄介な事件なんですか？」

「他人の心配をしてる場合じゃないでしょ。それ、例の記録だよね」

「ええ。佐原漠の記録です。でも、起案はまだ先なので」

「そう言ってる間に、どんどん審判期日が迫ってくるんだよ。それで、何が気になってるの？　気分転換に聞かせてよ」

先輩調査官の優しさに甘えることにした。

「前に、髪を切り落とす動機について話したのは覚えてますか？」

「ヘアドネーションとか人毛醤油とかね」

あのときは、犯人として中年の男性をイメージしていた。

「佐原くんの答えは、ストレス発散のため……でした」

「まあ、あり得そうな答えなんじゃない？　なんちゃって醤油作りに比べれば」

「でも――」

動機と犯行後の行動に違和感を覚えたことを指摘すると、新田さんは頷いた。

「それ、本人に伝えたんでしょ？　一条くんが驚いてたよ」

「受け答えが台本を読んでるみたいだったから、アドリブで答えざるを得ない流れに持っていきたかったんです」

「合理的に説明しづらい行動をとる少年がいることは、瀬良くんなら知ってるよね」

「はい。でも、佐原漠は違うタイプな気がして」

「担当調査官の感覚は尊重するけど、視野は広く持つべきだよ」

「気を付けます」

心理学をきちんと勉強すれば、感覚ではなく言葉で説明できるようになるのだろうか。

新田さんが近付いてきて、僕の手元の記録に視線を落とした。

「本当の動機は別にあると思ってるの？」

「確証はありませんが、父親のこともあるので……」

「神永詩緒に殺された被害者の息子。骨董《こっとう》品くらい慎重に扱う必要があるわけだ」

「はい。今日の面接では触れられませんでした」

慣れた手つきで記録を開いた新田さんは、身上関係が録取された調書に目を通していった。経歴や家族に関する基本的な情報が、そこに書かれている。

「これが報道されたら、また電話が鳴りやまなくなるだろうなあ」

「マスコミを信じるしかないですよ」

佐原漠の父親——佐原健晴《たけはる》——は、フォックス事件の被害者の一人だ。半数近い手足の指を潰して、トンカチで撲殺。マスコミは、ピアニストの商売道具をゲーム感覚で傷つけたことを強調して記事にした。

その被害者の息子が、女子高生の髪を切り続けていた。

現時点では、カミキリムシの正体は『県内の公立高校2年の男子高校生（16）』としか報道されていない。推知報道規制が守られていることになる。

少年法は、少年が事件を起こした場合に、名前、住所、容貌《ようぼう》といった、特定の少年を事件の犯人に結び付ける（推知させる）記事等の掲載を禁止している。もっとも、推知報道規制には罰則がないため、マスコミが意図的に実名報道を行う可能性もゼロではない。

フォックス事件の際も、モザイク処理が不十分な写真が掲載されたり、実名をイニシャルに置き換えただけのテロップが流されたことがあった。

連続髪切り事件は、フォックス事件に比べれば社会的な注目度は何段階も落ちる。しかし、両者の結び付きが暴露されたとしたら……、想像しただけで恐ろしくなる。

「父親を失ったことが、今回の事件の動機に繋がる？」

供述調書を読み終えた新田さんは、元のページに戻して僕に訊いた。

「殺したのは、当時中学二年生の神永詩緒。今は三年生になっている年齢です。髪を切られた被害者は、全員女子高校生。復讐と捉えるのは見誤ってる気がします」

「佐原漠は、定禅寺高校の生徒なんだよね」

「はい」

「たしか、神永詩緒の姉も同じ高校だよ」

「え……？　ニコチンを注射された？」

「そう。あのときの記録に書いてあった。名前は神永奏乃。学年も一緒じゃないかな」

「そういえば、立件された被害者の一人も定禅寺高校の生徒でした」

記録をめくって名前を見つけた。新《しん》堂《どう》栄《え》美《み》。

「学年は？」

「一年生なので、一個下です。佐原漠のことは知らないと答えています」

「ふうん。でもさ、制服を見たら自分の高校の生徒って気付くはずだよね。あえて狙うって、思い切ったことをするなあ」

「神永奏乃が被害者だったら、繋がりが見えそうだったんですけど……」

「それこそ大騒ぎになる」新田さんは苦笑した。

加害者の姉と被害者の息子が、同じ学年に在籍していた。どんな関係性だったのだろう。

「佐原漠には、保護者がいません」

「さっき見たけど、親族はお兄さんだけみたいだね」

「連絡が付かなくて困ってるんですよ。適切な監督者がいないと、処分の見通しは厳しくなります」

「少年院送致も、充分あり得る事案って感じか」

少年に対する最終的な処分は、非行の程度のみで決まるわけではない。

たとえば、同級生を病院送りにした二人の少年がいた場合、同程度の非行と認定されても、性格や周囲の環境の違いによって、保護観察と少年院送致に分かれる可能性がある。

この判断の難しいところは、少年自身の力では解決することが難しい、家族の問題が重要視されてしまう点にある。折り合いが悪いだけなら調査官や付添人が調整できることもあるが、漠のように監督者が不在の場合は何らかの措置を講じなければならない。

「お兄さんに監督を期待できればいいんですけど」

「働いてるの？」

「いえ、美容系の専門学校に通ってるそうです」

「どうやって二人は生活してきたわけ？」

「慰謝料や保険金を切り崩してるみたいですね」

殺人事件の遺族となれば、かなりの金額を受け取ったはずだ。

「危ういなあ……」

新田さんと話しているうちに、いろいろな問題が浮き彫りになってきた。

「とにかく、何とかしてお兄さんと連絡を取ってみます」

「家が近いなら突撃してみたら？」

「そうですね」

学校に対して照会文書も送っているが、担任の教師や野球部の顧問に会って話を訊くべきかもしれない。本人が多くを語りたがらないなら、外堀を埋めていく必要がある。

「あとは、被害者との向き合い方か」

「どの子も、被害感情はかなり強いみたいです」

「当然でしょ。全治一年の怪我を負わされたようなものなんだから」

全治一年。被害の重さを痛感する表現だった。

「そういえば、終わり際に気になることを言われたんですよ。被害者の誰かに手紙を渡したらしくて。名前までは訊き出せなかったんですけど」

「手紙で謝れば、処分を軽くしてもらえる。そう思ったんじゃないの」

「何か、パフォーマンスって感じでもなくて……」

「それも、また感覚？」

「すみません」

「謝る必要はないけど。でも、面識がある被害者はいないんじゃなかった？」

「漠くんだけが一方的に知ってる被害者がいて、取り調べでは伏せていた。彼がほしかったのはその子の髪で、他の被害者はカモフラージュ……。いや、これはちょっとないな」

出身中学校、部活、アルバイト。そういった被害者の個人情報は調書には書かれていないし、疑い出したらキリがない。

「あれ？」

そこで、記録を読み返していた新田さんが呟いた。

「どうしたんですか？」

開かれているのは、分析した毛髪の鑑定結果がまとめられた捜査報告書だった。

佐原漠が持ち込んだ髪の毛をさまざまな顕微鏡を用いて観察した結果、十二種類の毛髪が混在していることが判明した。報道された被害者の数よりも多いのは、現場を離れてから被害に気付いて泣き寝入りしたケースがあるからかもしれない。

被害者が提供した毛髪との対応関係を調べるには、毛根を用いてＤＮＡ鑑定を実施する必要があった。しかし、ハサミで切り落とした毛髪に毛根が付着しているはずがない。

そこで鑑定の実施は断念され、毛根がなくても実施できる検査を組み合わせて試料の絞り込みが行われた。結局、厳密な一致とは言い切れなかったようだが、漠が容疑を認めているため対応関係は肯定された。

その結果が、報告書には専門用語を交えながら記載されている。

「ここ。この名前……」

新田さんが指さしたのは、末尾に書かれた備考欄だった。本文から漏れたと思われる雑多な情報が、小さな文字で書き連ねられている。その中に目を引く記述があった。

『試料番号七は、雨田茉莉の毛髪として被疑者が持ち込んだものであるが、同人から試料の提供を受けられなかったため、分析は不可能だった——』

「あめだ、まり？」

文面を読む限り、漠は毛髪の所有者の名前を認識していたのか？

「私は、この子が誰かを知ってる」

＊　七月二十四日（水）

翌日の始業直後。新田さんに呼ばれて別室に行くと、逢沢《あいざわ》書記官が座っていた。

ドアを閉めながら新田さんが謝った。

「待たせてごめんね、逢沢くん」

「いえいえ、僕なんかで良ければ」顔の前で手を振った少年係の若手書記官は、「でも、何の話をすればいいんですか？」と怪訝《けげん》そうな表情で尋《たず》ねた。

裁判所書記官は固有の権限を与えられた法律専門職の一つで、試験に合格した裁判所事務官がさらに一定期間の研修を経ると任官できる。裁判官の判断補助をするという点では僕たち調査官と共通するところがあるが、具体的な関与方法は大きく異なる。

事件の進行管理、記録の作成、関係者間の調整、当事者対応――。書記官が担っているのは適正迅速な事件処理に主眼を置いた役割で、コートマネージャーと呼ばれたりもする。

そして、そんな書記官の下には、玉石混交の情報が集まる。

「瀬良くんに、雨田茉莉のことを教えてあげてほしいの」

「雨田茉莉……。また送致されたんですか？」

「ううん。そういうわけじゃない」

「あの」と僕は口を開く。「またってことは、その子に非行歴が？」

「送致されてきたのは……、今月の上旬だったと思います」

逢沢さんは、記憶を辿るようにゆっくり答えた。

「どんな犯罪事実だったんですか？」

「覚せい剤の単純所持です」

「単純所持……」想定していたより重い罪だったので驚いた。

取り締まりが厳しい覚せい剤は、使用したり人に売りつけたりといった事実が認められなくても、所有した事実のみで長期十年以下という懲役刑が定められている。少年審判においても、少年院送致が検討される事案だ。

「母親から警察に通報があったんだよね？」新田さんが訊いた。

「はい。娘が覚せい剤を隠し持っていると。警察としても無視するわけにいかず雨田茉莉の家に行ったところ、母親に教えられた場所から覚せい剤が見つかったそうです」

「だけど、逮捕は勇み足だった」誘導するように、新田さんは言った。

「勇み足？」思わず訊き返す。

「雨田茉莉の事件は、審判不開始で終局しているの」

警察や検察から送致を受けた少年に対して審判手続を開始するか否かは、裁判所が決める。そこで不開始決定が選択されれば、少年は日常に戻ることができる。

「薬物の単純所持で不開始って珍しいですよね」

その疑問には、逢沢さんが答えてくれた。

「覚せい剤が見つかった机は、雨田茉莉の部屋にありました。警官が同行を求めたときは自分のものだと認めているので、逮捕に踏み切ったのは無理もなかったと思います。ですが、時間が経って冷静さを取り戻したのか、逮捕後の取り調べでは否認に転じた」

「否認？　自分の部屋で見つかったのに……ですか？」

「雨田茉莉は、いくつかの事情を刑事に打ち明けました。一つは、彼女と血が繋がった父親は、覚せい剤による錯乱状態でバイクに乗って死亡したこと。もう一つは、現在の母親の恋人は、反社会勢力と繋がっていること。調べてみると、いずれも事実だと判明したそうです。さらに、彼女の腕に注射痕はなく、尿検査の結果も陰性でした」

あまりに滑らかに語るので、逢沢さんが書記官ではなく刑事に見えてきた。

事件記録を読めば書いてある情報なのはわかるが、調査官以上に多くの事件を担当している書記官は、常に時間に追われているはずだ。

「瀬良くん。これらの事実から導けるストーリーは？」新田さんに訊かれる。

「断言することはできませんが、雨田茉莉の覚せい剤じゃない可能性はありそうですね」

「取り調べにあたった人間も、同じことを考えたと思う。だけど雨田茉莉は、検察に送致されたあとに、勾留を経ないでうちに回されてきた」

全件送致主義とはいっても、家裁に送致されるのは犯罪の嫌疑があるときに限られる。

「彼女自身か周囲の環境に、看過できない事情があったということですか？」

「明確な問題があったわけではない。だけど捜査機関は、雨田茉莉の処遇を裁判所に委ねた。彼女の父親が、フォックス事件の被害者だったから」

　フォックス事件と聞いて、記憶が蘇《よみがえ》った。

「あっ、そうか。たしか、ナイフで殺されたのが……」

「弁護士の雨田裕斗《ゆうと》。この事実が明らかにならなければ、家裁への事件送致もなく嫌疑不十分で釈放されていたかもしれない」

「雨田茉莉も、フォックス事件の被害者遺族だったんですね」

「非行事実の存在が確信に至らなくても、家庭環境や本人の精神状態によっては保護的措置を講じる必要性が出てくる。鑑別所に送らず家に帰らせて、私が調査することになった。その事件の担当書記官が、逢沢くん」

「くれぐれも慎重に進行させるようにと、首席に念押しされました。記録のチェックを念入りにしすぎて、こんなに詳しくなったわけです」

　逢沢さんは自嘲気味に笑った。事件に精通している理由は理解できた。

「結果的には、審判不開始で終局したんですよね」

「うん。雨田茉莉には、保護的措置を講じるほどの問題は見受けられなかった。母親のことはぶん殴ってやろうかと思ったけど。あれじゃあ、どっちが子供かわからない」

「覚せい剤の本当の持ち主は、わからないままなんですか？」

「私たちの仕事は犯人捜しじゃないからね。でも、調査を進めていく中で、母親が雨田茉莉を疎《うと》ましく思っていることがわかった。邪魔な娘を追い出すために、一芝居打った可能性がある。一応、警察にはそう報告しておいた」

「それが事実なら、ちょっと許せないですね」

そこで、「あの、すみません」と逢沢さんが言った。

「どうしたの？」

「雨田茉莉が、何かの事件に関わっているんですか？」

終局した事件について訊かれているのだ。不審に思うのは当然だろう。

「カミキリムシのことは、逢沢くんも知ってる？」

「ええ、もちろん」

「髪を切り落とされた被害者の一人が、雨田茉莉なの」

「えっ？　知らなかったな……」

「犯罪事実には挙げられていないんですけど——」

捜査報告書の備考欄に名前が記されていたことを、手短に伝えた。

「へえ。それは確かに気になりますね」少しの沈黙があってから、「そういえば、雨田茉莉も定禅寺高校の生徒ですよ」と続いた。

「……さっき、二年生って言いませんでした？」新田さんに尋ねる。

「言った。雨田茉莉、佐原漠、神永奏乃。全員が、定禅寺高校の二年生」

「何が起こっているんでしょうか」

フォックス事件の加害者の姉と被害者遺族が、同じ高校に通っている。

被害者遺族の二人が、一ヵ月の間に別件で送致された。

そして、一方が他方の髪を切り落とした。

「少し異常だよね」新田さんの表現は控え目だった。

「とんでもなく異常だと思います」

「被害者は彼女だけじゃない。いろんな可能性を検討するべきだよ」

「だけど、佐原漠は手紙を渡してほしい被害者がいると言いました。それは雨田茉莉だったと考えるのが素直じゃないですか？」

僕が反論すると、逢沢さんが立ち上がった。

「ミーティングが始まるので戻ります。何かわかったら教えてもらえますか？」

「ありがとう。主任にもよろしく伝えといて」

掛け時計を見ると、九時になろうとしていた。そろそろ僕たちも戻るべきだろう。

「瀬良くんは、フォックス事件のことをどこまで知ってるの？」

新田さんが真剣な表情で訊いてきた。

「一般に公開されている情報と、新田さんに教えてもらったことくらいです」

「被害者が犯した罪については？」

「……どういう意味ですか？」

逡《しゅん》巡《じゅん》するように視線を彷徨《さまよ》わせてから、新田さんは再び口を開いた。

「これから話すのは、週刊誌にも書かれていない極秘事項。被害者の遺族が隠し通そうとした秘密を警察が調べ上げて、調書が送られてきた。今回の事件と関係しているのかはわからない。でも、佐原漠と向き合うためには、瀬良くんも知っておくべきだと思う」

そして僕は、雨田裕斗の腕が焼かれ、佐原健晴の指が潰された理由を知った。

七月二十九日（月）

それからの数日間、さまざまな場所を駆け回って情報を集めた。

真っ先に向かったのは、佐原漠の実家だ。現在は兄の佐原砂しか住んでいないと聞いていたが、チャイムを鳴らしても誰かが出てくる気配はなかった。

周囲には家屋が見当たらず、付き合いがある人間を探すのも難しい。勝手に踏み込む権限はないので、佐原砂が通っている専門学校を訪ねることにした。

そこで明らかになったのは、佐原砂が六月の中旬から休学しているという事実だった。

「突然、書類が送られてきました。四月頃から休みがちではあったのですが」

担当教官は、見込みがある生徒だと思っていたので残念だと語った。

「まとっている雰囲気が独特でしてね。口数が少なくても許されるというか……。光るものを感じていました。でも、去年の秋くらいからミスが目立ちはじめて――」

佐原砂が右手の親指と人差し指を潰されたのは、去年の十月だ。神経が損傷するほどの怪我で、思い通りに動かせるようになるには時間が掛かると医師に言われていた。日常生活を送る上で支障はなくても、指先の繊細な動きが要求される美容師を目指すには致命的な怪我だった。休学届を提出したのも、その怪我と関係しているのだろうか。

事件の調査には、プライバシーの問題が付きまとう。たとえば、佐原砂が通院している病院がわかっても、患者の治療状況を訊き出すのは難しい。

この辺りが引き際だと思ったので、調査の対象を佐原漠本人に切り替えた。

定禅寺高校に電話をかけると、野球部の顧問と会えることになった。

「佐原には、チームを引っ張っていく存在になることを期待していました」

表現が過去形なのは、今回の髪切り事件を起こしたからだと思った。

「例の殺人事件が起きて、野球部全体がぎくしゃくしていました。佐原の苛立ちが伝染して、チームプレイがうまくいかなくなったんです。時間が解決すると思っていたのですが、練習を無断で休むようになり——」

いつ頃から練習を休みはじめたのかと、手帳を開きながら訊いた。

「六月くらい……、だったかな。うちは全寮制なんですが、夜も帰っていなかったみたいで。今後のことを話し合おうと思っていた矢先に、逮捕されたと知りました」

きっかけとなった出来事、外泊先。追加の質問には、ほとんど首を傾げられた。礼を述べて職員室を出た。担任からも話を訊く必要があるので、改めて訪れることになるだろう。

そして、次に向かったのは、雨田家が住む一軒家。

フォックス事件の被害者遺族、定禅寺高校二年生、連続髪切り事件の被害者。

雨田茉莉のことが、どうしても気になっていた。

「調査官？　茉莉ちゃんに会わせないと罰せられるんですか？」

被害者の親から敵意を向けられたことは、これまでもあった。子供を傷つけた加害者の更生のために動いているのだから、協力を得られないのは仕方がない。

しかし、相対した雨田茉莉の母親から感じたのは、娘のための怒りではなかった。むしろ、厄介な来訪者を招いた娘に苛立っているようにさえ見えた。

可能であれば、本人と話をさせてもらえないか。そう、やんわりと伝えた。

「警察の人に話したとおりです。茉莉ちゃんに構わないでください！」

ヒステリックに叫ばれて、玄関のドアが閉まった。取り付く島もない対応だ。学校を通じて接触を図るのも一つの手だが、母親の怒りが娘に向く事態は避けなければならない。

近くの公園にあった木製のベンチに座って、情報を整理することにした。

考えるべきは、三人の高校生とその関係者に限定できる。

佐原漠、雨田茉莉、神永奏乃の三人は、定禅寺高校一年五組のクラスメイトだった。担任の名前は田嶋賢人で、彼もフォックス事件の被害者の一人だ。佐原漠の兄は、美容師の専門学校に通っていた佐原砂。父親は、ピアニストの佐原健晴。雨田茉莉の父親は、弁護士の雨田裕斗。そして、神永奏乃の妹は、フォックス事件の犯人——神永詩緒。

続けて、時系列に沿って登場人物の行動を並べ替える。

——三年前の十二月、雨田茉莉が、雨田裕斗から虐待を受け始める。

母親は助けの手を差し伸べず、治らない火傷の跡が茉莉の右腕に残った。

——去年の十月、佐原砂が薬物中毒者の佐原健晴に襲われる。

入院せざるを得ないほどの大怪我で、現在もリハビリを続けているものと思われる。

——一ヵ月後の十一月、フォックス事件が起きる。

雨田裕斗は、右腕を火傷させられて刺殺。佐原健晴は、半分以上の指を潰されて撲殺。生徒を自殺未遂（首吊り）に追い込んだ噂が流れていた田嶋賢人は、首をロープで絞められて絞殺。

被害者が犯した罪と殺害態様の関係性については、現時点でも公にされていない。事件に関わった職員に対して、守秘義務を遵守《じゅんしゅ》するよう書かれた文書まで渡されたらしい。新田さんは、旦那にも話してないと前置きをして僕に教えてくれた。

——さらに一ヵ月後の十二月、神永詩緒の少年審判が開始される。

——今年の三月、神永詩緒の医療少年院送致が決まる。

この間、佐原漠たち三人は、同じ教室で顔を合わせていたことになる。

被害者遺族と、加害者の親族。だが、殺された被害者は、遺族の一部にとっては加害者でもあった。特に父親から虐待を受けていた雨田茉莉は、神永姉妹に対してどのような感情を抱いていたのか。これに関しては、想像することも難しい。

——新学期の四月、連続髪切り事件が始まる。

正確な被害者の数は不明だが、報道されているだけで七人。カミキリムシと呼ばれた犯人は、電車の中で女子高生の髪を切り続けた。

——三ヵ月後の七月、雨田茉莉と佐原漠の事件が家庭裁判所に送致される。

覚せい剤を所持した容疑で雨田茉莉が逮捕されたのは、七月三日。取り調べでは否認に転じ、裁判所は観護措置をとらず解放した。その後、事件は審判不開始で終局した。

連続髪切り事件の犯人として佐原漠が青葉南署に出頭したのは、七月五日。逮捕勾留を経て、現在は鑑別所に収容されている。

時系列を書き込んだ手帳を閉じる。

何だ、これは……。三人の高校生の周りで、短期間に事件が起きすぎている。

フォックス事件、連続髪切り事件、持ち主不明の覚せい剤――。

三つの事件は、どこかで繋がっているのだろうか。

七月三十日（火）

次の日。僕は一人で鑑別所を訪れていた。一条は、新田さんの事件の調査に同行している。今日の面接は後輩の手本にはならなそうなので、そちらを優先していいと伝えた。

「どう？　ここでの生活には慣れた？」

「はい」漠は俯いたまま答えた。

「家に行ったんだけど、お兄さんは留守だったよ」

「そうですか」

「六月から休学してるのは知ってた？」

「いえ。知りませんでした」

相変わらずの、そっけない受け答えだ。

「お兄さんと最後に会ったのはいつ？」

「覚えていません」

「君も、六月頃から部活をサボってたみたいだね。寮にもいない日があったと聞いたよ。どこで何をしてたの？」

「……答えたくありません」

どうして、佐原漠は自首を決断したのか。それが大きな疑問として残っていた。

新聞を見たときは、自責の念に駆られたのだろうと考えた。

しかし、調査室で面接した少年の目からは、後悔はおろか一切の感情が読み取れなかった。逮捕されたなら、その反応は理解できる。自ら出頭したことが、不可解だったのだ。

「雨田茉莉さんの家にも行ってきた」

「え？」

「やっと、こっちを見てくれたね」

見開かれた漠の目。そこから読み取れたのは、驚きの感情。

「何で、茉莉の家に？」

「彼女なら、君のことを教えてくれるんじゃないかと思って」

「……クラスが一緒だったからですか？」

「いや。いろいろと調べさせてもらった」

公園のベンチで書いた手帳の時系列を見ながら、僕が把握している情報を伝えた。

「よく調べましたね」

「君がちゃんと話してくれれば、探偵みたいな真似はしないで済むんだけど」

「別に、何も隠してません」

「手紙を渡したい被害者っていうのは、雨田さんのこと？」

一瞬の沈黙。しかし、漠は頷かなかった。

「茉莉は、何か言ってましたか？」

「会えなかったよ。お母さんに追い返された」

信頼関係を築けていない今は、嘘をつくべきタイミングではない。

「どうして、雨田さんの髪を切ったの？」

「ストレス発散って言いましたよね」

「元クラスメイト、同じ事件の被害者遺族。彼女だけ、明らかに異質だ」

「そうやって決めつけるの、やめてもらえませんか」

雨田茉莉の名前を出してから、漠の表情や口調が変わった。

「お父さんをフォックスに殺されてから、友達に避けられるようになった。前回の面接で、そう言ってたよね。それは、雨田さんも一緒だったんじゃない？　似た境遇の君たちの間には、ある種の絆《きずな》が芽生えていた」

「だから、決めつけないでください」

強く睨んでいる漠の視線を無視して、僕は続けた。

「そんな相手の髪の毛を切り落とすほどの動機って何だろうって、ずっと考えていたんだ。たとえば、もっと強い絆を守るためとか？　ああ……、絆って表現が気に食わないなら、好きに言い換えてもらって構わないよ。君とお兄さんは、どんな関係性だったの？」

「ただの兄弟です」

「お兄さんは、父親に指を潰された」

「俺には関係ない話です」

「うん、そうだよね。君を守るために犠牲になった。そんな事情でもない限り」

表情の変化や身体の動きを見逃さないために、僅かに椅子を引いた。

「兄貴が、そう言ったんですか？」

「会えてすらいないって。想像しただけだよ、というか……、決めつけただけ」

「的外れなので、一から考え直したほうがいいと思います」

抑揚《よくよう》のない声に戻った。殻に閉じこもる前に、割れ目に指をねじ込む必要がある。

「手厳しいね。でもさ、美容師って聞くと、髪切り事件を結びつけたくなるんだよ。思い通りに指を動かせなくなったお兄さんは、美容師になる夢を諦めようとした。その姿を見た君は、兄のためにできることはないかと考えた。感覚を取り戻すには、カットの練習をするしかない。練習用のウィッグが売ってることを知ったけど、大量に買うのは高校生には難しい。だから、質が良い女子高生の髪を集めて、自分で作ろうとした。どうかな？」

　これが本当の動機だと考えているわけではない。切り落とした髪の量では、一つのウィッグを作るのが精一杯だろう。そもそも、電車の中で髪を切り落とすなんて集め方は効率が悪すぎる。何らかの反応が返ってくれれば充分だと思っていた。

「兄貴は関係ない」

　予想以上に強い口調に驚いた。今の推論に動揺したのか？

「お兄さんのための行動だったの？」

「違うって……」

「打ち明けてくれれば、君にとっても――」

「帰ってもらえませんか？」

漠の視線が、自分の手元に落ちた。話すつもりはないという意思表明だろう。

「また来るよ」食い下がらず立ち上がった。

面接の終了を職員に告げる。思いがけない収穫があった。

鑑別所を出てから、携帯でマップアプリを開いた。佐原兄弟の家は、歩いて十五分くらいの距離にあるとわかった。官用車ではなくバスで来たので、今日なら寄り道できる。

うだるような暑さ。この地方の夏は初めて経験する。すごしやすい気候だと聞いていたが、夏は夏でしかなく、さらに気温が上がるのかとげんなりしながら歩き出した。

漠とのやり取りを振り返る。先延ばしにするのは得策ではないと、直感が告げている。

少年係に電話をかけて、早霧さんに繋いでもらった。

「佐原漠の家を訪ねてから、そっちに戻ってもいいですか？」

「どうぞお好きに」

「あの……、早霧さん」

「なに？」

「居留守を使われてるかもしれないときって、どうすればいいんですかね」

「宅配業者の振りをして誘い出す」

業者の格好をした犯罪者が住人を欺いているのを、何かのドラマで見たことがある。

「その嘘はまずいんじゃないですか？」

「私ならやるけど、主任としては勧めない。とりあえず、電気メーターを確認してみたら？

エアコンがついてたら、くるくる回ってるはずだから」

「なるほど」この気温で家にいるなら、エアコンをつけている可能性は高い。

早霧さんとの通話を終えて、ハンカチで額の汗を拭《ふ》いた。

佐原漠が送致されてから、十日以上経った。七月も終わりが近付いている。もう、八月か。審判期日までに残された時間は、それほど多くない。

七夕飾りで彩られた家屋や建物が、ちらほら見られるようになってきた。前夜祭を含めると四日間に及ぶ七夕祭りが、いよいよ来週から始まる。

八月五日の前夜祭には観光客が押し寄せ、交通規制まで敷かれると聞いた。裁判所の近くが花火の打ち上げ会場らしく、その日だけは超勤しないほうがいいと一条が教えてくれた。ひとごみに紛《まぎ》れて帰ることが強制されるからだろう。

生ぬるい風が吹いて、視界に入っていた笹が左右に揺れた。

十分ほど歩くと建物の数がぐんと減り、道路も一車線になる。バス停すらないので、交通の便は悪い。まっすぐ進むと森に入る道が見えてきて、その手前に佐原兄弟の家がある。

チャイムを鳴らしたが反応はない。前回は、ここで諦めて引き返した。

それ以上踏み込まなかったのは、こだわる理由がなかったからだ。しかし、先ほどの漠との面接で、その理由ができた。ならば、思い切った行動に出るのも致し方ない。

居留守を使っていると判断した場合は、手荒な方法を使ってでもドアを開けさせる。

唯一の家族が逮捕された事実を認識していないとは思えず、その上で不在を装っているのであれば、そんな人物のプライバシーより漠の調査を優先するべきだ。

本当に不在だと判断した場合は、警察に通報することも検討しなければならない。

一切の連絡がつかず、警察や僕が訪問しても顔を見せず、専門学校には休学届を提出している。漠に告げることは躊躇ったが、これは失踪《しっそう》と呼んでも大袈裟ではない事態だろう。

ドアを叩く。佐原砂の名前を呼ぶ。いずれも無反応。

郵便受けを開くと、大量のチラシが溜まっていた。奥のほうには水道料金の検針票も入っていて、検針日は七月十日だった。三週間の放置は、許容範囲か否か。

外壁に沿って建物の裏側に出た。小さな物置が、壁際にぽつりと置かれている。昔ながらのアナログ式の電気メーターを見つけて、円盤の動きを確認した。

ゆっくりと回っている。しかし、困った。

早霧さんが電話で言っていた、エアコンが稼働しているときの回転のペースを僕は知らない。静止か回転の二択だと思っていたが、待機電力の存在を失念していた。というか、メーターの動きで在宅の有無を見分けられる人のほうが少数派だろう。

近くに家屋がないとはいえ、道路から見える位置にいるので通行人が通り掛からないとも限らない。ネットで調べている時間もないと思って、再び少年係に電話をかけた。

今回は、すぐに早霧さんが出た。

「あっ……、瀬良です。何度もすみません」

「別にいいけど」

「言われたとおり電気メーターを探したんですけど、見方がわからなくて」

「本当に入り込むとは思わなかった。捕まらないでよ」

「はい、気を付けます」

一旦場所を変えようと思って、道路とは反対側の壁に向かった。正面にはコンクリートの擁壁があって、ぎりぎり人がすれ違える程度の幅しかない。

「回ってるかどうかくらい、見たらわかるでしょ」

「そうなんですけど」

そこで、僕は言葉を切って立ち止まった。

——異臭。

「どうしたの？」受話器から、早霧さんの声が聞こえてくる。

「いや……、何か変な臭いが……」

コンクリートと外壁に挟まれた狭い空間に、その臭いは充満していた。

「臭い？」

「生ごみだと思いますけど、ひどいな……」

「集積所でもあるの？」

思わず足を止めてしまうほどの悪臭だった。生理的な嫌悪感で、携帯を握っていない左手で鼻をつまんだ。口呼吸に切り替えても、吐き気が拭えない。

だが、ごみ袋は見当たらない。それどころか、辺りには何も置かれていなかった。

「もしかして、家の中なのかな……」

目の前にある壁に、排気口が取り付けられているのが見えた。

「瀬良くん。聞こえてる？」

「……ちょっと待ってください」

恐る恐る排気口に近付く。左手を放して、鼻で息を吸った。

その瞬間、全身に鳥肌が立った。

反射的に飛びのいて、両手で鼻を押さえた。

臭いというより、突き刺すような刺激。

支えを失った携帯が、音を立てて地面に落下した。

手探りで携帯を拾って、数歩後ずさりする。

「早霧さん――」呟くように、「何か、腐ってます」吐き出すように、どうしようもなく、震えが止まらない。

「何があるの？」

落ち着いた早霧さんの声。現実に引き戻される。

「排気口……。多分、そこからです……」

「窓は？」

視線を彷徨わせて、見つけてしまう。小さな引き違い窓。

「あります」

覗けというのか……？

今さら、ハンカチの存在を思い出す。鼻に密着させて、本能に逆《さか》らう。

その窓は、すりガラスだった。安堵する。中は覗けない。

だが、ほんの少しの、僅かな隙間。

逃げることは、許されない。

指をかける。少しの力を入れただけで、動いた。

そして、見えた。

「っ——」喉の奥で、悲鳴が鳴った。

そこは、浴室。シャワーと浴槽がある。

浴槽には、どす黒い液体。

ヘドロ、腐った水。

液体に浸《つ》かり、腐っていたのは、人——だった物体。

性別は、男。年齢は、おそらく若い。

腐敗。失われつつある、原形。

観察も、分析も、とどまることさえ、それ以上は不可能だ。

窓を開け放ったまま、目を背けて逃げた。

這《は》うように、建物の裏側に戻る。

けれど、視界に、記憶に、こびりついている。

死にまみれた物体。

その左手首に嵌《は》められていた、銀色の手錠が。

第五章　少女は、過去を仰ぎ見る。

六月十二日（水）

スナとバクが殴り合いの大喧嘩をした日から、一ヵ月が経った。いや……、殴ったのはバクだけか。暴力を受け入れたスナは、それでも覚せい剤をやめるとは言わなかった。

私が大好きな人は、いつも覚せい剤に奪われる。

お父さんも、スナも——。

バクに手を引っ張られて家を出たあと、一度だけ「ごめん」って謝られた。何に対する謝罪なのかわからなかったけど、血が付いたバクのシャツを強く握りながら、私は何度も頷いた。別れ際に、「自分を大切にしろ」って言われた。

私は、ズルい人間。現実から、スナから、目を背けて逃げている。

覚せい剤の怖さを知っているのに、そのせいでお父さんは死んじゃったのに。

少しだけ、髪が伸びた。ショートだから伸びたことを実感しやすい。

美容室には行ってないし、自分で切るつもりもない。

今さら、何を期待しているんだろう。

学校から帰ってきてベッドに倒れ込んだ。玄関に靴がなかったから、あの人は来てない。

頻繁に来るようになって、その度にネカフェで時間を潰さなくちゃいけない。

疲れたな。やる気が起きない。クラスで存在しない振りをするのは、体力と気力を使う。

先生も、私に話し掛けられるのを怖がっている。

靴下を脱いで、適当に投げる。机と床の隙間に入っちゃって、舌打ちをして顔を上げる。

そうしたら、目が合った。

「ああ。驚かせたかな。ごめん、ごめん」

薄い髪、濃い髭、膨らんだお腹。

ドアの前に立っていたのは、お母さんの恋人だった。

「茉莉ちゃんだよね。少し話せないかな」

「あのっ。気付かなくて……。えっと、すぐに出て行きます」

玄関は確認した。あとから入ってきたの？　でも、ドアが開く音はしなかった。

「どうして？　ああ、お母さんにそう言われてるのか」

見下ろされている視線。立ち上がって、乱れた制服を整える。

「お母さんは、下にいるんですか？」

「いないよ。茉莉ちゃんと俺だけ」

子供が嫌いだから、私がいると不機嫌になる。お母さんは、そう言ってた。

「私……、買い物に行かなくちゃいけないので……」

鞄を持って部屋を出ようとした。

「ちょっと待って。誤解を解きたいんだ」

「……誤解？」

一歩下がって訊く。狭い部屋だから、それでも距離は近い。

「俺は、君のことを邪魔だなんて思ってないよ」

「お母さんは……」

「茉莉ちゃんに、俺をとられることを怖がってる。嫉妬してるだけ」

意味がわからないけど、冗談を言ってるようには見えない。

落ち着け。怒らせないように、刺激しないように。

「二人の邪魔はしません。私の存在は無視してください」

「ははっ。面白いことを言うね。でも……、俺は茉莉ちゃんと仲良くなりたいんだ。それ、変わった髪型だよね。今は、そういうのが流行《はや》ってるの？」

「すみません。急いでるので」

顔を伏せて近付いたら、手首を掴まれた。

「俺のこと、嫌い？」

「そういうわけじゃないです」俯いたまま呟く。

「じゃあ、好き？」

答えられなかった。息が、髪にかかる。

「放してください……」

「好きかって訊いてんだよ！」

突然、怒鳴られた。

リビングで鉢合わせたときから、薄々感づいていた。この人は、まともじゃない。

「お母さんに話しますよ」

「あいつが、君の言うことを信じると思ってるの？」

肩を掴まれて、床に押し倒された。

「やめて」

「俺は紳士だから、年齢で相手を判断したりはしないわけ」

「このことは、誰にも言わ――」

「裏の人間と繋がってると、女子高生を相手にする機会もある。若いっていうのは、それだけで金になるんだよ。儲《もう》かるのは本人じゃないのが、かわいそうなんだけど」

どんどん息が荒くなる。太ももを指で撫でられた。抑えられた左手は、びくともしない。でも、右手と両足は自由に動かせる。

「どうすれば、許してくれますか？」

「ずっと、可愛いって思ってたんだ。お母さんも、昔はこれくらい滑らかな肌だったんだろうね。気を付けたほうがいいよ。おじさんは、そういう目で君たちを見てるんだから」

「……知ってました」

「は？」

「あなたは、あいつと同じ目をしてる」

「誰のことを言ってるわけ？」

別に、身体を委ねてもいい。

余計な痛みを味わいたくなかったら、歯向かうべきじゃない。

「前の父親ですよ」

心を切り離せば、すぐに終わる。

「まあ、何でもいいんだけど。大きな声は出さないでね」

父親に怯えていたときの私なら、諦めてた。

だけど――、

「触らないで」

「大丈夫。すぐに終わらせるよ」

自分を大切にしろ。バクに、そう言われたんだ。

あの日、私のために怒ってくれた。誰よりもスナを慕っているのはバクなのに。

「そいつが死んだ理由を教えてあげる」

狐の面で顔を隠した詩緒ちゃんの姿を思い浮かべる。

「おいおい」

両足を曲げて胸に近付ける。そして、思いっきり前に伸ばす。

「子供を……、甘くみたからっ！」

靴下を脱ぎ捨てた足の裏が、膨らんだお腹に直撃する。空気が漏れたような音が聞こえた。そのまま、破裂しちゃえばいいのに。

力が緩んだ隙に手を振り払う。鞄だけ持って部屋を飛び出した。

やっぱり、玄関に革靴はなかった。それで判断しているって気付かれたんだ。

まんまと騙された自分が、諦めそうになった自分が、悔《くや》しい。

追いかけてくる気配はない。あの体型じゃ、ここまで走ってくるのも一苦労か。立ち止まって考える。これから、どうすればいいんだろう。あいつがいなくなるまでは、家に帰れない。警察に駆け込んだら……、ううん、取り合ってくれるかどうかもわからない。

明日の朝、教科書を取りに戻ろう。私の部屋は、鍵を掛けられる。今回みたいに気を抜かなければ、きっと大丈夫。あの家は安全地帯じゃない。それは、もう充分わかった。

いつものネカフェに行く前に、ホームセンターを見てみることにした。自分の身を守るための武器がほしい。スタンガンみたいな、本格的な護身用品を買うお金はない。防犯ブザーとか催涙スプレーとか、そういうのを探そう。

いつの間にか、夜になっていた。アーケード街の店なら、まだやってるはず。電車に乗るために、地下鉄の駅に向かった。私の家から近いのは、南北線の椿《つばき》ケ丘《おか》駅。

青葉市には、二系統の地下鉄路線がある。五年くらい前にできた東西線は、市内のいろんな場所にある青葉大のキャンパスと繁華街を結んでいるけど、朝の通勤時間以外は座れないことはほとんどない。人より空気を運んでるってバカにされてるくらい。昔からある南北線は住宅街と繁華街を結んでいて、ぎゅうぎゅう詰めになることも多い。

たくさんの人が、出口から出てきた。その流れに逆らうように、私は階段を降りた。

細長い通路の壁に、星座のイラストがいくつも描かれている。ふたご座とオリオン座の間。その空白部分に、もたれかかっている人がいた。

驚いて立ち止まる。……スナだった。

ストライプ柄の紙袋を手に持って、辛そうに立っている。顔色がすごく悪い。

「大丈夫？」

体勢を崩したスナが倒れてくる。支えきれなくて、一緒に座り込んだ。

「茉莉」名前を呼ばれる。

「具合が悪いの？」

「僕を……、助けてくれないか？」

小刻みに震えているスナの手を、私は握った。

六月十三日（木）

翌日の放課後。私と奏乃は、校庭を見下ろしながら屋上で話していた。

昨夜の出来事を伝えても、奏乃は真顔のままだった。

「へえ……。大忙しだったんだね」

テスト勉強をねぎらうような奏乃の感想を聞いて、不思議と気持ちが楽になった。

「うん。寝不足だよ」

「今日は、どこに帰るの？」

「自分の家。鍵を掛けて閉じこもる」

結局、護身のための道具は買えなかった。スナを砂漠の家に連れて帰ったら、知ってる店は営業時間外になっていて、ネカフェで夜を明かした。

「どういう鍵？」

「普通の……、内側から丸いのを回すと閉まる……」

「引き戸？　開き戸？」

「えっと、横にずらして開けるやつ」

ドアを開く動きを手で再現しながら説明した。

「引き戸だね。鎌《かま》錠ってやつだと思うけど、外側に溝がないか確認したほうがいいよ」

「溝？」

「部屋の扉って、非常時に開けられる仕組みになってるのが多いの。マイナスドライバーとかコインで回る溝があったら、一瞬で開けられる」

「え？　鍵の意味がないじゃん」

「ほとんど見せかけだよ。取り込み中のプレートくらいの意味しかない。その溝を上から何かで覆っておいたほうがいい。でも、接着剤とかを流し込むと、鍵自体が回らなくなるから気を付けてね」

やっぱり、ホームセンターには行かなくちゃいけないみたい。

「そんな知識、どこで得るわけ？」

「詩緒を部屋から出そうとして、いろいろ調べた」

「ああ……。親が鍵を付けたんだっけ？」

「最後まで開けられなかったけど」

監禁部屋から脱出した詩緒ちゃんは、少年院の中にいる。

きっと、鍵付きの部屋とは比べ物にならないくらい、厳重に監視されているんだろう。

「お腹を蹴っ飛ばして、そいつから逃げたの」

「狙う場所としては悪くない」

「せっかく詩緒ちゃんが救ってくれたんだから、あんな奴の言いなりにはならない」

「前にも言ったけど――」

「私を救う気はなかった……でしょ？　それはわかってる。勝手に感謝してるだけ」

「あの子が聞いたら驚くと思う」

「キリストも、二千年後の人間を救うつもりなんてなかったはずだし」

「美化しすぎだよ。あの子は、ただの殺人犯」

「じゃあ、死神だね」

一瞬、奏乃が笑ったように見えた。

「不安定な精神が、大量殺人を引き起こした。それが、頭がいい人たちが導いた結論」

「奏乃は、納得してないの？」

「心か身体なら、心だと思うから。不満があるわけじゃない。でも、彼らがどれだけ考えても、理由をこじつけられなかったことがある」

「なに？」

「狐の面の意味」

加害者も、被害者も、全員が被っていた狐の面。

フォックス事件の象徴。

「普通は顔を隠すためって考えるけど、詩緒ちゃんも途中から外してたもんね」

「目の部分に青いフィルターが貼《は》ってあったのは、知ってる？」

「フィルター？」

「そう。お面を被ってた人は、視界が青みがかってたの。もちろん、私も含めて」

お母さんは知っていたのかもしれないけど、私は初耳だった。

「どれくらい青かったの？」

「茉莉のお父さんの胸から流れる血が、青っぽく見えるくらい」

青い血を想像してみる。

不気味さは何段階も増すと思う。グロテスクさは……、どうだろう。

「最初から貼ってあったわけじゃないんだよね？」

「うん。あんな視界が悪いお面は売れないよ」

つまり、わざわざ詩緒ちゃんが貼ったってことだ。

「何のために……、か」

「難しい問題でしょ」

「本人にしかわからないんじゃないかな」

「詩緒は、何も語らなかった。でも、私は視界が青かった理由を知ってる」

「えっ？」

「あの子らしい理由だった」

屋上のドアが開く音がして、私と奏乃は会話を中断した。

「ここにいたのか」

近付いてきたのは、バクだった。

「昨日はごめんね」

スナをタクシーで家に連れて行ったあと、電話でバクに助けを求めた。

その間、スナは独《ひと》り言《ごと》を言いながら頬を掻きむしっていた。救急車を呼ぶべきかの決断が、私にはできなかった。呼べばどうなるのか、私だってわかったから。

ユニフォーム姿で走ってきたバクは、錯乱しているスナを見て何があったのか訊いてきた。私に説明できることは、ほとんどなかった。バクの質問にもスナはまともに答えられなくて、何かを探すように視線をきょろきょろ動かしていた。

結局、救急車は呼ばなかった。俺が何とかするってバクは言った。それを信じて……、ううん、その場に残っているのが怖くて、私は砂漠の家から逃げた。

「外したほうがいい？」奏乃がバクに訊いた。

「いや……、神永も聞いてくれ。兄貴が覚せい剤に手を出してさ——」

このことは、奏乃にも話していなかった。バクなりに、奏乃との関係に折り合いをつけたのかもしれない。感情論を持ち込まないから、相談相手としては適任のはずだ。

「へえ。それは大変だね」

相変わらずの反応だった。でも、奏乃が言うと本当に大変なんだって実感する。

「とりあえず、今は落ち着いてるよ。話もできるようになった」

「昨日のあれは、何だったの？」私は訊いた。

「禁断症状ってやつだろ」

「それなら——」

「ああ。兄貴は、覚せい剤をやめようとしている」

禁断症状。聞いたことがある。覚せい剤の効果が切れると、震えが止まらなくなったり、幻覚を見たりするって。昨夜のスナの異様な言動にも、当てはまる気がする。

「スナ。頑張ってるんだ……」

「立ち直ったわけじゃないからな」

「その禁断症状に耐えれば、元に戻るんでしょ？」

バクは、首を左右に振った。

「目を離した隙に、注射器を腕に刺しやがった」

「そんな……」

「あんなに暴れてたのに、しばらく経つと急に大人しくなった。覚せい剤を打てば、禁断症状が収まって正気に戻る。どうすればいいのか、わからなくなった」

「やめさせないと、死んじゃうよ」

今にも雨が降り出しそうな、灰色の曇り空。屋上には、私たちしかいない。

「覚せい剤をやめるのがどれだけ難しいか、本当に理解してんのか」

「じゃあ、病院に連れて行くしか……」

「警察に突き出すのと、同じことなんだぞ」

「私は、スナに死んでほしくない」

「結論だけ言うなよ。具体的な治し方を教えてくれ」

バクの言い分が正しい。私は、願望を押し付けている。

「二人とも、少し冷静になったら？」黙って聞いていた奏乃が口を開いた。

「神永が落ち着きすぎてるんだよ」

「覚せい剤を使い始めたのは、いつから？」

「はっきりした時期まではわからない。だけど、親父が死んだあとだと思ってる」

「どうして？」

「親父も、覚せい剤に手を出していたんだ。遺品を整理してるときに、兄貴が残りを見つけた。そう考えると、つじつまが合うだろ。指のリハビリが行き詰まりはじめたのも、その頃だった」

「長くても半年ちょっと。そうだよね？」

「ああ」

初めて聞いた話のはずなのに、奏乃は的確に状況を整理していった。

「佐原くんが言ったとおり、一度生じた欲求とか衝動は簡単には消えてなくならない。詩緒が、人を傷つけるのをやめられなかったように」

「そのたとえ話を、よく遺族の前で出せるよな」

バクの皮肉を奏乃は聞き流した。

「覚せい剤は、精神依存が強いらしいね。心の強さが問われるから、やめるのは大変だと思う。でも、さっき聞いた期間が正しいなら、深いところまで根を張っているとは限らない」

「神永まで、気合でやめろって言い出すのか？」

ずっと一緒に生きてきたバクが、スナに立ち直ってほしいと誰よりも考えているはずだ。だからこそ、楽観的な解決策は受け入れられないんだろう。

「正攻法でやめるか、荒業でやめさせるか……。本人の決意は、どっちにも含まれない。それほど強い意志の持ち主なら、そもそも手を出さない」

「病院に連れて行くのが正攻法か？」バクが奏乃に訊いた。

「そう。でも違法薬物だから、警察に通報される可能性が高い。二人も、それは最後の手段だと考えてるんでしょ？」

私は頷いたし、バクも否定しなかった。

「それなら、荒業に頼るしかない」

「……何を考えてるんだ？」

「明日、また放課後に集まろう。そこで説明するから」

スナを救う道筋が、奏乃には見えている。それが法に触れる行為でも、私はノーと言わない。過程じゃなくて、結果がすべてなんだ。

その日の夜——。

カミキリムシの被害者が増えたことを、私はウェブニュースで知った。

☀　八月一日（木）

二日連続で、死体を発見する悪夢にうなされた。

鬱蒼《うっそう》とした森と、古びた民家。そして、濁った液体に浸かった身体。それらが何を意味しているのかは明白なので、夢占いの本を開く必要もない。

死体の状態は、昨日と今日で変化していた。当然、悪い方向で。

おそらく、事情聴取を担当した刑事から、余計な話を聞かされたせいだろう。

――いやあ、災難でしたね。夏の室温で放置された水死体。結構、時間も経っていたみたいですし。いろいろ崩れていたでしょう？　ありゃあ、ベストテンに入るグロテスクさですよ。裁判所の人なら見慣れてるんですかね。水死体よりひどかったのは……、
案の定、刑事が語ったベストスリーが、少しずつ夢の中の死体に反映されている。

逃げ出そうとしても、視線を逸らすことすらできない。

見慣れてる？　そんなわけない。調査官が目にするのは、警察から送られてくる写真くらいだ。肉眼で対面した死体は、情報量が桁違《けたちが》いに多かった。視覚的な衝撃より、想像をはるかに超えた腐敗臭が、悪夢に見舞われるほどのトラウマを植え付けた。

原形を留めていない身体が、どろりと崩れる。溢れ出た液体が染《し》み出していく。

向かう先は、僕の足元。触れた箇所から、蝕《むしば》まれていく。

生暖かい感触。目を背ける。死が迫ってくる。

そこで、目を覚ました。汗ばんだ肌に、髪の毛が張り付いている。

シャワーを浴びて、コーヒーを淹《い》れる。バターを塗ったトーストとヨーグルトを準備する。日常に溶け込むために、習慣づけられた朝の行動をこなしていった。

忘れてしまう前に、夢の内容を振り返る。

カウンセリングを受ける必要まではないだろう。まだ二日しか経っていないんだ。少しずつではあるが、頭の中は整理できてきた。あとは時間が解決してくれる。

僕自身のことより、優先して考えるべきは……。


登庁時間ぎりぎりに調査官室に入ると、準備ができたらミーティングを始めると早霧さんに言われた。小会議室に入ったときには、僕以外の調査官は既に揃っていた。

普段と異なり、重苦しい空気が流れている。

「えっと……、遅くなりました」

「まあ、座りなよ」新田さんが、空いている席を指さした。

何を話し合うためのミーティングなのかは、部屋に入る前から予想できていた。だが、探り合いのような沈黙が流れていて、なかなか口火を切る者がいなかった。

「いやあ、大変な事件に巻き込まれましたね」

ちらりと一条を見ると、当たり障《さわ》りのないことを言ってくれた。

「うん。災難だったよ」僕は苦笑してみせた。

「お疲れ様です」

そこでようやく、「今後の方針について、裁判官と話してきた」早霧さんが切り出した。

「調査はストップですか？」担当調査官として僕は訊いた。

「捜査の動向次第だってさ」

「佐原漠を殺人の容疑でも逮捕するか。そういうことですよね」

「まあ、殺人とは限らないけど」

佐原兄弟の家で僕が発見したのは、佐原漠の兄――佐原砂の死体だった。

調査を進めるために捜していた人物は、自宅の浴室で死亡していた。手錠で自由を奪われ、水に浸かり、肉体の腐敗が進行した、無《む》残《ざん》極まりない状態で。

発見後の記憶は曖昧だが、第一発見者として及第点をもらえる対応はできたようだ。不用意に現場を荒らさず、速やかに警察と救急車を呼ぶ。処理を押し付けたかっただけだとしても、間違った行動はとっていないだろう。

昨日は、捜査に協力するために仕事を休んだ。正確には、出勤しなくていいと早霧さんから連絡があった。現場を訪れた理由を説明できたので、殺人犯として疑われる心配はなさそうだ。あれが佐原砂の死体であることは教えられたが、それ以上の補足はなかった。

「佐原くんも容疑者なんですか？」

そう僕が尋ねると、早霧さんは苦笑した。

「私に訊かないでよ」

「一ヵ月近くも前から、彼は身柄を拘束されていたわけですよね」

その指摘に、「ああ……、確かに」と一条が呟いた。

佐原漠が警察に出頭したのは七月五日。僕が佐原砂の死体を発見したのは七月三十日。死亡時期がこの間に絞り込めれば、漠は容疑者から外れる。警察署や鑑別所の中から実家の兄を殺害する方法があるなら、話は変わってくるが。

「かなり腐敗していたんでしょ？」

早霧さんが考えているのは、漠が出頭する前に被害者が死亡した可能性だろう。

あの腐敗状況は、死後どれくらいのものか——。

「思い出したくない光景です」

「いずれにしたって、警察や検察が考えるべきこと」

「観護措置を維持するかは、裁判所が考えるべきことです」

審判期日を滞りなく開くために、漠は鑑別所に収容されている。

佐原砂の死亡に漠が関与している疑いがある場合は、捜査を尽くさなければならないので、観護措置の取り消しを求めた上で逮捕に踏み切ることも想定される。

「警察は、鑑別所に入れたまま捜査を続ける方針らしい」

いわゆる余罪取り調べというやつだ。連続髪切り事件の調査で収容されていることを利用して、殺人事件の捜査を行う。逮捕状を執行した場合に比べれば捜査範囲は制限されるが、観護措置の目的を損《そこ》なわない限度での取り調べは許されている。

「じゃあ……、佐原くんにも会えるわけですね」

観護措置を維持するのであれば、僕は調査を進めなければならない。

「その件だけど、担当を代えようと思ってる」

「は？」

「言ってる意味はわかるよね」

「……理由は？」

「瀬良くんが第一発見者だから。供述調書をとられた人間が担当調査官っていうのは、中立性に疑義があるでしょ。みんなを集めたのは、新しい担当を決めるため」

　新田さんが顔を上げたが、発言はしなかった。

「それは、決定事項ですか？」

「不満？」

「はい」はっきり答えた。「途中で放り出したくありません」

「引き継ぎって言葉を知ってる？」

「僕は、異動するわけでも辞めるわけでもありません」

「どうして、そこまでこだわるの？」

「まだ、佐原くんと向き合えていないからです」

　早霧さんは溜息を吐いた。「新田さんは、どう思う？」

「引き継げと言われれば、担当します。でも、本来の観護措置はあと二週間くらいですよね。一から信頼関係を築くには厳しい残り時間です。それに、佐原砂の事件が非行事実に含まれるのかも、まだわからないのでは？」

「そうだね。取り調べの結果を待たないと何とも言えない」

「髪切り事件だけが審判対象になった場合は、中立性の問題は生じません」

淡々とした口調だが、新田さんは僕の味方をしてくれている。

「逮捕後に担当を代えたら、それこそ時間が足りなくなる」

「ええ。ですから、瀬良くんの担当は外さずに、もう一人付ければいいと思います」

「担当調査官を増やすってこと？」

「それなら、引き継ぎにも支障をきたしません」

漠の調査は、僕と一条の二人で行っていた。けれど、調査官補の一条は僕を補助する立場にとどまっていて、共同調査という関係ではなかった。

新田さんが思い浮かべているのは、おそらくフォックス事件のときのような態勢だ。

「カンポ」早霧さんが、一条に声を掛けた。

「はい？」

「申し訳ないんだけど――」

「組織のために、俺は犠牲になりましょう」

大袈裟な言い方だが、会議室の空気が少し和んだ。

「私が、瀬良くんと一緒に調査する。面接には必ず二人で行く。これでいい？」

早霧さんの提案に、僕は頷いて了承しようとした。

「待ってください」新田さんの声。「私に担当させてもらえませんか？」

「どうして？」

「手持ち事件に余裕があるので、私でも対応できます」

「審判期日の偏りを裁判官が心配してたよ。特に、新田さんが大変そうだって」

「…………」

報告書の起案で残っているのを見かけたばかりなので、フォローできなかった。

「私を信用していないのは知ってるけど、私情は持ち込まないで」

それだけを言い残して、早霧さんは会議室を出て行った。

僕と新田さんの顔を交互に見たあと、「俺も戻ります」と一条は席を立った。

「あの」二人切りになった空間。「ありがとうございました」

「……許さん」

「えっ？」

「私情を持ち込むなって、くそっ……、言い返せなかったな。私より年下なんだよ、あの人。主任だからって……、いや違うな。早霧沙紀だからだ。ああっ、むかつく！」

ボールペンを持つ手が震えている。完全にお怒りモードだ。空気を読んで一条は出て行ったと思ったが、危険を察知して逃げたのかもしれない。

「二人とも若く見えますからね」

「は？　誰彼かまわずそう言ってるんでしょ」

「全方位に牙《きば》をむかないでください」

「……そういうところが、常永くんに似てる」

「常永さんの件があったから、僕のペアに名乗り出てくれたんですか？」

フォックス事件では、常永調査官と早霧さんがメインで調査を担当していた。

「担当を代われって言われたとき、はっきり断ったでしょ」

「はい。納得できなかったので」

「あの事件のときも、似たようなやり取りがあったのよ。常永くんも、絶対に譲らなかった。だからかな。二人が重なったのは」

「僕って、そんなに常永さんに似てるんですか？」

「前に言ったとおり」

「熱血にして、鬱陶しさを三割増しにした感じ……、でしたっけ？」

「優秀な記憶力」

「僕は辞めないので、安心してください」

驚いた顔を見せてから、新田さんは微笑んだ。

「私の機嫌が直るまで、お喋りに付き合ってくれない？」

「いいですよ」

新田さんが語り出したのは、やはりフォックス事件についてだった。

「――神永詩緒は口を閉ざし続けた」

「最初から最後まで？」

「三件の殺人と一件の殺人未遂は素直に認めて、あとはひたすらだんまり。精神科医との面談でも、常永くんが何を話しかけても」

調査官にとっては、もっとも対応に困る反応だ。泣きわめくなり、荒唐無稽な嘘をつかれるほうが、まだ調査のしようがある。

「身体的な反応は？」

「無視するだけじゃなく、表情も変わらなかったらしい」

「たしか、抜け殻って表現をしたんですよね」

「そう。動画では不気味なくらい喋っていたのに、目の前にいる少女は頷きすらしない。筆談、箱庭、絵……。あらゆる方法を用いて、心を通わせようとした。周囲にも積極的に相談して、もらったアドバイスを次の面接で実践する。そうやって距離を近付けていった」

「コミュニケーションが取れたんですか？」

　性別、年齢、体格。すべてが優位な状況にあっても、一つの空間にいることに僅かな恐怖は覚えたはずだ。向き合っているのは、三人の命を奪った少女なのだから。

「動機を訊き出せたわけではない。でも、手応えがあるって、常永くんは早霧主任に報告した。すごく喜んでたよ。それこそ子供みたいに」

　そのときの表情を思い出すかのように、新田さんはゆっくりと瞬きをした。

「だけど、二人の心が通うことはなかった。積み上げたものを、早霧主任が壊したから」

「……何があったんですか？」

「断片的な事実しか、私は知らない。その日、早霧主任は一人で神永詩緒の面接に行った。常永くんは知らされてなかったんだと思う。面接中に、神永詩緒が暴れた。騒ぎを聞きつけた職員が駆け付けても抵抗し続けたらしい。別件で鑑別所に行ったときに、その現場に居合わせた職員から話を聞いたんだけどさ。神永詩緒は、目を充血させながら、早霧主任の首を絞めようとしたんだって」

「充血……」

あの目だ。生放送が途切れる直前、狐の面を投げ捨てた少女の目。

「常永くんは、事情を訊くために早霧主任を別室に呼び出した。好奇心旺盛《おうせい》な一条調査官補が扉の前を行ったり来たりしたおかげで、一部の会話が調査官室にも伝わってきた」

――どうして、そんな写真を見せたんですか。

――あなたがしたことは、調査じゃない。

――彼女を実験対象にするのは、やめてください。

一条が聴き取ったのは、そういった内容だったらしい。

「すぐに、常永くんは鑑別所に行った。でも、神永詩緒が口を開くことはなかった」

「振り出しに戻ったんですね」

「そこからは、審判が終了するまで一歩も前に進まなかった」

「だから、早霧さんが追い詰めたと――」

ノックの音もなく、一条が部屋に入ってきた。

「新田さん、裁判官が探してますよ」

「ごめん。すぐ行く」

新田さんの話も、これで終わりだったはずだ。僕たちは、無言で調査官室に戻った。

常永調査官の発言。写真。そして、実験対象。

整理しきれていない僕の頭には、一人の少女の後ろ姿が浮かんでいた。

八月二日（金）

鑑別所に向かう官用車の後部座席。僕の隣には早霧さんが座っている。

「瀬良くんが喜びそうな情報を仕入れてきた」

「捜査状況ですか？」

「正解」

冗談のつもりだったのに、あっさり肯定された。

「どんな方法を使ったんですか？」

「担当している刑事が快く教えてくれた」

「ずいぶん口が軽い刑事ですね」

「今後の打合せをするために書記官室を訪ねてきたの。担当調査官だと名乗って、情報交換を申し入れたってわけ」

事前連絡があったはずなので、頃合いを見計らって顔を出したのだろう。

「向こうにも守秘義務があるでしょう」

「部屋にいた書記官に、警察への情報提供は義務なのか訊いた」

「刑事にも聞こえるように？」

「偶然、聞こえたかもね。それから、情報交換がお互いの利益になることを懇切丁寧に説明した」

「そうしたら、快く教えてくれたと……」

その書記官は、どんな表情で二人のやり取りを見守っていたのか。

「非公式な情報は受け入れない主義？」

「いえ。聞かせてください」

車窓を眺めながら、早霧さんは訊き出した情報を語り始めた。

「死因は、覚せい剤の過量服薬によるショック死。循環不全に陥ったらしい。致死量を超える成分が、被害者の体内から検出された」

「覚せい剤が原因だったんですね」

濁った液体と手錠が記憶に焼き付いていたので、溺死《できし》か衰弱死だと思い込んでいた。

「一番気になっているはずの死亡時期は、残念ながら正確な特定は難しいってさ。高温多湿の浴室で湯船に浸かっていた。死体にとっては、地獄のような環境」

「濁った液体は何だったんですか？」

「ただの水。そこに、染み出した体液や漏出した腐敗ガスが溶けて――」

「わかりました。もう充分です」

人間の身体が、あの腐った水を作り出した。

「死後変化も、水死体特有のものを辿っていたらしい。手足の皮膚が剝がれ落ち、毛髪が抜け落ちて、頭蓋骨《ずがいこつ》が一部露出していた」

「水死体って、そんなことになるんですね……」

「皮膚が水分を吸って腐るのが原因。まあ、そこまでは私も知らなかったけど」

これ以上聞くと食事に支障をきたしそうなので、話を戻した。

「だいたいの死亡時期は、わかってるんですか？」

「死後一ヵ月前後っていうのが、現時点での警察の見立て」

「一ヵ月……。佐原くんの出頭のタイミング的にも微妙なところか」

出頭後に死亡したことが確定すれば、漠のアリバイは国家権力によって証明される。

「手首の手錠は、瀬良くんも見たんだよね」

「はい。どこと繋がっていたんですか？」

「水栓のパイプ。あの家の浴室は、浴槽とトイレが一つの空間に詰め込まれているタイプで、そのパイプがシャワーと洗面台に水を送っていた。二つの輪を繋ぐ鎖は、五十センチくらいの長さがあって、浴槽とトイレを移動する程度なら可能だった」

「そんな細かいところまで訊き出したんですね」

「細かい？　必要最低限の情報だよ」早霧さんは、解説を続けた。

「被害者の腕には、複数の注射痕があった。つまり、佐原砂は覚せい剤の常用者だった可能性が高い。彼の父親がそうだったように」

新田さんから聞いた、佐原家で起きた悲劇を思い出す。

「覚せい剤でおかしくなった父親に、指を潰されたって……」

「よく知ってるね」

「あっ、いえ――」口を滑らせてしまった。

「まあいいけど。そういうわけで、警察は他殺と事故の両方の線で捜査を続けているはず」

「……事故？」

あの地獄絵図が、アクシデントでできあがるというのか。

「何かおかしい？」

「だって、手錠で拘束されていたんですよ」

「逃げ道を封じただけかもしれない」

「同じ意味に聞こえますが」

逃げ道を封じるために、手錠で拘束した。手段と目的の違いでしかない。

「主体が違うってこと。覚せい剤の作用で正常な判断能力を失い、奇怪な行動に走って警察に捕まる。そういった事態に陥ることを恐れて、予《あらかじ》め手錠で自身の行動の自由を奪った」

監禁されたのではなく、自分で手錠を嵌めた。

「それが、佐原砂にとっての日常的な使用方法だったと？」

「可能性の話をしただけ。ちなみに、手錠の鍵は浴槽に、注射器はトイレの近くに、それぞれ落ちていた」

「過剰な摂取で意識が混濁して、自分で置いた鍵を拾うこともできず力尽きた……」

理性を取り戻すまでの一時的な拘束が、死を招いたということか。

「薬物の影響で不合理な行動をとった。苦しい部分はその理由付けで押し通せるから、警察にとっては魅力を感じるストーリーだろうね」

「他殺の場合は、監禁して致死量の覚せい剤を打ったとシンプルに説明できます」

「そうとも言い切れない」早霧さんは首を左右に振った。「手錠をかけられている間、被害者は湯船でうたた寝でもしていたの？」

「力ずくで押さえつけたんじゃないですか？」

屈強な体格には見えなかったし、大きな問題ではないような気がした。

「それができるなら、最初から注射器を腕に刺せば一瞬で終わる」

「ああ……、確かに」

「監禁と注射の間にはタイムラグがあった。そう考えるのが、一つの方向性」

タイムラグ。どちらが先で、どちらがあとか。

「手錠をかけたときは、殺す予定ではなかった」考えを整理しながら話す。

「監禁して何かを要求したが拒否されて、殺害するに至った。たとえば……、犯人は覚せい剤の密売人で、佐原砂に未回収の代金を支払わせようとした」

「逆のパターンは？」

「注射してから手錠をかけたってことですよね。えっと……、ううん。捜査をかく乱するための偽装工作くらいしか思い浮かびません」

「覚せい剤が致死量に足りているかは、専門家でもない限りわからないんじゃないかな。確実に殺せるかどうかわからなくて、浴室に監禁して様子を見た。間違いなく死んだのを確認してから、手錠の鍵や注射器を置いて立ち去った」

やり取りを楽しむように、早霧さんは微笑んだ。

「そういう場合分けも、担当の刑事から聞いたんですか？」

「客観的な事実しか教えてもらってない。好き勝手に妄想しただけ」

「その分析を伝えたら感謝されると思いますけど」

「そんなことより、私たちは佐原漠が事件に関係しているのかを考えるべき」

鑑別所に向かっているのは、漠との面接を行うためだ。早霧さんとは初めての対面になる。これまでの調査結果は、来る前に一通り説明した。

「可能性はゼロではないと思います。現場が自宅だし、死亡時期も相当前みたいですから。でも……、僕は無関係だと考えています」

「それは願望？」

「殺人を犯した人間が、カミキリムシとして自首するのは変です」

「もう少し補足できる？」

「佐原砂が死んだのが出頭前だとしても、それほど日が経っていたとは思えません。だとすると、兄を殺した直後に自首したことになる。警察が捜査を進める過程で親族から話を聞こうとすることは、容易に想像できます。唯一の親族と連絡が取れなければ、家を訪ねて死体を発見してしまうかもしれない。それなのに、僕との面接中、佐原くんは兄との接触を封じようとはしませんでした。家を訪ねたのも、佐原砂の話題を出したときの反応が気になったからです」

そこで早霧さんは、こくりと顎を引いた。

「事件の分析はいまいちだったけど、少年のことはよく考えられてる」

「刑事でも探偵でもなく、調査官ですから」

「テリトリーが違うってことか。私は、その境界線を踏み越えがちなんだけど」

薄く笑った早霧さんの横顔を見て、訊くなら今だと思った。

「早霧さんには、神経犯罪学者としてのテリトリーもありますしね」

「ずっと前に引退したって」

「……神永奏乃の検査は順調ですか？」

赤信号で車が止まる。なかなか切り替わらないことで有名な信号だ。

「何の話？」

「気付いたんです。青葉大で調べてる被験者は、神永詩緒の姉だと」

「どうして、そう思うの？」

否定されなかった時点で、疑念は確信に変わった。

「神経犯罪学の研究者は、常に被験者を探してるんですよね。その中でも、フォックス事件で世間を震撼させた神永詩緒は、是が非でも調べたい研究対象だったはずです」

「それで？」

「医療少年院に入っている神永詩緒が社会に戻ってくるのは、ずっと先の話です。教育主義に基づいた更生プログラムを徹底している少年院に、神経犯罪学者が招かれるとは考えづらい。だから、神永詩緒の代わりに血縁者の姉と接触した」

他の理由を補ってほしかった。神永奏乃が選ばれた、積極的な理由を。

血が繋がっているから——。そんな答えは残酷すぎる。

「犯罪者と血縁関係にある人間なんて、いくらでもいると思うけど」

「事件の調査中、神永詩緒に写真を見せて大騒ぎになったと聞きました」

「風通しがいいのは、主任として喜ばしく思うべきなのかな」

誰から聞いたのかを追及するつもりはないようだ。

信号が青に変わり、窓の景色が動き出す。

「神永詩緒に、首を絞められそうになったんですよね」

「写真に何が写っていたのかも知ってる？」

「常永さんとの会話の内容しか教えてもらっていません。だけど、想像することはできます。青葉大の研究室で見せていたのと、同じ写真だったんじゃないですか？」

皮膚コンダクタンスを調べるために、たくさんの画像がモニターに映し出されていた。

綺麗な風景と、グロテスクな傷跡。

「被験者は神永奏乃。調査室で見せたのは傷跡の写真。うん、両方正解」

微笑を浮かべながら早霧さんは認めた。隠し通すつもりなら、最初から研究室に連れて行かなければよかった。僕が気付くのを待っていたというのは、さすがに考えすぎか。

「妹が人を殺したという理由だけで、被験者に選んだんですか？」

「そうだと答えたら？」

「本人が承諾していても、あの検査はやりすぎです」

電極を指先に取り付けられた少女は、傷跡の写真をまっすぐ見つめていた。

モニターには、どのような変化が記録されていたのだろう。

「被験者が殺人犯なら許されるって口ぶりだね」

常永さんは、神永詩緒に写真を見せたことに苦言を呈《てい》したという。調査に支障をきたしたのだから、その反応も理解できる。だが、二人の間には決定的な違いがある。

「神永奏乃は、罪を犯していません」

「今はね。でも、いつかは妹と同じ道を歩むかもしれない。それを未然に防ぐには、彼女自身が問題を抱えているのか調べる必要があった」

「人を殺すかもしれないって……、神永奏乃に伝えたんですか？」

「可能性は指摘した。そこが出発点だから」

手の平に爪が食い込む感触。無意識に、拳を強く握り締めていた。

「高校生に背負わせるには、あまりに重すぎます」

「事実を伝えただけだよ」

「その事実が不安を煽《あお》ることくらい、早霧さんならわかりますよね」

専門家が告げる言葉には、重みと説得力がある。

「犯罪に関する遺伝的な基盤は――」

「やめてください」早霧さんの説明を遮る。「そういう偏見が、犯罪者の家族を追い込んで、心に傷を残すんです」

「……偏見？」

「罪を犯さず生きている犯罪者の家族は、大勢います」

「極論だね。私は、黒か白かの話をしたいわけじゃない。灰色を白とみなすのが理解で、黒とみなすのが偏見なの？　いや……、これもフィルターの違いか。前提が違えば、嚙み合うはずがない。これ以上は時間の無駄だからやめよう」

聞き分けのない子供を突き放すように、早霧さんは話を打ち切ろうとした。

「面接の前に、こんな話をしてすみません」

「無批判に受け入れられるよりは、噛みつかれたほうがいいよ。それが調査官としての信条じゃなくて、瀬良くんの個人的なこだわりだったとしても」

すべてを見透かされている気がして、言葉に詰まった。

「被験者を見抜いたご褒美《ほうび》として、大学で見せた実験の目的を教えてあげる」

「情動反応の強弱を調べたんじゃないんですか？」

不可逆少年か否かを見極めるための実験だとも言っていた。

「表向きはね。でも、それだけじゃない」

そして、早霧さんは続けた。

「私が知りたかったのは、狐の面に隠された秘密」

＊

早霧さんと調査室に入るのは、今回が初めてだった。

脳波を調べるヘッドギアや採血用の注射器を机に並べる……、なんてことはさすがになく、僕の隣に座って担当が変わった経緯を淡々と漠に説明した。

「そういうわけで、よろしくね」

「…………」

早霧さんの自己紹介に対する返答はなかった。進行役は、僕が担うべきだろう。

「お兄さんは、僕が見つけたんだ」

俯いていた漠が顔を上げた。肌が荒れているのは、ストレスが原因か。

「どんな状態だったんですか？」

「お互いのために、君が知らないことを教えるわけにはいかない。まあ、納得できないと思うけどさ。取り調べのときに、警察の人に訊いてみたら？」

「相手にされないに決まってます」

警察は、どこまで漠に話しているのだろう。推定死亡時期を狭めるために、最後に会ったのがいつかは確認したはずだ。覚せい剤の入手経路に心当たりがないかも訊いただろう。ただ、漠が容疑者というのも事実なので、迂闊《うかつ》なことは口にできない。

「お兄さんが亡くなったのは知ってた？」早霧さんが訊いた。

「そう言ったじゃないですか」

「鑑別所に入る前からって意味だよ」

「……は？」

驚いたのは僕も一緒だ。突然、導火線に火が付いた爆弾を投げつけた。

「警察に疑われてるのはわかるよね」

「あなただって、俺が犯人だと思ってるくせに」

「大切なのは、君がどう答えるかだよ。私たちは、非行の原因を探るために面接を続けている。お兄さんの事件に関与していないのなら、あれこれ詮索するつもりはない」

「俺が殺してないって言ったら、信じてくれるんですか？」

「信じるよ」即答だった。

数秒間、漠と早霧さんの視線が交錯した。

「俺は、殺してません」

「わかった。じゃあ、この件は終わりにしよう。いいよね？　瀬良くん」

早霧さんに見つめられる。この場は頷くしかなかった。

「ええ。信じるのも、僕たちの仕事ですから」

早霧さんの狙いはわからないが、警察との立場の違いを明らかにしたかったのかもしれない。猜疑《さいぎ》心を露《あらわ》にして接してくる相手に、心を開こうとは思わないだろう。

僕たちが促す前に、漠のほうから訊いてきた。

「俺は、これからどうなるんですか？」

自分で蒔《ま》いた種とはいえ、隔離された空間での生活が続いて、唯一の親族の死を告げられた。まだ高校生なのだから、自身の行く末に不安を抱くのは当然のことだ。

「審判の結果次第で、どういった道に進むのかは決まる」

「その審判は、まだ開かれないんですよね」

「本来なら、もう少しで開かれる予定だった。でも、お兄さんの事件が起きたことで、事情が変わったんだ――」

気休めを言っても仕方ないと思って、ありのままの現状を伝えた。

「わかりました。ありがとうございます」

「捜査の進展があるまでは、予定通り調査を続けよう」

犯行動機という大きな謎が、連続髪切り事件には残っている。

「何を話せばいいですか？」

「学校の先生から話を聞いてきたよ。授業や部活を無断で休んだことは問題視していたけど、それ以上に驚いていたし、君を心配していた」

「厄介な問題児がいなくなってよかったっていうのが、あの人たちの本音だと思います。俺を退学させることも、もう決まってるんじゃないかな」

「悲観的に考えると気が滅入《めい》るよ。ところで、事件との向き合い方は考えた？」

「被害者には、ちゃんと謝りたいです」

「うん。それは大事だね。髪を切った理由は、やっぱりストレス発散？」

「納得してもらえませんか？」

僕が答える前に、早霧さんが口を開いた。

「どんなストレスを解消したかったのか。最初の面接で瀬良くんに訊かれたはずだけど、何て答えたのかは覚えてる？」

部活、勉強、家族、友達。漠の答えは、あのときと一緒だった。

「付け加えることはない？」

早霧さんの質問に対して、漠は「あります」と答えた。

「言ってみて」

「兄貴の……、覚せい剤です」

僕と早霧さんは、顔を見合わせた。目で合図されたので、慎重に訊いていった。

「お兄さんは、覚せい剤を使っていたの？」

「はい。親父が死んで少し経ってから」

「それは、警察の人に訊いたのか、それとも」

「この目で見ました。部活が休みで家に寄ったら、兄貴の様子がおかしくて……。確信したのは、腕の注射痕を見たときだけど、動きとか臭いで、親父と一緒のことをしてるってわかりました。たしか……、三月の前半辺りのことです」

取り調べで断片的な情報を聞いただけなら、具体的な説明はできないだろう。

「それで？」

「家の中を探し回って、見つけた覚せい剤とか注射器を隠しました。それに気付いた兄貴は、別人みたいにキレて……、腕に、ハサミを突き刺されました」

「いつくらいのこと？」

ハサミと聞いて、確認すべきだと思った。

「まだ三月だったと思います。覚せい剤を打ったあとは少しまともになるので、どうして使い始めたのか訊きました。美容師の道を絶たれたのが、受け入れられなかったみたいです」

「お父さんに襲われた怪我のせい？」

「そうです。リハビリをしていたときも苦しそうで、思い通りに動かないって、珍しく俺の前で弱音を吐いていました。現実から目を背けるために、薬に頼ったんじゃないかな……。でも、親父を狂わせたのは覚せい剤だって、兄貴もわかってたはずなのに」

早霧さんは、無言で漠を観察している。僕は質問役に徹することにしよう。

「そんな状態が、ずっと続いたの？」

「部活があったから、兄貴の様子を見に行ける日は限られていました。勉強も練習も集中できなくて、覚せい剤をやめさせる方法を考えたけど、何も思いつかなかった。担任とか顧問にはやる気がないって注意されるし、クラスの奴らは無視してくるし……」

「相談できる人は？」

反感を買うことを覚悟して訊くと、漠は首を左右に振った。

「相談する相手を間違えれば、兄貴は逮捕される。俺が、一人で解決しなくちゃいけなかった。だけど、どんどん痩せて生気を失っていく兄貴を見ているうちに、こっちまで気が狂いそうになりました。責任を押し付けたくて……、こんなことになった原因を考えました」

途切れ途切れに語る声を聞いて、話が核心に迫っているのだと思った。

おそらく漠は、解決策の選択を誤ったのだろう。

「親父の顔が真っ先に思い浮かんだけど、死んだ人間を恨んでも復讐はできない——」

「復讐？」

「おかしなことを言ってるのは、わかってます。でも……、そのときの俺は、傷つける相手を探していました」

慕っていた兄に裏切られ、暴力まで振るわれた。漠は身体にも心にも深い傷を負っただろう。その痛みに耐えるために、自分から切り離した負の感情を他者に転嫁しようとした。

防衛機制としては、解離や逃避に分類するべきか。

「遮ってごめん。続けてくれるかな」

「兄貴の指は、普通に生活するだけなら問題なかった。美容師を目指さなければ、あんなに苦しむ必要もなかった。覚せい剤に手を出すことも、俺を追い詰めることも……。そう考えたときに視界に入ったのが、兄貴が部屋に投げ捨てたハサミでした。プロの美容師も使っている専門的なやつです。それを見て、何かが繋がった気がしました」

「今回の事件で使ったのも、そのハサミ？」

「はい、そうです。たくさん人がいる電車の中なら気付かれないと思った。切り落とした髪は、寮に隠していました。それを見ながら刃を動かして、感触を思い出していました」

「女子高生ばかり狙った理由は？」

「深くは考えていませんでした。でも、親父が殺されたあとに、クラスでいろいろ言ってきたのは女子が多くて、もしかしたら、それが理由だったのかもしれません」

　細かな部分を訊くより、まずは一通り語らせるべきだ。

「雨田茉莉さんも、その事件の被害者遺族だよね」

「茉莉は、事件の前からクラスで浮いてました。あいつが一緒じゃなければ、俺が攻撃対象になることはなかった。……それだけです」

「前に手紙を渡したいって言ったのは、雨田さんに対してじゃなかったの？」

　気になっていたことを尋ねると、漠はあっさり肯定した。

「そうです。茉莉には、ちゃんと謝りたかった」

「他の被害者とは違うってこと？」

「あいつが最後の被害者です。茉莉の髪は、兄貴の家に連れ込んで切りました」

想定外の答えだった。立件されていない雨田茉莉の事件情報は、新田さんが見つけた毛髪の分析結果くらいしか記載がなかった。

「じゃあ、君が犯人だと彼女は知っていたの？」

「はい。そのときは、もう捕まって楽になりたいと思いはじめていました。兄貴のことで自棄《やけ》になってたし、罪悪感もあったから。フォックス事件のことで話があるって呼び出して、兄貴のハサミを突き付けました。だけど、茉莉は通報しなかった。被害届も出してないんですよね。復讐されると思ったのかな……」

漠と雨田茉莉の関係性は、いずれ掘り下げる必要がありそうだ。

「それ、刑事さんに話した？」

「一昨日、兄貴の事件の関係で来たときに話しました。もっと前に伝えようとしたけど、被害届が出ていないから相手にされませんでした」

これが、連続髪切り事件の動機。

ストレス発散の一言で終わらせようとしていたときに比べれば、漠が抱えていた闇の正体が摑めてきた。佐原砂の存在は、彼にとってあまりに大きなものだったのだろう。

引き出さなければならない言葉は多くある。無関係の被害者を傷つけたことに対する反省、行動に移す前に踏み止まれなかった理由、兄の死をどのように受け止めているか、社会復帰後に進むべき道のり。

今日の面接だけで、すべてを訊くことはできない。

「どうして、お兄さんの覚せい剤のことを黙っていたの？」

「捕まってほしくなかったからです」

予想通りの答えだった。

守る対象を失ったことで、沈黙を貫く理由もなくなった。

「お兄さんの事件は詮索しないって約束したけど、いくつか確認させてくれないかな」

「どうぞ」

「お兄さんが亡くなったのは、何が原因だと思う？」

面接を開始したときに同じ質問をしても、答えは得られなかっただろう。

「六月になったくらいから、兄貴は自暴自棄になっていきました。学校にも休学届を出して、家にこもって覚せい剤を使うだけの生活を送っていた。放っておける状態じゃなかったから、俺もできる限り家にいるようにしました」

「部活を休んでいたのは、それが理由だったんだね」

佐原砂の休学時期と重なっていたのは、二つが繋がっていたからだった。

「おかしくなった兄貴の面倒を見るためなんて、顧問には言えなかった。何度も説得したし、いろんな方法を試したけど、やめさせられませんでした」

「覚せい剤は、どうやって手に入れたか知ってる？」

「親父が残したのがなくなったあとは、売人から買っていたみたいです。残っていた保険金とかを持ち出して……」

慰謝料も加えれば、かなりの金額を自由に使えたはずだ。

「会話もできない日が続いて、本当に死ぬかもしれないって思いました。そうなったら、俺が止めなかったせいだと責められる。情けないけど、怖くなったんです。すべてから逃げ出したかった」

「それで、どうしたの？」

「切り落とした髪を持って警察に行きました」

　そこで漠は、頬を引きつらせた。

「俺が見捨てたせいで、兄貴は死んだのかもしれません」

八月三日（土）

　昨夜も寝付けず、明け方まであれこれ考えていた。

　神経犯罪学の世界に足を踏み入れなければ、あるいは、フォックス事件の関係者の現状を見聞きしなければ、これほど思い悩むことはなかっただろう。

　やり直せない少年はいない――。

　その前提があったから、僕は少年と向き合えた。立ち直った姿を思い浮かべて、迷わずに進む方法を模索してきたつもりだった。それなのに今は、僕自身が迷い始めている。

　囚われてしまったせいだ。少女の充血した目に。

　調査室のパイプ椅子に座る佐原漠、研究室のリクライニングチェアに座る神永奏乃。彼らが進む道を想像したとき、その先には狐の面の少女がいる。被害者遺族も、加害者家族も、彼女が起こした事件によって人生を狂わされた。

フォックス事件の詳細を知ってから、思い浮かべる「少年」に神永詩緒も含まれるようになった。例外を許容することは、教育主義の理念を放棄するのと同義だからだ。

それでも僕は、「少年」がやり直せると言い切れるのか。

彼女の可塑性を信じ抜くことができるのか。

疑心暗鬼に陥る前に、きちんと見つめ直す必要がある。中途半端な覚悟で調査官を続けるわけにはいかないし、このままだと悪夢にうなされ続ける事態を招きかねない。

だから、虞犯少年だった過去の自分に会いに行くことにした。

休日を利用して、僕は新幹線に乗っている。

車窓に映る夏の景色は、電車やバスとは比べ物にならない速度で後方に流れていく。何だか、過去を置き去りにしているみたいだ。

乗り物酔いをしやすい体質なので、携帯を弄ったり本を読んで時間を潰すことはできない。睡魔に襲われるのを待ちながら、背もたれに身体を預けて車窓を眺めた。

せっかくの休日にもかかわらず、頭の中は事件に関する情報で埋め尽くされている。

連続髪切り事件の調査は、昨日の面接を経て大きく進展した。

兄の死を知らされたことで心境の変化があったとしても、あそこまで踏み込んだやり取りができたのは、やはり早霧さんの存在が大きかった。僕一人だったら、当たり障りのない質問に終始していたかもしれない。

漠に対して、「信じるよ」と早霧さんは言い切った。口先だけの言葉だと受け取られやすい一言なのに、真剣な表情や口調で、あっという間に距離を詰めたのだ。理想や理念ではなく、現実の少年と向き合う調査官の姿を見せつけられた気がした。

一方で、わからないことは依然として残っている。

もちろん、最大の謎は佐原砂の死だ。しかし、そこに漠が関わっているとは限らない。連続髪切り事件の延長線上に存在していないのであれば、調査官の検討事項からは外れる。

トンネルに入り、自然の光が途絶える。車窓に、自分の顔が映り込んだ。

昨日の面接で、漠は髪を切り落とした動機を明らかにした。

兄である佐原砂が覚せい剤に手を出したことが、一つのきっかけになった。立ち直らせようと足掻《あが》くうちに、漠自身の心に傷が刻まれた。切り離した痛みを他者に押し付けようとして、美容師を目指していた佐原砂のハサミを手に取った。

傷つけられた大勢の女子高生。その一人が、雨田茉莉だった。

彼女の髪は実家に連れ込んで切り落としたと、漠は謝罪の意向を示しながら語った。

どうして、他の被害者とは違う場所で犯行に及んだのだろう。

電車通学ではなかったから、やむを得ず場所を変えた——。通学方法は確認していないが、可能性としてはあり得る。だがその場合、別の疑問が浮かび上がってしまう。

そうまでして雨田茉莉を狙ったのはなぜか。

電車でランダムに選んだ他の被害者との違いは、どこにある？

いや……、動機については改めて漠に訊くべきだ。言葉足らずではあったが、語ろうとする姿勢は見て取れた。必要以上に推論を積み重ねると、視野を狭めてしまう。

それに、不自然な行動をとっているのは雨田茉莉も一緒だ。

定禅寺高校を基準にすると、二人の実家は反対方向に位置している。しかも、佐原漠の家はかなり辺鄙《へんぴ》な場所にあり、バス停や駅は近くにない。

親密な関係にあったなら、フォックス事件の話と聞いて呼び出しに応じたのも納得できる。だが、漠が口にした動機と髪切りという行動が、その関係性に異議を唱える。

そもそも、漠は野球部の寮生で、実家には薬物中毒の兄の様子を見るために帰っていたにすぎないと認めている。寮で同級生の女子を襲うのは難しいと考えたとしても、実家に連れ込む選択肢が浮かび上がるものだろうか。

そこで、ふと思う。

雨田茉莉に対する犯行が、本格的に捜査されていたら？

彼女の毛髪も、漠が警察に提出していた。被害届が受理されていれば、立件に至る可能性は高かったはずだ。その場合は、証拠を揃えるために現場に赴く必要があった。

犯行現場は、佐原漠の実家。

チャイムを鳴らして反応がなくても、令状に基づいて捜索は実施されただろう。ドアを開け、家の中に踏み込む。そこで警察が見つけるのは、髪切りの痕跡《こんせき》だけか？

違う。あれを見落とすわけがない。

その時点で、既に命は失われていた。佐原砂は、浴槽に沈んでいた。

三つ、四つと、連続してトンネルを通過していく。

小さかったときは、トンネルに入ると息を止めていた。通り抜けるまで呼吸を止め続ける。そんなルールを自分に課していた。遊びではなく、一種の強迫観念。

今は逆だ。浅く呼吸を繰り返して、脳に酸素を送る。

捜索に訪れた警察が、佐原砂の死体を発見する。選択が噛み合っていれば、その展開も充分あり得た。僕が第一発見者になったのは、どこかで歪みが生じたから。

……おかしなことを考えている。

偶然と不運が重なった結果と認めるほうが、ずっと自然なのに。誰の作為が働く余地があったというのだろう。佐原漠が関わっていたなら、現場に警察を誘うような言動は避けるはずだ。無関係だからこそ、雨田茉莉の犯行についても打ち明けようとした。

それなのに、違和感が拭いきれない。

山脈を越えて、田園地帯を眺めた。深い静寂が、思考を包み込む。

雨田茉莉と佐原漠が、蛍光灯の明かりに照らされて向き合っている。右手にハサミを握る漠。髪を切り落とされるのを待つ茉莉。そして、手錠で拘束された佐原砂の死体。

のどかな風景とは掛け離れた、突飛で脈絡のない想像。

繋がりを見出せない限り、この想像が現実味を帯びることはない。

そもそも繋がる余地がないのか、重要な事実を見落としているのか——。

新幹線での考察は、ここで打ち止めとなった。

＊

慣れない土地なので、駅を出てすぐにタクシーを捕まえた。

冷房が効きすぎた車内で運転手に行き先を告げると、無愛想《ぶあいそう》な返事が返ってきた。余計な会話はせずに済みそうだ。行き交う人々や看板が立ち並ぶ商店街を、ぼんやりと眺める。

田舎と呼ぶほど寂《さび》れてはいないが、都会と呼ぶほど栄えてもいない。

この中途半端な街で、あの人は生きている。

何を望んで移住したのかは、訊かずともわかる。過去の自分を知る人がいなければ、それで良かったのだろう。思い入れではなく、消去法で選んだはずだ。

特徴のないことが最大の特徴のようなアパートの前で、タクシーが停《と》まった。

敷地に足を踏み入れて、１０３号室のインターフォンを鳴らす。

「……はい」

再会の瞬間。緊張も期待も感慨もない。

「久しぶり、母さん」

建て付けが悪そうな扉が開いて、一人の女性が出てきた。

艶《つや》を失った髪、目尻《めじり》の深いしわ、乾ききった肌。老いた――、まずそう思った。それでも、微かに残った昔の面影《おもかげ》が、血の繋がりを訴えかけてくる。

「真昼――」そのあとの言葉は続かなかった。

「変わってないね」

口を衝《つ》いて出たのは、その場しのぎの戯言《たわごと》。

六畳ほどの狭い和室に通された。

几帳面《きちょうめん》に畳まれた布団と衣服が隅に寄せられている他には、座卓と座布団が中央に置かれているくらいで、扇風機すら見当たらない。開け放たれた窓から吹き込む風だけで真夏の熱気に太刀打ちできるはずもなく、室温はおそらく三十度を優に超えている。

「暑いでしょ。麦茶しかなくて」

「迷惑だった？」湯呑《ゆの》みを座卓に置いた母に尋ねる。

「そんなことない。来てくれて嬉しいわ」

麦茶を喉に流し込む。冷蔵庫がないのだから、ぬるいのは当然だ。

「真昼は、裁判所の仕事を続けてるの？」

「うん。毎日、いろんな少年と向き合ってる」

「大変そうな仕事ね」

「だけど、僕に向いてると思わない？」

「あなたは、昔から頭が良かった」

「子供が相手だから、勉強ができてもたいして役に立たない。言葉の意味を正しく伝えたり、素直に共感するのが大切なんだ」

湯呑みを傾けた母さんは、目を細めた。

「難しいことは私にはわからない」

僕は、どんな反応を期待していたんだろう。

「母さんは、この街で何をしてるの？」

「生活するだけで必死よ。真昼みたいに立派な生き方はできない」

改めて部屋を見回す。余裕がある生活を送っているようには見えない。働いている母さんの姿はあまり想像できない。生活保護を受給しているのだろうか。

「少しくらいなら、仕送りもできるけど」

「大丈夫。真昼に迷惑は掛けない」

今の答えは、遠慮ではなく、拒絶と受け取るべきだ。

そろそろ、ここに来た目的を果たそう。

「訊きたいことがあるんだ」

「なに？」

膝を崩して、母さんの暗く淀んだ目を正面から見つめる。

「どうして、僕を真昼にしたの？」

「……どういう意味？」

「珍しい名前だから、由来を知りたくなっただけ」

身構えていたはずの母さんは、呆気《あっけ》にとられたように数秒固まった。

「真昼の太陽みたいに、明るい子に育ってほしかった」

「母さんは、夜が苦手だったもんね」

そう言って微笑みかけると、狭い部屋に沈黙が落ちた。

「瀬良家の決まり事、覚えてるでしょ」

「………」

母さんが決めた唯一のルールは、日が暮れてから外に出てはならないというものだった。

単純ではあるが、一切の例外が許されない絶対的な遵守事項。

その基準は、時間ではなく太陽が出ているかで決まった。日没の時間が早い冬は、十七時には家にいる必要があった。太陽が沈むと、ドアの鍵とチェーンが掛けられて外出が禁じられる。トイレットペーパーを切らしても、食材の買い忘れに気付いても。

僕は、夜の街を歩いたことがなかった。コンビニは二十四時間営業しているのが当たり前で、閉店間際になると値引きを始めるスーパーがある。そんなことすら知らなかった。

ルールを破ってしまったのは、小学五年生のときだ。友達の家でゲームに熱中していたら、外が暗くなっていた。必死に走ったけれど、ドアは固く閉ざされていた。

何度叩いても開かないドアは、いくつもの事実を突きつけてきた。

夜になったら、外にいる人間は敵とみなされる。母さんにとって僕は、守る対象ではない。近所のおばさんが助けてくれなかったら、翌朝まで放置されていただろう。

歪な環境での生活は、心に闇を落とした。

「僕を太陽にして、夜を克服したかったんじゃない？」

「真昼には、辛い思いをさせたと思ってる。あの頃の私は……、どうかしてたの」

当時は、母さんが夜を恐れる理由がわからなかった。

「新幹線に乗ってたらさ、トンネルで息を止めてたことを思い出したんだ。学校で流行ってた遊びじゃない。あれも、母さんが決めた夜のルールが影響してたんじゃないかな。トンネルに入ると夜みたいになるから。その空気は吸っちゃいけなかった」

反応に困っている母さんに、僕はきっかけを与えた。

「トラウマだったんだと思う」

「え？」

「いろんな問題を抱えた少年と向き合うには、精神医学とか心理学の知識が必要になることが多いんだ。特定の出来事が原因になって、その体験を思い出すような行動を避けようとする。あのルールも、トラウマが引き起こした生活障害だった可能性が高い」

ひと呼吸の間を置いてから尋ねる。

「母さんに、夜の恐怖を植え付けたのは誰？」

「…………」

専門家によるカウンセリングを受けなければ、原因を特定することは難しい。

だが――、一緒に生きてきた僕なら、答えを導ける。

「僕が中学生になったくらいから、母さんは夜道を歩きはじめた」

「真昼がいてくれたからよ」

それは事実だ。僕がいないと、母さんは外に出られなかった。

夜の散歩は、決まった曜日に行われた。ドアを開けるのも、手を引くのも、僕の役目だった。繋いだ手は、小刻みに震えていた。

「母さんの太陽になれたような気がして、嬉しかった」

このまま歩き続ければ、夜を乗り越えられる。その日が来るのを待ちわびていた。

「だけど、あれは散歩じゃなかった」

「真昼……、違うの」

月が雲に隠れて、星もまばらにしか見えなかった秋の夜。

いつもと同じように、手を繋いで歩いていた。母さんが背中に背負ったリュックサックが、唯一の違いだった。学校や友達のこと。普段より、たくさんお喋りをした。

何の変哲もない家の前で、僕たちは立ち止まった。

「あれは誰の家だったの？」

「…………」

持ち主の名前と顔を、僕は知っている。ニュースや新聞で、何度も見たからだ。聞き覚えのない名前、見覚えのない顔。その男は、被害者として扱われていた。

加害者は母さんで、僕は共犯者だった。だけど、それ以上のことはわからなかった。男との繋がりを見出せないまま、時間だけが過ぎて、僕は大人になった。

「どうして、こんなことを訊いてるんだと思う？」

「……わからないわ」

「ずっと不安だった。いつか、母さんと同じ過ちを犯すんじゃないかって。自分の中に流れている血が怖かった。だけど、僕は悩んでいる少年に言わなくちゃいけないんだ。大丈夫、君は罪を犯した家族とは違うって。おかしいよね。内心では、僕のほうが恐れているのに」

「あなたは――」

あの日、母さんは夜を終わらせた。

手を繋いで見上げた空は、時刻を忘れさせるほど明るかった。

「母さんは、夜に怯えていた。トラウマを植え付けた出来事は夜に起きた。だから、僕に太陽を背負わせた。真昼と名付けたのも、下見を繰り返したのも、家に火を放ったのも……。夜を克服するためだった」

うなだれた姿を見つめながら、僕は訊いた。

「ねえ、母さん。僕の父親は誰？」

「………………」

沈黙が、答えだった。

夜を切り裂くように燃えていたのは、父親の家だ。

第六章　少女は、過去に囚《とら》われる。

☀ 八月五日（月）

今朝の電車は、いつにも増して混んでいた。

通勤途中のサラリーマンや通学途中の学生といった見慣れた集団の中に、僅かではあるが、キャリーケースに腰かけた少年や浴衣を着た女性が混じっている。

『七夕花火祭　八月五日（月）十九時～二十時　北公園周辺』

花火のイラストと説明文が描かれた車内広告が、視界に入り込んだ。

前夜祭の花火が打ち上がるのは、今夜だ。

キャリーケースに腰かけている少年は、家族と一緒に深夜バスで遠方からやってきたのかもしれない。そうだとすれば、どこかに荷物を預けて、泊まりがけで七夕祭りを楽しむのだろう。今夜の花火だけ見て帰るつもりなら、あそこまでの大荷物は必要ないはずだ。

浴衣を着た女性は……、何だろうか。

あの格好で深夜バスに乗ってきたとは思えないし、美容室でヘアセットをするにしても早すぎる。それに、浴衣を着ている乗客は他にもちらほら見受けられた。

そうか。僕と一緒で通勤途中なのかもしれない。サービス業の従事者で、祭りにあやかって売り上げを伸ばすために浴衣を着てくるよう指示された。うん、これはあり得る。

多くの乗客と共に電車を降りて道路に出る。強い陽を浴びて一気に汗が噴き出した。

雲一つない晴天。花火の打ち上げは、問題なく行われるだろう。

手で顔を扇《あお》ぎながら調査官室に入ると、いつものメンバーが揃っていた。

「おはようございます」

席についた直後、一条が話しかけてきた。

「瀬良さん。今日の午後、一時間早く帰らせてもらいます」

「うん。わかった」

「……誰と見に行くのか訊いてくださいよ」

「今夜の花火だよね。相手がいたんだ」

「瀬良くんは優しいなあ」

新田さんが笑った。僕が来る前に同じ話題を振られて、冷たくあしらったのだろう。

「同期に声をかけました。これはチャンスですよね」

「まあ、楽しんできてよ」

「スーツで行くわけにはいかないので、早めに帰って準備するんです。本当は美容院にも行きたかったけど、予約でいっぱいらしくて」

張り切ってるのは一条だけではないかと思ったが、指摘はしないことにした。

パソコンを起動してログインすると、早霧さんが立ち上がったのが見えた。そのまま僕の席に近付いてきて、肩を叩かれた。

「ちょっといい？」

新田さんが、何か言いたげに目を細めていた。佐原漠の調査を誰が担当するかで揉《も》めたとき以来、早霧さんと新田さんは必要最低限の会話しか交わしていない。

「失礼します」

面談室に入ると、机の上に佐原漠の記録が置いてあった。

「何かあった？」

「え？」

「休口明けとは思えない顔をしてるから」

「電車が混んでたせいかもしれません」

母さんの顔が頭をかすめた。不思議な人だ。他人に興味がなさそうなのに、見るべきところは見ている。それ以上は訊かれず、座るよう促された。

「午前中は会議で外せないんだけど、三時過ぎに鑑別所に行こうと思ってる」

「佐原くんと面接するためにですか？」

「うん。瀬良くんも来られる？」

「行けますけど……、金曜に会ったばかりですよね」

面接の頻度は担当調査官や事件の性質によってさまざまだが、さすがに間隔が短すぎるのではないだろうか。今の漠には、気持ちを整理する時間が必要なはずだ。

「瀬良くんは、彼が語った動機を聞いてどう思った？」

「兄の存在が佐原くんを苦しめたのは、本当だと思います。父と兄。二人の家族が覚せい剤で道を踏み外す姿を、間近で見たわけですから。父親が殺されて周囲の環境が変わってしまったことも併せて考えれば、非行に走る要因は揃っています」

「そうだね。そこまでは、私も同意見」

「何が引っ掛かってるんですか？」

早霧さんは、記録をぱらぱらと捲《めく》りながら答えた。

「彼は、まっすぐな人間だよね」

「え？」

抽象的な表現だったので反応に困った。

「この記録を見たときは、卑劣な男子高校生をイメージした。先入観は排除すべきだっていう人も多いけど、先入観と第一印象のギャップが調査のスタートラインになると私は考えてる。実際に会ってみても、想像通りかさらに評価が下がる少年がほとんどで、佐原漠みたいに良い意味で驚いたのはかなりのレアケース」

「どの辺が好印象でしたか？」

「私たちの質問に対して、真摯《しんし》に答えようとしていた。真実だけを口にしたわけじゃないよ。痛みを感じながら嘘をついたってこと。正直者が嘘をつくと、ああなるんだね」

断定的な口調。担当調査官として聞き流せない発言だ。

「言葉足らずな部分はありましたが、嘘をついてるようには見えませんでした」

「主観を押し付け合っても、有益な議論にはならない。だから、結論を先に言うね。佐原漠は、連続髪切り事件の犯人ではない。私は、そう考えてる」

　よりによって、そこを否定するのか……。

　少年審判で審理の対象とされるのは、非行事実が存在するのかと保護の必要がどれだけあるかの二点だ。非行事実の存否を認定するのは裁判官の役割で、犯罪行為に及んだ可能性が高いと判断されない限り、僕たちは調査を開始できない。

　つまり、調査命令が出された以上、少年が非行を犯したことを前提に動く必要がある。

「裁判官の認定に口を挟むのは越権行為ですよ」

「考えるのは自由でしょ」

　溜息を吐いてから「根拠は？」と訊いた。

「逆だよ。佐原漠を犯人にする根拠が、自白と被害者の毛髪しかない」

「いや……、充分じゃないですか」

「被害者の毛髪が逮捕の決め手になったのは間違いない。袋を持って出頭しただけではなく、寮の自室からも複数の毛髪が採取された。それに、自白の内容も具体的で毛髪の分析結果とも整合した。だから彼は家裁に送られてきた」

　記録を読み込んでいることが伝わる考察だった。

　犯人の姿を捉えた防犯カメラの映像や目撃者の供述はないので、直接証拠によって犯人性が肯定された事件ではない。早霧さんが挙げたように、被害者の毛髪に関する間接証拠や、信用性が認められる自白の存在が合わさって、佐原漠が犯人だという結論が導かれた。

「そこまで分析できているのに、犯人は別にいると？」

「佐原漠は、カミキリムシのコレクションを偶然手に入れた。その一部を自分の部屋にわざと落としてから、警察に出頭した」

「無理がありますよ。他人の罪を被る動機を説明できるならまだしも……」

一瞬、言葉を失った。驚いたのではなく、呆《あき》れたからだ。

「そう。結局、そこに行き着くの」

人は自己に不利益な供述はしない――。その経験則があるからこそ、自白は高い証拠価値を有するものとして扱われる。自白の信用性が否定されるのは、不利益な供述を強要された事実が明らかになるなどして、任意性に疑義が生じた場合がほとんどだ。しかし、今回の事件では漠は自ら出頭して罪を認めている。つまり、任意に自白したことが明白なのである。

早霧さんが、事実関係を見誤るとは思えない。

「どんな動機を思い浮かべているのか教えてください」

「木を隠すなら森の中って言うでしょ」

「……それが？」

「罪を罪で覆い隠した。死体を隠すために、罪を被ったってこと」

すべてを理解できたわけではない。

だが、死体と聞いて連想したものは一つしかなかった。

「佐原砂の死体のことですよね」

「わかった？」

「殺したのは……、佐原漠だったと考えてるんですか？」

返答はなく、早霧さんは立ち上がった。

「あの――」

「答えは、本人の口から聞いて」

＊

鑑別所に向かう時刻になるまで、まったく仕事に身が入らなかった。無意味な文字の羅列をキーボードで入力しながら、早霧さんが何を考えているのかを想像した。

佐原砂の死体を隠すために、カミキリムシの罪を被った――。

この論理が正しいなら、確かに連続髪切り事件の犯人は別にいる可能性が出てくる。

だが、根本的な疑問が二つ思い浮かぶ。

一つは、条件関係が認められるか。もう一つは、動機が存在するか。

漠が出頭したことで、死体は隠せたのか。まずは、そこから考えるべきだろう。

結果だけを見れば、答えは否だ。他ならぬ僕自身が発見者であり、そのきっかけとなったのが漠の調査だったのだから。むしろ、漠が出頭したことで死体は見つかった。

だがそれは、「隠し通す」ことが目的だった場合だ。

そうではなく、「一時的に隠す」ことが目的だったとしたら？

佐原砂の死体は、死後約一ヵ月が経ってから、ようやく発見された。

漠が出頭していなければ、どうなったか。当時の漠は、寮に住みながら、覚せい剤に苦しむ兄の様子を頻繁に見に行っていた。そのまま通い続けていれば、異変に気付いただろう。命を救えた可能性もあるし、少なくとも数日以内に通報していたはずだ。

いや……、早霧さんの発言に惑わされて、不合理な思考に陥っている。

死体を隠したいなら、黙っていればいいじゃないか。わざわざ逮捕されるなんて迂遠《うえん》すぎる。寮で日常生活を送っているだけで、簡単に発見を遅らせることができたのに。

だが、そこで気付く。

見つけないほうが、不自然なのか。定期的に部活を休んで外泊していたことは、多くの人間が知っていた。高校生の限られた行動範囲を辿っていけば、実家に帰っていたことも見抜かれる。不審に思われるのを避けるには、警察に通報するしかない。

条件関係は、ぎりぎり肯定されるとしよう。

わからないのは、死体の発見を遅らせることに何の意味があったのかだ。

水が張られた浴槽に放置された死体は、皮膚の一部が剝がれ、髪が抜け落ち、肉体の腐敗が深く進行していた。その結果、死因は明らかとなったが、詳細な死亡推定時期は絞り込めていないらしい。

死体と一緒に、重要な痕跡を隠そうとしたのだろうか？

さらに検討を進めようとしたところで、早霧さんに声を掛けられた。

「ちょっと早いけど行こうか」

「わかりました」

急に飛び込んだ調査だったが、空いていた官用車を手配してもらえた。

「全然集中してなかったでしょ」

「あんなふうに勿体ぶられたら、さすがに気になりますよ」

「じゃあ、お楽しみは最後まで取っておこう」

そう宣言すると、早霧さんは窓に頭をもたせかけて動かなくなった。

考察を再開しようとしたが、隣の上司から睡魔が伝染してきたらしく、急に瞼が重くなった。鑑別所に着いたら答え合わせが始まる。そのときに備えて体力を蓄《たくわ》えておこう。

二十分くらいは眠――、

「乗せてもらいながら寝るなんて、いい度胸だね」

はっと目を覚ます。瞬間移動したかのように、目的地に着いていた。苦笑している運転手がルームミラー越しに見えて、思わず頭を下げた。

「びっくりするくらい寝てました」

「だから起こしたの」

注意を受けたのと引き換えに、頭の中がすっきりした。コーヒーがあれば完璧だが、それは諦めよう。大きく伸びをしてから、見慣れた建物に足を踏み入れる。

受付にいた職員に、佐原漠と面接したい旨を伝えた。

「あっ……。少し、お待ちいただけますか？」

他の職員のところに駆け寄って話し始めたので、おや、と思った。

これまでは手続を済ませたらすぐ案内されたのに、何やら困惑しているように見える。

「何かあったんですかね」早霧さんに訊く。

「警察が来てるんじゃない？」

なるほど。取り調べと被ってしまったというのは、確かにあり得そうだ。

白髪交じりの男性職員が近付いてきて、「調査官の方々ですか？」と改めて確認された。

「はい。瀬良と早霧です」

「面接していただくのは構わないのですが……、その前に、別室でお話しできませんか？」

僕と早霧さんは顔を見合わせた。

「――我々でよろしければ」

どうやら、警察が来ているわけではないらしい。こんなふうに鑑別所の職員に呼び止められたのは初めてのことだった。

「申し訳ありません。事情も説明せずに」

「佐原くんが、何か問題を？」話を本題に進めようとした。

「彼自身、というわけではないのですが」

「はあ……」

ハンカチで汗を拭きながら男性は答えた。話が見えてこないので、説明を待つしかない。

「午後の郵便で、彼宛《あ》ての手紙が届いたんです。その扱いに困っておりまして」

「手紙？　誰からのですか？」

「封筒に差出人は書かれていませんでした。ですが、被害者が書いた手紙と思われます」

被害者が、佐原漠に手紙を出した。椅子から身を乗り出した。

「内容を読まれたんですね？」落ち着いた声で、早霧さんが訊いた。

「ええ。渡してもいいか判断する必要があるので」

鑑別所にいる少年に手紙を出すのは自由だ。だが、それを本人に渡すかどうかの判断は職員の裁量に委ねられている。心の安寧《あんねい》を乱すような内容――犯罪の誘惑や第三者からの罵詈《ばり》雑言《ぞうごん》等――の手紙を少年が読むと、心身の鑑別に悪影響を及ぼしかねない。プライバシーの問題はあるが、やむを得ない確認作業として許容されている。

「我々に協力できることがありますか？」

「込み入った事情が書かれているものでして……。専門家の意見を参考にしたいと考えていたところに、お二方がいらっしゃいました」

「読ませていただけるのですか？」

「ご迷惑でなければ」

イレギュラーな申し出なので、僕一人で来ていたら返答に窮しただろう。

だが――、「見せてください」早霧さんは即答した。

腰を上げた男性が出て行き、僕たちだけが部屋に残された。

「いいんですかね？」そう尋ねると、

「断ってほしかった？」逆に訊き返された。

「いや……、気になる言い方だったので、正直読みたいです」

「どう報告するかは私が考えるよ」

数分後に戻ってきた男性は、何十枚もの紙の束を持っていた。

「それ、全部ですか？」

「手紙自体は、それほど長いものではありません」

受け取った紙を机の上に広げて、二人で読みはじめた。

鑑別所の職員の方へ

こんな手紙を突然送り付けてしまって申し訳ありません。

私は、カミキリムシの被害者とされている女子高生の一人です。

手紙を渡す前に内容をチェックすることは知っています。この前書きは、読んでくださってる方に向けたお願いです。いたずらではないので、最後まで読んでほしいんです。

佐原漠は、連続髪切り事件の犯人ではありません。

それと、佐原砂さんが亡くなったのは、私のせいです。

嘘じゃありません。信じてください。

一緒に送った手記を読めば、納得してもらえるはずです。

真相を伝えることが目的なので、手紙が佐原くんに渡らなくても構いません。

これしか思い付きませんでした。

お願いします。私たちの苦しみを知ってください。

まさか、と思った。

連続髪切り事件の犯人は、佐原漠ではない。鑑別所に来る前に早霧さんが口にした結論が、この前書きにも記されている。

さらに、佐原砂が死亡したのは自分のせいだという告白。

「どうして、このタイミングで……」

そう呟いた早霧さんは、じっと一枚目の紙を見つめていた。

「雨田茉莉が書いた手紙だと思いますか？」

「他には考えられない」

実家に連れ込んで髪を切り落とした。そう語ったのは、他ならぬ漠自身だ。しかし、被害者であるはずの雨田茉莉が、その事実を否定しようとしている。

ようやく、早霧さんは紙を捲った。

手書きの丸みを帯びた文字が、びっしり書き連ねられている。何度も書き直した痕跡があり、読みやすいとは言い難い。しかし、何かを伝えようとする意思が筆跡に表れている。

手記は、フォックス事件の翌日からはじまっていた。

不幸を受け入れず、運命に抗《あらが》い、大切な人を救おうとして選択を誤った――。

そこに書かれていたのは、少女が絶望の淵《ふち》に沈んでいく過程だった。

六月十五日（土）

銀色の手錠を握って、私は微笑んだ。

「助けに来たよ。スナ」

伸びてきた髪はヘアゴムでまとめた。臨戦態勢。もう逃げない。

「持ってる、それは？」

ぼそぼそと口の中でスナは言った。ちらっと見えた歯は、ぼろぼろだった。変色していて、浮きあがった歯もある。覚せい剤の影響なんだろう。

私たちは、砂漠の家で向かい合っている。

「立ち直りたいって……、思ってるんだよな」バクが訊いた。

頷くスナ。口を開くのも億劫《おっくう》そう。

「自分の意志だけで、やめられると思うか？」

「何度もやめようとした。だけど、僕には無理だった」

地下鉄の通路で、私はスナに助けを求められた。

「俺も茉莉も、元の兄貴に戻ってほしいって本気で思ってる。そのためなら何でもするよ。絶対に覚せい剤は打たせないし……、自由も奪う」

「その手錠で？」

スナの視線が、私の右手に向けられる。

私が持っているのは玩具じゃない。鍵を使わないと外せない、本物の手錠。

「どうすればいいのか、いろいろ調べて考えた。でもさ……、結局、身体から覚せい剤を全部出し切って、使いたいって思わなくなるまで耐えるしかないんだよ。病院でも、重度の依存者はベッドに拘束するって聞いた」

「僕は、重度の依存者なのかな」

「最後に打ったのはいつだ？　その前は？」

「わかった、認める」

スナは、唇《くちびる》の端を僅かに吊り上げた。

これだけ話せるってことは、最後に使ってからそんなに時間が経っていないんだと思う。その効果が切れたときに、今みたいな表情ができるんだろうか。

「兄貴の気持ちが大事なんだ」

「隠してる場所を教えるよ。通帳も持っていっていい」

覚せい剤を取り上げて、自由に使えるお金を管理する。それを徹底すれば、薬を断ち切ることもできるかもしれない。

「悪いけど信用できない」バクは首を左右に振った。

「目を離した隙に、別の場所から持ってくるつもりなんじゃないのか？　次に裏切られたら、もう見捨てるしかない」

最後のは、本心から出た言葉ではないと思う。でも、そう言うしかないんだ。

「家にいる間は……、ずっと監視するつもり？」

「違う。家にいる間じゃない。二十四時間、家に居続けるんだ」

「……学校にも、病院にも、行かないといけない」

「病院に行ってないのは知ってるよ。薬をやってるってバレるのが怖かったんだろ。学校には休学届を出してもらう。例外は認めない」

時間を掛けて、問題になることを屋上で話し合った。だから、バクには迷いがない。

「何をしようとしているのか、ちゃんと教えてくれないか？」

「兄貴を浴室に拘束する」

私から手錠を受け取って、バクは続けた。

「食事、睡眠、風呂《ふろ》、トイレ。生きるために最低限必要なのは、これくらいだよな。メシは、俺と茉莉で何とかする。マットレスがあれば、どこでも寝られる。贅沢《ぜいたく》は言わせない。面倒なのが、風呂とトイレだった。さすがにオムツを付けろとは言わないよ。俺たちは、その世話をする覚悟もあるけどな。でも、うちの浴室ならすべての問題を解決できる。浴槽とトイレが、同じ空間にあるから」

「浴室で生活して、身の回りの世話はバクと茉莉に頼む……」

状況を整理するように、スナは呟いた。

「そのとおり。シンプルだろ」

「眠ってる間も、バクたちが学校に行ってる間も、手錠は」

「当然、かけたままだ」

手に持っている手錠を、バクはスナの顔の前に掲げた。

じゃらりと、鎖が音を鳴らした。

「……いつまで？」

「禁断症状が収まったら解放する。でも、一週間とか二週間で終わるとは考えてない」

生活のすべてを私とバクに委ねる。しかも、スナは薬物中毒者だ。幻覚や幻聴の禁断症状が出れば、取り乱す姿を私たちに晒すことになる。どれだけプライドが傷つけられるかは、今のスナでも想像できるだろう。

「この場で決めてほしいわけじゃないよ」私は言った。

「スナがどうしたいのか訊きたいの。ちゃんと治すなら、病院に行くのが一番だと思う。でも、医者が通報したら逮捕されることになる。私は……、スナに捕まってほしくない」

スナは、少し考えてから答えた。

「僕が覚せい剤で捕まれば、父さんの事件を調べたマスコミがまた騒ぎ出すかもしれない。記事にされたら、バクに迷惑を掛ける」

「俺のことはどうでもいいんだよ」

「よくない。今だって、学校で窮屈な思いをしてるんだろ」

二人が言い合う姿は見たくない。明るい口調で割って入った。

「ねぇ、花火を目標にしようよ」

「花火？」訊き返したのは、スナだった。

「八月に、七夕祭りがあるでしょ。それまでには、禁断症状も収まると思う。前夜祭の花火が特等席で見られる場所を前に教えてもらった」

「高校の……、屋上」

よかった。スナは覚えていた。あのときの私は、感心することしかできなかった。

「うん。三人で――、花火を見に行こう」

こんな約束が、心の支えになるとは思ってない。

それでも、気を紛らわせることくらいはできるかもしれない。

「少し、考えさせてほしい」

「俺らの準備もあるし、また明日来るよ」バクは立ち上がった。「受け入れられないなら、逃げてもいい。だけど……、家に残ってたら、本当に監禁生活を始めるからな」

強制はしないって、ここに来る前に決めておいた。

バクが言ったとおり、私たちがしようとしているのは監禁だ。詳しいことはわからないけど、法律で禁止されている行為だと思う。つまり、スナの同意がなければただの犯罪。

それに、私たちの目的はスナを立ち直らせること。意思に反して拘束しても、自由になった瞬間、また手を出しちゃうかもしれない。だから、自分で決断してもらう必要がある。


「神永に感謝しないとな」

砂漠の家を出て歩き始めたところで、バクが言った。

「詩緒ちゃんは、何のために持ってたのかな」

鞄に入ってる手錠は、奏乃に貸してもらった。昨日の放課後、屋上で鍵と一緒に渡された。詳しい説明はなかったけど、スナを助けるための使い道はすぐに思い浮かんだ。

「親父たちを拘束するつもりだったんじゃないのか」

「ああ……。そっか」

四つの凶器を準備したときに、一緒に買ったのかもしれない。

「兄貴には教えないでおこう」

「うん。詩緒ちゃんの名前は出さないほうがいいと思う」

先を行くバクが振り返って、後ろ歩きをしながら言った。

「明日、薬と金を持っていなくなってるかもな」

「大丈夫だと思ったから、逃げてもいいって言ったんじゃないの？」

「どうかな……。もぬけの殻になってたら、見捨てられる気もするんだ」

バクの視線の先には、小さくなった砂漠の家があるはずだ。

「見捨てられるなら、こんなに悩んでないよ」

「俺は兄弟だから仕方ないけど、茉莉はとんでもない奴を好きになったもんだよな」

さりげなく言ったつもりなんだろうけど、顔が赤くなってる。

「バクも、そういう相手が見つかるといいね」

「うるせーよ」

歩くたびに、鞄の中がじゃらじゃら鳴る。

「今回の花火は、バクも来るんだよ」

「二人で見ればいいだろ」

「去年もすっぽかしたんだから、今年は三人で行くの」

「ピンチを救ったヒーローを忘れてないか？」

野球ボールを投げて、不良を退治してくれた。ちゃんと覚えている。

あのときだけじゃない。私は何度もバクに救われてきた。

「約束、守ってね」

「兄貴が元通りになったら、どんな無茶な要求にも応えてやるよ」

そして、次の日から、スナの監禁生活が始まった。

六月二十一日（金）

誰かに手錠を嵌めた経験なんてないし、ネットにも監禁のノウハウは転がってない。

だから、細かいルールは手探りで決めていく必要があった。

ベッドから持ってきたマットレスを半分に折って浴槽に敷いたら、ぴったりのサイズだった。手錠は、水栓のパイプに繋げた。鎖が長いタイプだから、いちいち外さなくてもトイレに移動できる。そして、もう一方の輪をスナの手首に嵌めた。

浴室は、三畳くらいの広さしかない。それでも、膝を曲げれば浴槽で横になることもできる。手錠のまま着替えられる服も準備したし、食事のバリエーションもそれなりに多い。

スナの心の強さが試されているから、私たちに手伝えることは限られている。

食事の準備と後片付け。お風呂に入るときは、マットレスを外に出して着替えとタオルを渡す。絶対にやらなくちゃいけないのは、それくらい。あとは、定期的に様子を見に行ったり、他愛《たわい》のないことを話しかけたり——。

独り言を呟きながら、浴室をきょろきょろ見回す。そんなスナを見守ることしかできなくて、浴室のドアの前で時間を持て余している自分が、歯がゆくて仕方なかった。

月曜日からは、スナの世話を曜日で分担することにした。

月水金が私、火木がバク。土日は話し合って決める。

平日も、学校に行かなくちゃいけない。休もうかなと思ったけど、「どれくらい掛かるのかわからないんだぞ」ってバクに言われた。

私が担当する日は、放課後になったら家で着替えとかの荷物を交換して、砂漠の家に行く。お母さんには何も訊かれない。ネカフェに泊まってるって勘違いしてるか、外泊していることすら気付いてないか。

お腹を蹴り飛ばしてから、あの人とは顔を合わせてない。革靴は何度か見掛けたし、別れたわけではなさそう。どうでもいいことだけど。

今日の夕食は何にしよう。冷凍しておけば、バクが当番の日でもレンジで温めるだけでいい。でも、たまにはコンビニのご飯を食べたくなるのかな。

そんなことを考えながら、砂漠の家に入った。

浴室のドアを開けて、立ち止まる。ツンと鼻をつく異臭がした。

「スナ——」

膝を抱えていたスナが顔を上げる。

シャツに染みができていた。……吐いちゃったんだ。

「今、タオルを持ってくるから」

すぐに浴室を飛び出した。スナは、ずっと一人で臭いに耐えていた。トイレで吐くのも間に合わないくらいの吐き気に襲われたんだろう。

気力で耐えられるのは最初の数日だけ。薬物中毒者のブログに、そう書いてあった。

『我慢ならできます。でも、やめることはできませんでした。もう、一生打てないんだ。その現実と向き合ってからが、本番なんです。私は、動悸《どうき》が止まらなくて、何も考えられなくなりました――』

今日が、監禁生活六日目。我慢の限界がきちゃったのかな。

タオルを受け取ったスナに、「ありがとう」と言われた。落ち着いたのか、気丈に振る舞っているだけなのか。視線を逸らしたくなった。

「食欲がなくてさ」タオルで口元を拭いながら、スナが言った。

「……うん」

「無理やり飲み込んだら、気持ち悪くなって」

半分以上残った焼きそばパンが、床に落ちていた。

「お粥《かゆ》とかなら、食べられそう？」

「いや、また吐くと思う。しばらく水だけ飲んでるよ……」

水とかお茶が入ったペットボトルは、たくさん置いてある。ゴミを捨てて空気を入れ替えたら、臭いもマシになった。食欲が戻ったときのために、下準備は済ませておこう。

「茉莉」浴室を出ようとしたら、スナに呼ばれた。

「どうしたの？」

「僕の部屋の場所はわかるよね」

「うん。バクに聞いたから」

「クローゼットの二段目に、覚せい剤が入ってる」

思わず、息を止めた。

「……捨てておいてくれないかな」

「え？」

「信じてもらえないかもしれないけど、そこにあるので全部だから。別に解放してほしいって頼むつもりはない。ただ、近くにあるのが辛いんだ」

「わかった」大きく頷いた。持ってこいと頼まれるのかと思った。

スナの気持ちは、まだ折れていない。

階段を上って、突き当たりのドアを開ける。スナの部屋に入るのは初めてだった。ほとんど物が置いていなくて、居間と違って綺麗に片付いている。

クローゼットも、すぐに見つかった。言われたとおり、二段目の引き出しを開けた。

透明な袋で小分けされた白い粉と、小さい注射器が入っていた。初めて見たけど、結構な量があるんじゃないのかな。これで全部っていうのも、本当だと思いたい。

袋と注射器を取り出したら、奥のほうにテープで封がされた紙袋が置いてあった。

見覚えがある、細いストライプ柄の紙袋。椿ケ丘駅の通路で、スナが持っていたものだ。辛そうに立っていたのに、この袋だけは両手でしっかり抱えていた。

持ち上げてみると、すごく軽かった。

テープの隙間から中を覗いた。暗くてよく見えない。逆さまにして上下に振ってみる。

ぱさり。何かがフローリングに落ちた。

親指と人差し指で拾って、顔の近くに持っていく。

行動と思考が、一致していなかった。指先が震えているのに、頭の中は冷静。

きっと、疑っていたからだ。スナに助けを求められたのは、砂漠の家から離れた駅だった。翌日のウェブニュースで、椿ケ丘駅が犯行現場に選ばれたことを知った。

紙袋を持って階段を降りた。

たくさんの「どうして？」が、思考を埋め尽くす。整理するには時間が足りない。

答えを知っているのは、犯人だけだ。

「スナが、カミキリムシだったんだね」

浴槽に座っているスナは、私が突き付けた紙袋を見て答えた。

「そうだよ」

大量の髪の毛が、紙袋の中に入っていた。長くて綺麗な黒髪ばかりだった。

「どうして、こんなことをしたの？」

「ネットを見れば、いろんな考察が書いてある」

「……スナの答えが聞きたいの」

「髪を切りたかったから」

手錠が繋がっていない右手で、スナは私の髪を触った。

あんなに好きな瞬間だったのに……、今は、その感触に鳥肌が立った。

「やめて――」

「街を歩いてると、いろんな髪の毛の持ち主に出会う。かわいそうな髪が、あまりに多いんだ。梳《す》きすぎて崩れていたり、過剰なブリーチで傷んでいたり、奇抜なカラーで道化染みていたり。僕なら、あの髪をもっと生かしてあげられる。そんなふうにずっと考えていた」

主体が、人じゃなくて、髪だった。

持ち主は、おまけにすぎないのかもしれない。

「美容師になれば、思い通りに切ることができる。それまでの辛抱だって、自分に言い聞かせていた。どういうスタイルが似合うのか、頭の形とか顔立ちを見れば、すぐに浮かんでくる。技術を身に着けるために、専門学校に通った。毎日が楽しかったし、手応えもあった。だけど、ダメだった。どうなったのかは、茉莉も知ってるとおりだよ。センスがないって言われるなら諦めもついた。でも……、完成形は今も見えてるんだ。それなのに、指が追い付かない。想像とは掛け離れたものができあがる。鏡に映る髪は、泣いていた」

気持ちを吐き出すように、スナは語っていく。

「綺麗になった髪をたくさん見たくて、僕は美容師を志した。汚いものを量産するだけなら、目指す意味がない。諦めて別の道に進むべきだって、頭ではわかっていた。でも、受け入れられなかった。どうにかして、ダメになった指を生き返らせたかったんだ。だから、電車の中で髪を切ることにした」

「全然……、わかんないよ」

「リハビリになるのかな。ハサミを替えて、使う指を替えて、持ち手を替えて……、いろんな方法を試したかった。実際に髪を切って、感触を確かめる必要があったから」

言葉が出てこなかった。

それが――、そんなのが、動機だったなんて。

「ショートが似合う子を選んだ。美容院に行っても、短いところに合わせて整えるしかない。僕が切ったことで、結果的に綺麗になった被害者もいると思う」

「自己満足だよ。ロングに思い入れがある子だっていたはずなのに……」

「許されることをしたとは思ってない」

一連の髪切り事件には、被害者の共通点があった。

「何で、女子高生ばかり狙ったの？」

「茉莉の気持ちに応えたかった」

「どういうこと……」

「綺麗な黒髪を台無しにしていることには、気付いていた。薬でおかしくなっても、ハサミと髪だけは見えていたんだ。整えようとしているのに、どんどん崩れていく。愛想を尽かされて当然だと思った。それなのに茉莉は、何度も来てくれた。自分の髪じゃなくて、僕の指を心配してくれた。そんな茉莉を……、僕は、自分勝手な理由で傷つけた」

「私が、自分で決めたことだもん」

「唯一のカットモデルくらいは、満足させたかった。練習のために、茉莉に似ている黒髪の子を選んだら、女子高生に偏った。それだけのことだよ」

「そんな――」

「その紙袋には、切り落とした髪の毛が入ってる。自分が犯した罪を忘れないために保管していた……。茉莉が言ったように、すべて自己満足だけど」

「どうして、私に見つけさせたの？」

同じ引き出しに紙袋をしまっていることを、スナが失念していたとは思えない。覚せい剤を回収しに行ったんだから、普通は袋の中身も確認するはずだ。

自分がカミキリムシだって、私にわざと教えた。

これが、最後の「どうして？」だった。

「僕は、茉莉やバクに面倒を見てもらっていいような人間じゃない。覚せい剤に手を出しただけじゃなくて、最低な犯罪者でもあるんだ。もう、見捨てていいんだよ」

「それ、バクにも言ったの？」

「次に来たときに話すつもりだった。茉莉が伝えてくれてもいい」

「私たちが……、スナを見捨てると思う？」

「さすがに幻滅したよね」

否定はできなかった。突き付けられた現実を、私は受け入れられない。

「覚せい剤を使うのは犯罪だけど、スナ以外に困ってる人や悲しんでる人はいない。だから、被害者なき犯罪って呼ばれてる……。そう本に書いてあった。やめることができたら、全部なかったことにして、また美容師を目指してほしいって思ってた……」

「そんな資格、僕にはない」

「たくさんの子の髪を切った罪は、ちゃんと償わなくちゃいけないと思う。スナなら、女の子にとって髪がどれだけ大切なものか、わかってるでしょ？　ショートのほうが似合うとしても、勝手に切っていいわけがない。スナがしたことは……許せない」

　俯いているスナを見下ろして、私は続けた。

「警察に出頭して、罪を認めてほしい。それが、スナにできる償いだと思う」

「茉莉は、強いな……」

「やめてよ！　本当は、スナに捕まってほしくなんかない。こんなこと、知りたくなかった。一緒に乗り越えたかったよ……。だけど、知らない振りはできない。だって……、私もスナも、傷つけられる苦しみは知ってるはずじゃん」

　スナは、「ごめん」って呟いた。

　謝ってほしいんじゃない。そんな言葉を望んでいるんじゃない。

「どうなるのかわからないけど、待ってる。バクと一緒に、この家で。迷惑だって言われても、見捨ててなんてあげない。私の髪にひどいことをしたって思ってるんでしょ？」

「うん」

「それなら、責任をもって綺麗にしてよ。戻ってくるまで伸ばしてるから。私への罪滅ぼしは、髪を切り続けること。それでいいよね」

　こういうプレッシャーが、スナを追い詰めたのかもしれない。

　それでも私は、ハサミを手放してほしくない。

「ありがとう――、茉莉」

顔を上げたスナは、目を細めていた。

「バクには、自分で話してね」

明日は土曜日だから、部活が終わったらバクも家に来る。

兄弟で話し合ってもらって、いつ警察に送り届けるか決めよう。

「一つだけ、我が儘を言ってもいいかな」

「なに？」

「猶予がほしいんだ」

「……猶予？」

「せっかく、覚せい剤を断ち切るための環境を整えてもらった。もう大丈夫だって思うまでは、拘束を続けてほしい。一緒に花火を見るって約束は果たせそうにないけど……、立ち直った姿を見せてから、警察に行きたい」

スノと離れ離れになる。その未来は、まだ現実味を帯びていなかった。

七月三日（水）

バクも、スナの申し出を受け入れた。

自首したときに禁断症状が収まっていなかったら、覚せい剤を使った容疑でも逮捕される。髪を切られた被害者とは違って、覚せい剤は自分のことしか苦しめていない。

髪切り事件の罪だけを償ってほしい。それが、私たちの望みだった。

カミキリムシだと判明したときのスナは、警察の取り調べに耐えられる状態ではなかった。私でも突飛な行動に気付くくらいだから、プロの目を欺けるわけがない。

女子高生の髪の毛が入った紙袋は、元の場所に戻しておいた。自首するときは、それを持っていくと思う。私たちが気にしていたのは、髪切り事件を調べに来た警察が覚せい剤や注射器を見つけてしまうことだった。

一週間掛けて、荒れた家の中を隅から隅まで掃除した。ライター、ティッシュ、ストロー。少しでも気になったものは、スナに確認してすべて捨てた。

手元に残ったのは、クローゼットの中で見つけたポリ袋と注射器だけになった。他のゴミと一緒に捨てることには抵抗があった。不審に思った作業員が、警察に通報するかもしれない。ほとぼりが冷めるまでは、どこかに隠しておいたほうがいい。そうはいっても、たくさんの人が出入りする寮に住むバクに任せるわけにはいかなかった。

いろいろ考えた結果、私の部屋で一時的に保管することにした。無関心な人しかいないから、間違って親が見つけるなんて展開にもならないはず。

そんなことをしている間も、スナは禁断症状と闘い続けていた。引っ掻いた頬から血が出たり、独り言が居間まで聞こえてくる日もあった。でも、少しずつ覚せい剤の支配から抜け出しているのが、傍で見ていてわかった。

三日前の日曜日。お昼から夕方まで、三人が家に揃っていた。

この日は、特にスナの調子が良かった。食事は残さなかったし、会話も問題なく成立した。だけど、日が落ちても、誰も「拘束を解こう」とは提案しなかった。

銀色の手錠が、スナを引き留める唯一の理由になっている。私たちが立ち直ったと判断したら、連続髪切り事件の犯人としてスナは警察に出頭する。日を追うごとに、約束の重みや怖さが増していった。

いつかは決断しなくちゃいけない。見なかったことにはできないんだ。

今日の担当は私。明日の授業道具と着替えを鞄に入れるために、放課後は一度家に帰った。音を立てないようにドアを開いたら、玄関に二組の革靴とパンプスが並んでいた。

お母さんの恋人が、知り合いを連れてきているんだと思った。絶対に関わるべきじゃない。リビングのドアが開かないように願いながら、ローファーを脱いだ。

誰も出てくる気配はない。ゆっくり階段を上っていく。

「こんにちは」

驚いて、最後の段で立ち止まる。私の部屋の前に、灰色のスーツを着た女性が立っていた。小柄で髪を後ろで結っている。多分、三十歳くらい。

「……誰ですか？」

「こういうのは見たことある？」

上着のポケットから出した黒い手帳を見せられた。

「コスプレじゃないよ。本物の刑事」

後ずさりしそうになったのを踏み止まる。大丈夫、落ち着こう。

きっと、お母さんの恋人を捕まえにきたんだ。暴力団の知り合いがいるって自慢するくらいだから、法に触れることをしていてもおかしくない。

「何か事件があったんですか？」

「通報があってね。雨田茉莉さん……、だよね？」

「そうです」

女の人の後ろから、明かりが漏れているのが見えた。私の部屋に、誰かいる。

「どうして警察が来たのかわかる？」

「えっと——」

何か言うべきだと思った。でも、その前にドアが開いた。出てきたのは、ワイシャツの袖をまくっている中年の男性だった。目つきが鋭くて、言われなくても刑事だとわかった。

「中に入ってもらえますか？」

見た目は強面《こわもて》なのに口調は柔らかくて、それがなおさら威圧感を増している。

部屋には、冷たい視線を向けてくるお母さんもいた。

「私の部屋で……、何をしてるんですか？」

さっきまで話していた女性刑事は、逃げ道を塞ぐように私の後ろに立っている。

「保護者の方の許可は得ています。確認したいものがありまして」

「あっ——」

二番目の机の引き出しが開いていた。その中に、砂漠の家から持ち出した覚せい剤と注射器が隠してあった。ちゃんと鍵を掛けておいたはずなのに。

「これが何か、説明してもらえますか？」

頭の中が真っ白になった。どうして、警察の人が見つけられたんだろう。

お母さんを見たら、視線を逸らされた。

「かぜ薬とは言いませんよね？」

考えがまとまらない。とにかく、知らない振りをしないと。

「何のことかわかりません……」

「見覚えは？」

「あの――」

違う。否定するだけじゃ解放してもらえない。

この家まで辿り着いているんだ。完璧に言い逃れるのは無理に決まっている。冷静になって考えよう。この人たちは、どこまで知っているんだろう。

「もう一度、訊きます。この袋に入っているのは、何ですか？」

「……覚せい剤です」

「見ただけでわかるんですか？」

今の答えは、間違っていない。下を向いて、目を瞑る。

絶対に避けなくちゃいけないのは、本当の持ち主が誰なのかを知られることだ。砂漠の家に警察が行ったら、すべてが終わる。だって……、あの家には今、手錠で拘束されたスナがいる。そんなところを見せるわけにはいかない。

私が捕まれば、時間を稼げる。学校に来ていないって奏乃かバクが気付いたら、スナのところに行ってくれるはずだ。自分のことは、自分で何とかするしかない。覚せい剤を使ったことはないんだから、部屋にあった理由さえ説明できればいい。

覚悟を決めて、目を開く。

「その覚せい剤は——、私のものです」


二人の刑事は、想像していたような怖い人たちではなかった。

警察署に着いても、まだ逮捕したわけではないことを丁寧に説明された。任意だと言われたけど、尿の提出にはすぐ応じた。結果が陰性なのは、私が誰よりもわかっている。身体のどこにも注射痕がないことも確認してもらった。家族や学校について質問に答えていくと、ポニーテールの女性刑事が首を傾げた。

「まだ検査の結果は出てないけど、あなたは覚せい剤を使ってないよね」

「はい」私は頷いた。

「引き出しの中に入っていたのは、好奇心で売人から買った量じゃなかった。注射器も、たくさんあったしね。あれは、本当にあなたのもの？」

「……私のです」

「誰かを庇《かば》おうとしてるんじゃない？」

「違います」

「じゃあ、誰から、何のために買ったの？」

「…………」

溜息を吐く音が聞こえる。女性刑事の顔が、少し険しくなった。

「答えてくれないと、帰してあげられないんだよ。あなたの部屋から覚せい剤が見つかったのは事実で、自分のものだと認めてる。覚せい剤はね、持っているだけで罪になるの。脅しってわけじゃないけど、このままだと逮捕されるよ」

「わかりました」

「まいったなあ……」

私だって、ここを出てスナのところに向かいたい。だけど、覚せい剤が部屋にあった言い訳が、まだ思い付かなかった。緊張と不安で、うまく考えがまとまらない。

「仕方ありませんね」腕組みをしていた男性刑事が言った。

結局、留置施設で一晩をすごした。携帯は没収されたから、現状をバクや奏乃に伝えることはできない。もちろん、浴室で私を待っているスナにも。

私が担当の日は、遅くても六時には家に行って昼食の片付けをしていた。何かあったことは、もうスナも気付いていると思う。だけど、今のスナには外部と連絡を取る手段がない。助けが来るのを待つことしかできないんだ。

明日の午前中に解放してもらえるなんて、楽観的に考えるべきじゃない。しばらく出られない可能性もある。最悪のパターンを想定しよう。私が休んでいることにバクが気付かないで、スナが浴室に取り残されたとしたら。

仮にそうなっても、明日はバクの当番。放課後には家に向かってスナの面倒を見てくれる。だから、放置されるのは一日。お腹は空くと思うけど、栄養失調で倒れたりはしないはず。飲み物はあるから、脱水症状の心配はない。立ち直りつつある今のスナなら、警察に事情を説明して逮捕されるより、浴室で耐えてもらったほうがいい。

私が考えなくちゃいけないのは、覚せい剤が部屋にあった言い訳だ。狭い部屋に閉じ込められたおかげで気持ちも落ち着いてきた。それに、時間はたっぷりある。

通報があったと言っていた。警察を呼んだのは、お母さんだと思う。

何のために？　多分、私を家から追い出そうとした。

無関心なだけじゃなくて、邪魔だと思われていたんだろうな。お腹を蹴って撃退したときのことが、事実を捻じ曲げられて恋人から伝わったのかもしれない。

認めよう。お母さんは、私を娘だと思っていないって。

弱みを握るために私の部屋を漁《あさ》って、覚せい剤を見つけた。鍵が掛かった引き出しなんて、何かを隠しているとアピールしているようなものだ。ことごとく私はズレている。

――責任を押し付ける相手は決まった。

七月四日（木）

親のせいにしたくなかったので、私の覚せい剤だと答えて罪を被ろうとしました。

最初のお父さんは、覚せい剤が原因で事故を起こして死にました。ポリ袋と注射器を見て、そのときのことを思い出したんです。だから、すぐに何の薬かわかりました。

一ヵ月くらい前に、お母さんの恋人に部屋で襲われたことがあります。暴力団の関係者だと脅されていたから、誰にも相談できませんでした。その人が来るときは家を追い出されるので、ネカフェやカラオケに泊まっていました。

「――二人は、私がいなくなればいいと思っていたはずです」

次の日の取り調べで、たっぷり時間を掛けて考えたストーリーを語った。

嘘はついていないから、演技をする必要もなかった。

「話してくれたのは嬉しいけど、すぐに信じるわけにはいかないよ」

女性刑事の口調は、昨日より柔らかくなっていた。

「わかっています」

「もっと早く打ち明けてほしかったな」

その場しのぎで組み立てた言い訳だったら、ぼろが出たかもしれない。

「お母さんに裏切られたのが、信じられなくて」

覚悟はしていたけど、取り調べは長く続いた。休憩を挟みながら、いろんなことを訊かれた。お父さんが覚せい剤を使い始めた経緯、フォックス事件で次の父親が死んだこと、お母さんや今の恋人との関係、学校での生活、これからどうしたいか。

だんだん、人生相談を受けている気分になってきた。「そんな話をしてる場合じゃない」と席を立つわけにもいかなくて、これまでの出来事を素直に答えていった。

同情されているのが、女性刑事の口調や表情から感じ取れた。

私が置かれている境遇は、かなり悲惨みたいだ。憐れむくらいなら、早く解放してほしい。そう思っているはずなのに……、自分が受けてきた仕打ちを隠さずに伝えていた。

余計なことまで喋っているのがわかった。でも、言葉が止まらなかった。

誰かに、聞いてもらいたかった。

気付いたら、涙がぼろぼろ流れていた。家にも学校にも居場所がなくて、必死に足掻いても暗闇から抜け出せなくて、どんどん身動きが取れなくなって――、辛かった。

「あなたは、もっと泣いたほうがいい」女性刑事は、そう言った。

話したいことがたくさんあった。でも、心の中に留めておかないといけない。

「もう……、大丈夫です」

スナとバクと奏乃がいたから、生き続けることができた。

一緒にいるときは、幸せを感じられた。親も、友達も、他には何もいらなかった。

それなのに、スナがおかしくなった。

ショックだった。大好きだったからこそ失望した。

だけど、それでも一緒にいたかった。

「頑張ってね」

警察での取り調べが終わったあとは、車で別の場所に連れて行かれた。難しそうな顔をした大人が、名乗りもせずに同じような質問をぶつけてくる。何の手続が進んでいるのかも、曖昧にしかわからなかった。

その日の夕方。処分保留を理由にようやく解放された。

すぐに、返してもらった携帯を起動した。何十件もの着信履歴を見て鼓動が速くなる。すべて、今日かかってきたバクからの電話だった。

――何かあったんだ。

携帯を耳に押し当てながら、砂漠の家に向かって走り出した。

＊

家の前にバクが立っていた。塀に背中を預けて、茜《あかね》色《いろ》の空を見上げながら。

「バク――」

「何をしてたんだよ」

感情を押し殺しているような声だった。

電話では何も教えてもらえなかった。家で待っていると言われて、すぐに切れてしまった。昨日の当番を無視したから不機嫌なだけ。そうであってほしい。

「警察に……、捕まった」

「説明してくれ」

「中に入って話そうよ」

「いいから！」

反論が許される雰囲気じゃなかった。ここで話すしかない。

「昨日、学校から帰ったら、警察の人がいて……。覚せい剤が見つかった。多分、お母さんが通報したんだと思う」

バクは無言で聞いている。早く説明を終えないと。

「部屋の机の引き出しにしまってたから、私のだって認めるしかなくて、警察に連れて行かれた。一晩掛けて言い訳を考えて、やっと解放してもらえた」

丸一日くらい拘束されていたことになる。

「連絡はできなかったのか？」

「すぐに携帯を没収されたの。事情を話したら、スナが捕まっちゃうと思った」

何かを言おうとして、バクの口が開いた。でも、言葉にはならなかった。

とにかく、スナの様子を知りたかった。

「私がすっぽかしたから……、スナ、お腹を空かせて待ってたよね」

「疑いは晴れたのか？」一方的に質問が続いた。

「うん。お母さんが私を嵌めようとしたって信じてくれた」

「じゃあ、警察に見張られてるわけでもないんだな」

さっきから、バクは視線をあちこちに動かしている。この家の前を通る人なんて、めったにいないのに……。落ち着きがなくて、興奮しているようにも見える。

「ねえ、何かあったの？」

「俺だって、精一杯なんだ。茉莉のことを支える余裕はない」

「……どういうこと？」

塀の奥をちらりと見て、バクは質問を重ねてきた。

「この家に来ていたことを知ってる人間は？」

「バクと奏乃だけだよ」

「神永には、俺が話しておく。いいか？　もう、ここには来るな」

「勝手なこと言わないでよ」

「そうするしかないんだ――」

「いい加減にして！」

何の説明もされていないのに、納得できるはずがない。

十秒くらい、塀の前で睨み合った。先に視線を逸らしたのはバクだった。

「落ち着いて聞けよ」

「いいから、早く話して」

夕方なのに、まだ外は蒸し暑い。停滞した空気が肌にまとわりつく。

セミが、どこかで鳴いている。

「昨日の朝、昼メシを兄貴に渡して家を出た。放課後は、いつもどおり部活に出て寮に戻った。兄貴が一人で浴室に取り残されてるなんて、思ってもみなかった。茉莉が学校を休んでることを知ったのは、今日の昼休みだ」

「教室を見に行ったの？」

「いや……、茉莉が来てないって神永に教えられた。何かあったのかと思って、電話をかけた。だけど、繋がらなかった。警察にいたんだから、当たり前だよな。すぐに学校を抜け出して、ここまで走ってきた。嫌な予感がしたんだ」

バクが置いた昼食がなくなったのは、約二十四時間前のはず。放課後まで放置されることも想定していた。飲み物はたくさんあったから、脱水症状に陥る要素もない。

「それで……、スナは？」

元気がなかったとか、怒ってバクを家から追い出したとか――、私を反省させるために、大袈裟に言ってるだけ。

「死んでたよ」

「……え？」

「兄貴が――、死んだ」

「冗談、やめてよ」

振り下ろしたバクの拳が、コンクリートの塀に当たった。

鈍い音。ピッチャーの利き手なのに。

「本当だよ……！」

後ずさりしてから、家のほうに向き直る。

門を通って、ドアを引く。鍵は掛かっていない。そのまま家の中に入ろうとしたら、手首を摑まれた。バクの指から血が流れていた。

振り返ると、庭にマットレスが干してあった。浴槽に敷いていたものだ。

「見ないほうがいい」

「放して！」

力任せに振《ふ》り解《ほど》いて玄関を抜ける。突き当たりのドアは開いていた。その奥に浴室がある。トイレか浴槽。どちらかに、手錠で繋がれたスナがいる。

洗面所と浴室の境界線で立ち止まる。バクが近付いてくる足音が聞こえた。

そこから、すべてが見えた。

「どうして――」

静寂。答えは返ってこない。

訴えかけてくるのは、両目が捉えたいくつかの物体。

浴槽の縁にもたれかかるようにして、スナが座っていた。だらりと垂れた頭と右腕は完全に静止している。這い出そうと足掻いている瞬間を切り取ったみたいだ。

長い髪が顔に覆いかぶさっていて、表情は見て取れない。

――助けなくちゃ。

「入るな！」

力任せに肩を引っ張られる。太い指が食い込んで、動けなくなった。

「救急車、呼ばないと……」

「死んでるって言っただろ。俺が確認した」

「そんな……。だって、一日しか経ってないんだよ」

「あれだよ」

肩を摑んでいないほうの手を伸ばして、バクは浴室の一点を指さした。

トイレの前。そこに、注射器が落ちていた。

「……覚せい剤？」

「多分、そうだと思う」

おかしいよ。そんなわけない。

スリの手首には、手錠が嵌められている。もう一方の輪も、水栓のパイプに繋がったままだ。拘束は今も続いている。スナは、浴室から出られなかった。

「誰が、やったの」

「とにかく、ここを離れよう」

首を左右に振って抵抗する。

「ちゃんと……、自分で確認させてよ」

肩を揺すっても振り解けない。さっきより、力が強くなっている。

「ダメだ。触らせないし、入らせない」

「どうして！」

「茉莉を……、殺人犯にしたくない」

ふっと力が抜けて、洗面所に座り込んでしまった。

立たせようとするバクの手を握り返すことはできなかった。

「私が殺したと思ってるの？」

「説明するから、部屋を移ってくれ」

「触らないで！」

手を払いのけた。妙な感触がして、手の平を見る。バクの血が、べったり付いていた。塀を殴ったときに切ったんだ。歪んだ顔を見て、放っておけなくなった。

「こっちに来て」

スナを残したまま、居間に向かった。手遅れだと、頭では理解していた。

わからないことばかりだけど……、スナの死は現実なんだ。

傷の手当てをしている間、私とバクの間には沈黙が流れ続けた。手だけが無意識に動いて、頭の中では浴室の惨劇がエンドレスに再生されていた。

二週間以上見てきた光景との間に、ほとんど違いはなかった。

トイレットペーパー、ペットボトル、シャンプー、リンス、ボディソープ。

私が最後に見たときに浴室にあったものは、すべて残っている。

増えたのは、注射器。なくなったのは、スナの命。

「――できたよ」

傷が浅かったみたいで、血はすぐに止まった。救急車を呼ぶような怪我じゃなくてよかった。バクも、同じことを考えているはず。怒りの感情は、どこかに消えていた。

「悪かった」

「利き手なんだから、大事にしなよ」

「ああ……。そうだよな」

「説明してくれるんでしょ？」

包帯を巻いた拳を触りながら謝られた。

昼過ぎに、バクはスナの死体を見つけた。それから五時間近く経っている。

その間、警察も呼ばないで私を待っていたことになる。

「何が起きたのか、ずっと考えていた。どうすれば、あんなことになるのか」

ひと呼吸の間を置いてから、バクは続けた。「多分、あれは事故だ」

「事故って……、スナは拘束されていたんだよ。注射器は、どこから出てきたの？」

混乱しているだけかと思った。でも、バクは淡々と語った。

「監禁生活を始めたときのことを思い出してくれ。俺たちは、兄貴の意思を尊重するために、何をしようとしているのか伝えて、受け入れるのかどうかを自分で決めさせた。実際に手錠を嵌めたのは、次の日だ」

「それが、何だっていうの」

「兄貴には時間があったってことだよ。手錠を使って、浴室に拘束する。そこまで知っていた。あの当時の状態は、茉莉も知ってるだろ。会話もまともにできないくらいだった。明日から、覚せい剤を使わせない——。そう告げられた兄貴は、どんな行動に出たか」

スナの気持ちを想像してみる。何を思って、どう動いたか。

「覚せい剤を……、浴室に隠した？」

「そう。あり得る話だよな。俺たちだって、付きっきりで監視できるわけじゃない。最初から裏切るつもりだったわけじゃなく、禁断症状の苦しみを乗り越えられるのか不安で、手元に残しておいた」

信じたくないけど、注射器が浴室にあったのは事実だ。誰かが持ち込んで、スナの腕に刺したのかと思った。でも、そうじゃなくて、本人が隠したのだとしたら？

「隠すところなんてなかったはずだよ」

「兄貴の死体を見つけるまでは、俺も気付かなかった」

含みのある言い方。「……今は？」

「トイレの近くにある排水口の蓋《ふた》が開いていた。そこには浴槽から溢れた水しか流れ込まないし、覚せい剤と注射器が入るくらいのスペースはあった」

排水口。さっきは、そこまで確認する余裕はなかった。バクが言ったことを信じるしかない。もう一度見に行くと言っても止められるだろう。

「そこに隠しておいた注射器を……、自分で腕に刺した？」

「量を間違えたのか、身体が弱っていたのかはわからないけど、結果的に兄貴は中毒死した。手錠で拘束されていたから、助けを求めに出ることもできなかったんだ」

自殺でも他殺でもなく、事故死。それが、バクが導いた死の真相。

「スナは、ほとんど覚せい剤を克服していた。今さら——」

「俺たちの前では、気丈に振る舞っていた。でも、最後の最後に耐えられなくなった」

「私が警察に捕まっている間に使ったのは、偶然？」

「それは……」

「バクが思ってることを、そのまま教えて」

視線を左右に動かしたのを見て、本当は違うことを考えているとわかった。

何もない空間を見つめていたバクは、やがて呟いた。

「見捨てられたと思ったのかもしれない」

「スナが、私に？」

「髪切り事件の犯人だと打ち明けてきたとき、兄貴は俺たちに見限られることを覚悟していた。茉莉も、そう言われただろ？」

「はっきり断ったよ」

立ち直った姿を見せてから、警察に出頭したい。スナの願いを覚えている。

「兄貴がしたのは、失望されても仕方がない最低な行為だ。そのことは、本人が一番わかっていた。時間が経って冷静になったら、気が変わるんじゃないか。手錠で繋がれたまま、見捨てられるんじゃないか。そんな不安と向き合いながら、俺たちを待っていたとしたら」

「昨日、私が行かなかったから……」

「死を受け入れた行為ではなかったと、俺は思う。現実から目を背けるために、隠しておいた覚せい剤を使った。だから、自殺じゃなくて事故と言った」

最低限の生活は送れていると勘違いしていた。

命の手綱を握っていたのは、私とバクだ。着替えも、食事も、すべて私たちが準備していた。手錠の鍵は、この部屋に置いてある。スナの手の届く範囲には、飲み物くらいしか生き残るための道具はなかった。

浴室を出て行く私の背中を、どんな思いでスナは見つめていたのだろう。

放課後になってもドアが開く音が聞こえず、夜になって空腹に襲われても誰も現れない。

不安で押しつぶされそうになったはずだ。見放されたと思って絶望したはずだ。

どうして……、そこまで想像できなかったのかな。

一日なら大丈夫だと決めつけて、逮捕されずに済むのが最善だと思い込んでいた。

最優先に考えるべきは、スナの命だったのに。

「私のせいだ――」

無言で席を立ったバクは、奥の部屋に向かった。

否定してほしかったわけじゃない。そんなことを望む資格はない。

洗面所で、バクは殺人犯と言った。事故死だったとしても、引き起こしたのは私だと非難したかったんだろう。何も間違っていない。バクは正しい。

わかってる。私が、スナを殺したんだ。

居間にバクが戻ってくる。包帯が巻かれた右手でハサミを握っていた。

そっか……。そこまで、私は恨まれていたのか。

警察を呼ばないで待っていたのは、復讐を果たすため。

たった一人の家族の命を奪ったんだから、仕方ないよね。

バクが、ゆっくり近付いてくる。

「ごめんね、スナ」私は、目を瞑った。

ジャキッ――。

何かを切った音がした。痛みはない。衝撃もない。

目を開けると、すぐ前にバクが立っていた。

左手に、黒い髪の毛を持っている。

指先を通して確認する。襟足が短くなっていた。

「これしか思い付かなかった」

「――私を、殺すんじゃないの？」

「そんなわけないだろ」

「だって……、殺人犯って……」

「殺人犯にしたくないって言ったんだ」

「どういうこと？」

バクの本心も、髪を切られた理由も、私にはわからない。

正面に、バクは座った。テーブルを挟んで向かい合う。

「兄貴が死んだ理由を、俺たちは知ってる。完璧な回答ではなくても、大筋はあってると思う。でも、事情を知らずに浴室を見た人間は、監禁した犯人に殺されたと考えるはずだ」

「監禁……」

先入観を持たなければ、真っ先に視界に飛び込んでくるのはあの手錠だろう。

そして、手錠の本来の使い道は、逮捕か監禁。

「禁断症状を克服させるために自由を奪った。拘束者の一人が捕まっている間に、隠していた覚せい剤を打って死んだ。そんな説明を、警察が信じると思うか？」

「嘘をつくわけにはいかないし、一から話すしかないでしょ」

「正直に言うよ。すぐに警察を呼ばなかったのは、茉莉が殺したのかもしれないと疑ったからだ。突然いなくなった理由が、それしか思い浮かばなかった」

「逆の立場だったら、同じことを考えたと思う」

命の手綱を握っていた私とバクは、いつでもスナを殺すことができた。

「だけど、茉莉から話を聞いて、あれは事故だと確信した」

「それなら……、警察に電話しようよ」

通報が遅れるほど、よくない展開に陥ってしまうはずだ。

「俺が茉莉を信じたのは、監禁の共犯者だからだ」

「……何が言いたいの？」

「茉莉の部屋で見つかった覚せい剤も、兄貴が隠していた覚せい剤も、クローゼットに入っていたものだ。出所を辿る方法があるのかはわからないけど、二つの覚せい剤は繋がっている。死体が見つかれば、命を奪った凶器を隠していたと警察は考えるかもしれない」

今朝の取り調べで、どこで入手した覚せい剤かに心当たりはないと私は供述を変えた。

その嘘を、警察に見破られたら――、

「スナから預かったものだって説明する」

「タイミングが悪すぎる。死体が見つかったあとに主張を変えても、信じてもらえないだろ。手錠に繋がれて死んでるって状態が、既に異常なんだ」

バクが考えすぎてるだけだと思いたい。私は殺していないんだから、ありのままの事実を警察に話せばいい。疑いは、すぐに晴れるはず。

「脅かさないでよ……」

「それだけじゃない」バクは、ストライプ柄の紙袋をテーブルの上に置いた。

「この中に何が入っているのかは、茉莉も知ってるよな」

「……女子高生の髪の毛でしょ」

「茉莉の髪も、この中に入ってるんだぞ」

「えっ？」

「やっぱり、知らなかったのか」

罪を忘れないために髪の毛を保管していると、スナは言っていた。

「髪切り事件の犯人だって打ち明けられたときに、茉莉の髪も混ざってることを教えられた。兄貴にとっては、茉莉も被害者の一人だった。この紙袋を警察に渡せば、毛髪の照合が始まる。髪切り事件の被害者には、復讐する動機があるよな」

「私が……スナを殺すわけない」

「疑われること自体が問題なんだ。この家の中には、いたるところに茉莉の指紋が残ってる。兄貴が切った髪だって、すべて拾い切れたわけじゃない」

手錠で繋がった死体、浴室に転がった注射器、私の部屋で見つかった覚せい剤、スナの身体から検出される覚せい剤、紙袋に紛れ込んだ私の髪、カミキリムシの正体――。

すべてを突き付けられても、警察は真相に辿り着けるのだろうか。

私の無実を、信じてくれるのだろうか。

「今さら手錠を外しても、痕が残っている。注射器を片付けても、すぐに死因は見抜かれる。紙袋を捨てれば、兄貴が髪切り事件の犯人だったことは一時的に隠せる。でも、本気で警察が調べたら痕跡が見つかるかもしれない」

「じゃあ、どうすれば……」

「事故死だと認めるように誘導する」

簡単に実現できることみたいに、バクは言った。

「何か考えがあるの？」

「兄貴が覚せい剤に手を出していたと、俺は気付いていた」

「そんなの、知ってるよ」

「警察にどう説明するのかを話してるんだよ。正気に戻すために、俺は部活をサボってこの家に様子を見に来ていた。何度も説得したし、薬や注射器を隠しもした。でも、どんどん正気を失っていった。怖くなった俺は、家から逃げ出した。見捨てられたと思った兄貴は絶望して、いつもより多く溶かした覚せい剤を注射して死んだ」

私の存在が排除されていることを除けば、嘘はほとんど混じっていない。

きっと、バクなりに必死に考えたストーリーなんだと思う。

「手錠は……、どうするの？」

「さっきも言ったけど、隠しようがないよ。俺と茉莉が拘束してた結論に辿り着かなければ、好きに解釈してもらえばいい。手錠の鍵を、浴槽に置いておこうと思う。その意味は、警察が考えてくれるはずだ」

「それ、偽装するってことだよね」

「事故で死んだのは事実なんだ。わかりやすくするだけで何かを隠すわけじゃない」

「第一発見者の振りをして、警察に通報するつもり？」

心配になって家に戻ってきたら、浴室で死んでいるスナを見つけた——。

それが結論だと思ったのに、バクは頷かなかった。

「兄貴の死体が、すぐに見つかるのはまずい。時間を稼がなくちゃいけない」

「……どういうこと？」

「手錠を嵌められたタイミング、死亡時期、覚せい剤の出所。そういうのは、死んでから時間が経つほど絞り込むのが難しくなるはずだ。逆に今見つかったら、二週間以上拘束されていたことも、死んでから時間が経っていないことも、すべてバレる。それに、茉莉が部屋に隠した覚せい剤と兄貴の死因の関係性に警察が気付く可能性も高くなる」

　バクが言いたいことはわかる。さっき説明された、私が殺人犯だと疑われる不安要素。そのいくつかを、発見を遅らせることで解消しようとしているんだ。

　でも、スナの死体を隠し通せるとは思えない。

「ここは……、バクの家でもあるんだよ。スナの様子を見に来ていたことは認めるんでしょ。怖くて逃げたって言っても、スナの死に気付かなかったなんて無理がある。それこそ、今度はバクが疑われちゃうよ」

「部活をサボって寮にも帰ってなかったことは、部員も顧問も知ってる。茉莉が言うとおり、俺が死体を放置したら不審に思われる」

「だったら――」

「大丈夫」

　テーブルの上をバクは見つめていた。

　そこには、大量の髪の毛が入った紙袋が置いてある。

「様子を見に来なくても不自然じゃない状況に、俺自身を追い込む」

「失踪でもする気？」

「姿をくらませたら、なおさら疑われるだろ」

　どんな状況を思い浮かべているのか、想像もできなかった。

「ねえ……、何を考えてるの？」

「茉莉と同じように、俺も警察に捕まる。そうすれば、兄貴の死体を見つけられなかった理由を説明できる。家族に話を訊こうとするのは、捜査が進んでからだと思う。時間稼ぎとしては充分だ。茉莉は、怪しまれないように普段通り生活していればいい」

「捕まるって？」

「解決すべき問題はまだある。この家に残っている茉莉の痕跡と、カミキリムシの正体」

数分前の不可解な行動を思い出す。

ハリミを持って近付いてきたバクは、理由も告げず私の髪を切り落とした。

それは、まるで――、

「兄貴が犯した罪は、俺が背負う」

第七章　不可逆少年は、還《かえ》らない。

バクへ

こんにちは。

蒸し暑い日が続いていますが、鑑別所での生活には慣れましたか？

なんて、手紙っぽい書き始めにしてみたけど、その後が続かないや。手紙を書くのだって、久しぶりだもん。自分の字の汚さに、びっくりしてる。

まどろっこしいのはなし。目の前にバクがいると思って、私の気持ちを伝えるね。

一ヵ月も辛い思いをさせてごめん。もっと早く、こうするべきだった。

どうしても、八月五日を迎えたかったの。

考える時間はたくさんあった。バクとの約束もちゃんと守ってる。何も知らない振りをして普段通りすごしてる。家でも学校でも、幽霊みたいに。

でもね、バク。スナの死は、私の中でまだ完結してない。

あのとき、私を殺人犯にしたくないって言ったよね。だけど、カミキリムシの罪を被ることでどうして私の疑いを晴らせるのか、よくわからなかった。しっかり説明してくれないと理解できないよ。私、そんなに頭良くない。

バクが私を疑ったように、私もバクがスナを殺したのかもしれないって疑った。私たちは、簡単にスナの命を奪うことができる立場にいた。そうやって疑い出したら、止まらなかった。自分の罪を隠すために、警察に出頭したんじゃないか。そこまで考えた。

バクが担当の日に殺したんだとしたら、発見を遅らせることで都合が悪い部分をごまかそうとするメリットがある。死亡時期とか、死体に残った痕跡とか。警察に通報されると困るから、私のためだと嘘をついて味方につけようとした。

私を何度も救ってくれたバクを疑うほど、疑心暗鬼になっていた。

だけど、途中で考えることを放棄した。

自殺でも、事故でも、殺人でも、スナは生き返らないから。

部屋に閉じこもって、ネットもテレビも見なかった。話をしたのは、何度か家に来た調査官だけ。怪しまれないように平気な振りをした。溢れちゃった涙は、お母さんのせいにした。そういう演技には自信がある。

だから、スナの死体が見つかっていないことも知らなかった。

そうしたら、刑事が昨日私に会いに来た。ああ。この手紙は八月二日の金曜日に書いてる。日曜日にポストに入れれば、月曜日か火曜日に届くよね。

スナの件だと言われて、こんなに発見が遅れたんだって驚いた。

「佐原漠は、君を実家に連れ込んで、髪を切り落としたと話してる」

そこまで教えられて、やっとわかった。

砂漠の家に残っていた私の痕跡を消すんじゃなくて、別の理由で上書きしたんだね。

私の部屋で見つかった覚せい剤と、スナの身体から検出される覚せい剤。二つの覚せい剤を結び付けないために、死体の発見を遅らせた。そして、私とスナの繋がりを断ち切るために、カミキリムシの正体を佐原砂から佐原漠に替えた。

私が、殺人犯だと疑われないように。

刑事には、バクが望んでいるとおりに答えたよ。

でも、やっぱりわからない。どうして、私のためにそこまでしてくれるの?

だって、あれが事故なら、私が殺したようなものなんだよ。バクは何も罪を犯してないのに。被害者に恨まれて、大人に責められて、それでも真実を話さないで耐えてるんでしょ。

そんなの、絶対におかしい。

どうすれば、バクを鑑別所から出せるか。私なりに考えた。

スナの死の真相を受け入れてもらう。やっぱり、それしかないと思う。私たちは異常な選択をした。だけどそれは、他の選択肢がなかったからだよ。

スナの死と向き合う方法を見つけたくて、何が悪かったのかを知りたくて、フォックス事件が起きてからの出来事を書き出した。もともと日記を書いてたから、そんなに大変な作業じゃなかった。それに、時間はたっぷりあった。

詩緒ちゃんのおかげで、父親から解放された。スナと再会して、指の怪我を打ち明けられた。リハビリのために、髪を切ってもらった。覚せい剤に手を出したことを知って、立ち直らせる方法を考えた。手錠を手に入れて、浴室に拘束した。私とバクが、交代で様子を見ていた。私が警察に捕まってる間に、スナが死んだ。

ねえ、バク。こんなにたくさんのことが、一気に起きたんだよ。

結果だけを見れば、私たちは間違ったのかもしれない。でも、違うじゃん。

答えを見つけようともがいて、失敗を繰り返して、それでも諦められなかった。

何十枚って紙に書いた出来事が、私たちが辿った現実なの。

間違いだって言うなら、何が正解だったのか教えてよ。

警察にスナを突き出せばよかった。病院に連れて行けばよかった。子供だけで悩まないで、大人に相談するべきだった。医者も、刑事も、頼りになる大人はたくさんいる。

それが正しい選択なんでしょ。わかってるよ。

だけど、私たちの周りにまともな大人はいなかった。腕を焼かれた弁護士も、指を潰されたピアニストも、殺されて当然のくそ野郎だ。娘を切り捨てた母親も、興奮して襲いかかってきた変態も、生きてる価値なんてない。教師も、マスコミも、役立たずのでくのぼうだ。

そんな大人を、どうすれば信用できるの？

私を救ってくれたのは、詩緒ちゃんだった。居場所を与えてくれたのは、スナとバクと奏乃だった。手を差し伸べてくれたのは、いつも大人じゃなかった。

だから、書き出した手記も一緒に送り付ける。

悲しみも、苦しみも、絶望も、スナの死も、すべて理解させる。

同じ選択肢を突き付けて、手錠を嵌めるしかなかったと認めてもらう。

でも、文章だけじゃ想いは伝わらないかもしれない。覚悟も示す必要がある。

バクの決断を台無しにしちゃってごめんね。

この手紙と、これからすることが、最後の我が儘だから。

私一人になったけど、約束を果たしてくる。

八月五日（月）

巡視の先生が図書室にやってきたのは、完全下校時間の午後六時を回ったくらいだった。カウンターの下に潜り込んで、鍵が閉まる音が聞こえるのを待った。

二年生になってから図書委員を務めてるけど、本来の今日の担当は私じゃない。割当表を見て、話したこともない一年生に交代してほしいと頼んだ。私が誰か知っていたみたいで、困惑した表情を浮かべた。でも、すぐに了承してもらえた。

前夜祭に図書室で居残りなんて、明らかな外れくじだ。終了時間を告げて回るまでもなく、四時には私以外の生徒はいなくなった。花火を見に行ったか、人込みに巻き込まれる前に家に帰ったかのどちらかだろう。

担当を代わった一年生は、今頃友達と合流しているのかな。

気になっていたファンタジー小説を棚から持ってきて、五時になる少し前に電気を消した。非常用の懐中電灯がカウンターにあったから、文字を読む明かりは確保できた。

わくわくするストーリーのはずなのに、どんな情景も頭に浮かばない。読み進めるのが苦痛になって、十ページも読まないうちに本を閉じた。

もう、物語を楽しむこともできない。

コミカルな悪魔が表紙に描かれた本を胸に押し当てて、目を瞑った。

世界に取り残された雨だまりだから、何もしなくても何も考えなくても、時間は過ぎていく。この一ヵ月は、そうやって生きながらえていた。

花火が始まるまでの時間も、そのまま待っていようと思った。

下校を促す放送が、天井のスピーカーから聞こえてきた。

そして、巡視の先生が扉を開いた。バレたら校則違反で説教だろうけど、心臓が高鳴ることもない。不思議と、見つかる気がしなかった。

鍵が閉まる音。多分、中に入ってきてもいない。図書室の鍵は、私のポケットに入っている。本当は、職員室に戻してから帰る決まり。担当の委員が返し忘れたと思ったのかな。巡視用の鍵があれば、すべての扉を開け閉めできるんだろう。

足音が図書室から離れて行った。床がきしむ音が静けさに響く。

これで、もう邪魔者は来ない。

花火が打ち上がる音が聞こえてきたら、この部屋を出よう。

最後まで見届けるつもりはないから、脱出する方法も考えてない。

ふと思う。手紙は、無事に届いたのかな。

ポストに入れたのは昨日だから、今日か明日には届くと思う。どっちのほうが効果的なのかはわからない。明日だと、いたずらだと思われて捨てられる心配はなさそう。だけど、できれば今日読んでもらいたい。

手紙には、私の本心を書いた。恩を仇《あだ》で返した。後悔はしていない。先入観を持たずに読んでもらえれば、私たちの選択の意味が伝わるはず。

だけど……、わざと書かなかったことが一つある。

――兄貴が犯した罪は、俺が背負う。

そう言ったあと、バクは私を砂漠の家から追い出した。鍵を閉められて、何度ドアを叩いても開けてくれなかった。門の前で待ったけど、バクが出てくる気配はなかった。家に着いたのは、深夜だった。連絡があるかもしれないと思って、携帯を握りしめてベッドに倒れ込んだ。通知音は鳴らなくて、気付いたら朝になっていた。

登校している僅かな可能性にかけて、バクの教室に行った。机の上には何も置いてなかった。ホームルームが終わっても、昼休みになっても、その状態は変わらなかった。

そして、放課後を迎えた。

もう一度、砂漠の家に行った。どうしても、バクと話がしたかった。

やっぱり、鍵は閉まったままだった。監禁生活の間は、玄関の植木鉢の下に鍵を隠していた。でも、それもなくなっていた。

バクは、どこに行ったんだろう。本当に、警察に出頭したのかな。

ぐるぐる回る思考の流れに従うように、家の周りを壁に沿って歩いた。だいたいの間取りは覚えていた。道路と反対側の壁が浴室に面していることも知っていた。でも、そこを目指して歩き出したわけではないと思う。

少しだけ開いた浴室の窓。近付いて中を覗いた。

スナが、水に浸かっていた。

前の日に見たとき、浴槽は空だった。浴槽の縁にもたれかかるスナの姿を覚えているから、見間違えではない。それなのに、翌日には縁ぎりぎりまで水が張ってあった。

天井を見上げるような姿勢で、顔だけ水面から出ていた。

これが、手紙にも手記にも書かなかった事実。

死体が見つかった以上、水に浸かっていたことは警察も認識していると思う。私が隠そうとしたのは、七月四日と五日で浴室の様子が変わっていたこと。ううん……。はっきり言えば、バクがスナの死体を湯船に沈めたこと。

他には考えようがなかった。何が目的だったのかは、いまだにわかっていない。死体に水分を吸わせれば、いつ死んだのかをごまかせるって考えたのかな。

私が知ったら反対されると思って、家から追い出したあとに実行した？

反対したし、止めたよ。放置するのと、湯船に沈めるのは違う。

死んでいたとしても、どんな理由があったとしても、許されることじゃない。

だけど、今さらどうしようもない。死体を傷つけたことが明らかになれば、バクは別の罪に問われるかもしれない。カミキリムシの正体に気付いてくれれば、スナの死が事故だと認めてくれれば、他の事実はどう認定されてもいい。

私がスナの死体を見たのは一度だけ。

そう自分に言い聞かせて、手紙と手記を書き終えた。

スナ、ごめん。

死んだあとまで、事実を捻じ曲げた。

だけど、スナ。

どうして、最後の最後に覚せい剤を頼ったの？

禁断症状も収まってたし、立ち直る寸前だったじゃん。

怖かったよね。不安だったよね。

でも、見捨てるわけない。

信じてほしかった。待っていてほしかった。

私のせいなのに、自分勝手なことばかり言ってる。

あのとき、スナは何を考えていたのかな。

私を、恨んでくれていたらいいな。

お願いだから、許さないで。お前のせいだって責めて。

最後の一歩を踏み出すために。

そのときだった——。

ポケットに入れていた携帯が、小刻みに震え出した。

静寂が途切れる。電源を切ろうと思って、携帯を取り出す。

表示されているのは、着信を知らせる画面。

発信者の名前を見て、携帯を落としそうになる。
驚きのあまり、言葉を失う。
そんなわけない。何かの間違いだ。
震える指先で、緑色のマークをタップする。
「はい……」
スピーカーから、くぐもった声が返ってくる。
——茉莉か？
それは、バクの声だった。

＊

階段を上っている途中から、振動は身体に伝わっていた。
窓ガラスが、壁が、建物全体が、震えている。
雷は怖がるのに、花火は綺麗だと褒める。周りの反応が不思議だった。
小さいときは、空が光るだけで泣きじゃくっていた。
光と音の化け物。いろんな形で爆発する花火が、怖くて仕方なかった。
怒られているみたいで。悲しんでいるみたいで。
花火職人のドキュメンタリー番組を見て、ようやく綺麗だと思えるようになった。
浴衣を着た私、かっこいいお父さん、人形みたいなお母さん。

三人で手を繋いで、公園で空を見上げている。
嘘みたいに、幸せな思い出。
緑色の非常灯、赤色の非常ベル。夜の校舎で頼りになる光源は少ない。
屋上のドアを開ける。生ぬるい空気が流れ込んできた。
夕暮れの儚《はかな》い明るさと、夜の深い闇が入り混じった、複雑な空。
外に向かって、一歩を踏み出す。
一筋の光が、空を切り裂くように浮かび上がった。
その光の軌跡を、かすれた口笛みたいな音が追いかける。
ドンッ――という短い低音が、遠くで聴こえた。
刹那《せつな》の静寂。
予期したとおり、光の花が咲いた。
ザラメを零《こぼ》したような音が鳴り終わる前に、次の口笛が重なる。
視界を遮るものはない。マンションも、木の枝も、人も。
視界いっぱいに、色とりどりの光が広がる。
手を伸ばしたら届くんじゃないか。そう思うくらいの近さだった。
火薬の匂いが、鼻孔に流れ込んでくる気がした。
立て続けに何発も打ち上がる。
もう、空が光っている時間のほうが長い。
だからこそ、ときおり訪れる空の暗さと静寂が際立つ。

ああ……。すごい。光も、闇も。

高校生のスナも、この特等席で花火を見ていた。

「茉莉」

私を呼ぶ声がした。誰の声なのか、すぐにわかった。聞こえてきた方向に首を巡らす。

さっきも、名前を呼ばれた。図書室でかかってきた電話を思い出す。

――久しぶりだな。手紙、読んだよ。

十分くらい前。一ヵ月ぶりにバクの声を聞いた。それだけで涙が溢れそうになった。

「茉莉」

もう一度、名前を呼ばれる。でも、どこにいるのかわからない。

――茉莉に伝えなくちゃいけないことがあるんだ。

鑑別所って、自由に電話をかけられるのかな。そんなことを考えながら耳を傾けた。

「こっちだよ」

空調の室外機が並んでいるほうに向かう。視界の端で、空が何度も光った。

オレンジ色の菊。赤い牡丹《ぼたん》。歪なＵＦＯ。

いろんな花火が打ち上がる。

――俺、兄貴のことで嘘をついてた。ごめんな。

やめてよ。バクが謝る必要なんかない。全部、私が悪いの。

「そう、そこ。上を見て」

首を傾けると、下駄が見えた。和柄の鼻緒。

「やっと、見つけてくれた」

花火の光が、彼女の全身を照らす。

——七月四日に、兄貴が死んでるのを見つけた。それは本当だ。

もういい。何も聞きたくない。

「茉莉も登ってきて」

室外機の裏側に梯子《はしご》があった。錆《さ》びた鉄の棒が、手の平に吸い付く。

——トイレの前に注射器が落ちてた。でも、排水口の蓋は開いてなかった。

スナは、そこに覚せい剤を隠してたんじゃないの？

——そんなスペースはなかったよ。

耳を塞ぎたくなった。その先を聞けば、引き返せなくなる。

「ああ、これ？　屋台で売ってたの」

赤い模様。尖った耳。吊り上がった目の空洞。鼻までを覆う狐の面。

素顔の唇には、真っ赤な口紅が塗られていた。

——注射器だけじゃなくて、兄貴のハサミも落ちてた。

何を信じればいいのかわからなくなる。

だって、私が見たときはハサミなんてなかった。

「ここで待ってたんだよ」

紫陽花《あじさい》の髪飾り。深い藍色の浴衣。

——兄貴の髪が切り落とされていた。左側の襟足を十センチくらい。だから、浴室に茉莉を入れなかった。近くで見たら、そのことに気付くと思ったから。

角度的に左側はよく見えなかった。じっくり観察する心の余裕もなかった。

ハサミは、部屋にしまってあったはず。誰が……、

「座って。たくさん打ち上がってる」

小さな花火が、四方八方に広がりながら輝いている。

暗くなった空が、カラフルに染まる。

――これが、俺がついた嘘だ。

理解が追い付かなかった。だけど、一つだけ確かなことがある。

スナの死は、事故でも自殺でもない。誰かに殺されたんだ。部屋からハサミを持ち出して、髪を切り落とす。手錠で拘束されていたスナには実行できない。

「ねえ、茉莉」

耳元で囁くように、狐の面が近付く。

「死ぬつもり？」

水玉模様が描かれた水風船。人差し指に括り付けられた糸ゴム。

私の隣に座っているのは、夏祭りの少女。

――茉莉が殺したんだと思った。カミキリムシの正体が許せなかったんだって。

私は殺してない。警察に捕まっていただけ。

「飛び降りようとしてるんでしょ」

無言で、光る空を見上げる。

花火を見届けるつもりはなかった。光が消えて、闇に包まれる瞬間は見たくなかった。

物語の幕を引くために、私は屋上に来た。

スナがいない世界に、生きる意味を見出せなかった。

出頭したバク、死んじゃったスナ。約束を果たせるのは私しかいない。

前夜祭まで生きて、花火を目に焼き付ける。

屋上から飛び降りる私の身体、打ち上がる花火。

花火に見惚《みと》れて、誰も気付かない。

最低な人間に相応しい、無様《ぶざま》な死に様。

——どうするのか、俺の中で答えは決まってた。でも、茉莉から電話がかかってきた。死体がある家に駆け寄ってくる姿を見て、わけがわからなくなった。

スナが死んでるなんて知らなかった。早く会いたい。それしか考えてなかった。

「佐原くんは、悲しむと思うよ」

グラウンドに飛び降りれば、明日の朝には誰かが見つける。手紙と手記は、いずれ鑑別所に届く。自殺の理由を勝手に結び付けるだろう。でたらめを書いてるわけじゃないと信じてくれるはずだ。そうすれば、バクを解放できる。

——茉莉の話は具体的だった。嘘をついてるようには思えなかった。でも、兄貴が殺されたのは間違いない。そうじゃないと、ハサミも、髪も、注射器も、説明が付かない。

砂漠の家で聞いた時点で、私が疑われる要素は揃っていた。

それに加えて、スナの髪が切り落とされていたことまで明らかになったら。カミキリムシの被害者が犯人だと、警察は自信を持って考えただろう。

「私は、茉莉の選択を尊重する」

止めてほしかったわけじゃない。決めるのは私だ。

——誰かが、茉莉を嵌めようとしている。そう考えたら、すべてがしっくりきた。

理解するのに時間が掛かった。発想が飛躍している気がした。

——兄貴が殺されたのは、茉莉が担当の日だった。警察に捕まっていなければ、茉莉と犯人はあの家で対面していた。二つのタイミングが偶然重なったとは思えない。邪魔者を追い出すために、部屋に隠してあった覚せい剤を利用した。そう考えるのが素直だ。

静かな破裂音。

金色のしだれ柳が、シャワーのように降り注ぐ。

「綺麗だと思う？」

——通報した茉莉の母親が怪しいと思った。だけど、兄貴を殺す動機がない。

お母さんは、私を疎ましく思っていた。殺人の罪を被せて、家から追い出そうとした？

——兄貴の命を奪ったのが誰でも、ありのままの事実が明らかになれば茉莉が疑われるのは変わらない。死体を見つけたときから決めてたんだ。事実を歪めるしかないって。

どうして……、私なんかのために……、

——決まってるだろ。

ひときわ大きな花火が、夜空に咲いた。

「美しいと思う？」

——そのまま見つかったら、不自然に思われる。カミキリムシの正体は隠す必要があった。茉莉も知ってるよな。切り落とした髪は、元に戻らないんだ。

それに、死んだ人間の髪は二度と伸びない。

——ちゃんと調べる時間はなかった。自称法医学者が、水死体の死後変化についてネットに書き込んでいた。水に長く浸かるほど、肉体の腐敗は進行する。皮膚が剝がれて、髪が抜けることもある。どういう理屈かはわからなかったけど、半信半疑で試してみた。

バクの狙いは、見分けがつかなくすることだった。

切り落とされた髪と、抜け落ちた髪を。

私を守るために、スナを沈めた。

——黙っていたせいで茉莉を苦しめた。

私が罪を償うべきだった。バクの未来まで、私は奪おうとしている。

「真実を知ることが、そんなに大事？」

スナは生き返らない。後悔も抱えたままだ。きっと、知らないほうが楽だった。

——兄貴ばっかり見てたから気付いてないんだろうけど、俺は茉莉に何度も救われてる。

親父の死と向き合えたのも、兄貴を立ち直らせたいと思えたのも、茉莉がいたからだ。

違う。私がいなければ、スナは死ななかった。

「茉莉は、充分苦しんだ」

——楽になろうとするな。俺たちは向き合わなくちゃいけない。どうすればよかったか、これからどうするべきか。苦しんで、悩んで、考え続けよう。

もしも答えが見つかったとして、それでどうなるの？　何かが変わるの？

——兄貴の代わりに生きるんだよ。

無理だよ。スナの人生なんて背負えない。

「もう、楽になっていい」

——今夜の花火、学校の屋上で見るつもりなんだろ。鑑別所の部屋には、小さい窓が一つあるだけなんだ。そこから花火は見えない。死んだ兄貴も一緒だ。天国で見てるなんて言うなよ。……いいか？　茉莉が見る花火は、兄貴が見届けられなかった未来だ。

現実から目を背けて、バクに責任を押し付けて、空を見上げる。

これが、代わりに生きるってことなの？

「私が、茉莉の最後を見届ける」

——茉莉まで目を閉じたら、兄貴が見た屋上の花火が無意味になる。今年は無理だったけど、来年こそ一緒に見よう。二年越しの約束だから、絶対守る。期待して待ってろ。

スナは……、許してくれるかな。

——俺らが中学生のとき、茉莉の髪は綺麗だって褒めてたよ。覚せい剤に手を出しても、髪を切ることだけは続けようとした。どうしてだと思う？

風が吹き抜けて、乱れた髪が頬に貼り付いた。

砂漠の家でバクに切られたから、片方の襟足だけ短い。

そうか。スナと同じ左側の襟足なんだ。

短くなった分は、そのうち伸びる。生きてさえいれば……。

スナが褒めてくれた黒髪。
それを、私が殺すわけにはいかない。
――茉莉、生きろよ。
その一言で、バクとの会話は終わった。代わったのは、初めて聞く声の女性だった。
――初めまして。手紙も手記も読ませてもらったよ。
女性は、淡々と自己紹介をしていった。
――これから、あなたにとって大事なことを伝える。落ち着いて聞いてね。
私は立ち上がる。夏祭りの少女も立ち上がる。
花火が打ち上がる。何発も、何発も、狂ったように。
暗闇が光に侵食される。明るくて、汚くて。
右手を、前に伸ばす。
花火を摑むためじゃない。光を振り払うためじゃない。
狐の面を、そっと外す。
微笑んでいた。真っ赤な唇を歪ませて。
ああ……、やっぱり、花火と同じくらい綺麗。
だけど、その美しさが、怖い。
音が消えた。光が落ちる。
静寂を切り裂くように、私は問い掛ける。
「奏乃が、スナを殺したの？」

☀　八月八日（木）

連続髪切り事件は、大きく進展した。

雨田茉莉が書いた手紙と手記が警察の手に渡り、捜査の再開が決まったという。「ちゃんと正直に話します」佐原漠は、そう僕たちに宣言した。

佐原砂は、既にこの世を去ってしまった。

被疑者死亡という形で、事件は終局を迎えるのだろうか。

漠が罪を被る決断に至った理由は、彼と雨田茉莉が辿ったフォックス事件からの八ヵ月間を知らなければ理解できないものだった。自らを窮地に追いやることで、茉莉を守ろうとした。自白の信用性を覆すほどの事情を、佐原漠は抱えていたのだ。

だが、早霧さんは、その可能性に思い至っていた。

事件記録しか手元になく、漠との面接も一度しかしていない時点で。

カミキリムシの正体は佐原漠ではないと明言してみせた。

僕が未熟な調査官なのは、言われずとも承知している。けれど、早霧さんが披露した超能力染みた慧眼《けいがん》は、それだけで説明が付くものではない。

しばらく考えて気付いた。あるいは、事件に関する別の情報源があったのかもしれないと。警察も把握していない、一部の人間のみが接触できた被験者。

いずれにしても、にわかには信じられないことだ。

「行こうか」新田さんが言った。

人差し指を伸ばして、雨田家のインターフォンを鳴らした。話をスムーズに進めるために、担当調査官だった新田さんに付いてきてもらった。

少し待っていると、玄関のドアが開いた。

出てきたのは、雨田茉莉の母親だった。以前も、この場所で対面したことがある。

「どちら様ですか」

家にいたとは思えないほど化粧が濃い。出かける直前だったのだろうか。

「家庭裁判所調査官の瀬良と新田と申し――」

「何の用ですか」

攻撃的な口調で遮られる。明らかに歓迎されていない。

「茉莉さんはいらっしゃいますか？」

「だから、何の用ですか」

新田さんが前に出た。

「私は、茉莉ちゃんの事件を担当していた調査官です」

「その件は、もう終わったはずですよね」

「事件が終局したからといって、お子さんが抱えている問題が解決するわけではありません。茉莉ちゃんの様子をうかがいにきました」

それでも女性は、僕たちを玄関に通そうとしなかった。

「強制する権利があるんですか？」

「ありません。会いたくないと言われれば、引き下がります」

調査命令が出ているわけではない。僕たちは、無権限で押し掛けている。

「会わせるつもりはないので、お引き取りください」

「本人の意思を確認していただけませんか」

新田さんは、冷ややかな口調で告げた。

「私は、あの子の母親です」

「母親なら、娘さんの気持ちを汲《く》んであげてください」

「さっきから何なんですか！」

ヒステリックな抗議の声。耳を塞ぎたくなる。

「こんな感じで揉めてるけど、どうする？」

新田さんが問いかけた先には、玄関から顔を覗かせている雨田茉莉の姿があった。

薄手のカーディガンから、白く細い腕が伸びている。沈んだ表情を浮かべているが、大きな黒い瞳からは生気が感じ取れたので、僕は少しほっとした。

「話を聞きます」

「じゃあ、出てきてくれるかな。家には上げてもらえなそうだから」

「——茉莉ちゃん！」

母親を一瞥《いちべつ》してから、茉莉は彼女の横を通り抜けた。

「茉莉！　戻りなさい！」

その言葉に反応した茉莉の前に、僕は身体を滑り込ませた。

敵意が込められた視線を受け止める。

「僕が担当している少年は、茉莉さんのおかげで本心を見せてくれました」

「何を言ってるんですか」

「彼女が、勇気を振り絞ってくれたからです」

「意味がわかりません」

「あなたは、茉莉さんに何をしてあげましたか？」

派手な化粧を施した顔を歪ませた母親は、僕を強く睨んだ。

「親の気持ちなんてわからないでしょ」

「わかりません。でも、茉莉さんの気持ちを理解したいとは思っています」

「そうやって甘やかすから、つけあがるのよ」

注意深く、抑えた口調で訊く。

「七夕祭りの前夜祭の日、茉莉さんがどこにいたか知っていますか？」

「学校の屋上でしょ。もしかして、あなたが止めたの?」そして、侮《ぶ》蔑《べつ》を込めるように、

「余計なことを……」

一歩前に出る。考えるより先に身体が動いていた。

茉莉に、聞かせてしまった。

「――瀬良くん。行こう」

新田さんに手首を摑まれて、我に返る。

「はい」

僕と新田さんで前後を挟むような並びで、雨田家を離れて歩き出す。

「困ったお母さんだね」

振り向いた新田さんが、茉莉に向かって言った。

「はい、どうしようもないんです」

広い道路に出たので、三人で横並びになって歩いた。

「私のこと、覚えてる？」

新田さんが訊くと、茉莉は小さく頷いた。

「でも……、意外でした」

「何が？」

「そのときと、キャラが違うなって」

「ああ」新田さんは笑った。「どちらかと言えば、さっきのほうが本性かも」

「私の前では、優しいお姉さんを演じてたんですか？」

「お姉さんって年の近さでもないよ。それに、演技をしてたのはお互い様じゃない？」

「演技？　私が？」

「平気な振りをしていたでしょ。見抜けなかった私も私だけど」

新田さんが茉莉の調査を開始したのは、彼女が絶望の淵に沈んだ直後だった。佐原砂の死、佐原漠の出頭。二つの悲劇を経験して、まともな精神状態を維持できるはずがない。

それにもかかわらず、茉莉は新田さんの調査をかい潜った。

「何を話したのか、よく覚えていないんです」

「あなたは、不幸に慣れすぎてる」

「不幸……なんですかね」

自分のつま先を見つめて、茉莉はぼそりと呟いた。

「認めたから不幸になるわけじゃないし、否定したから幸せになるわけじゃない」

「よくわかりません」

「解決しなくちゃいけないのは、あなたを苦しめてる原因なの。悲しいなら、悲しい。苦しいなら、苦しい。ちゃんと言葉にしないと伝わらないんだよ」

「刑事さんにも、同じようなことを言われました」

でも、と茉莉は続けた。

「話せば解決してくれるんですか？」

「大人を信用できない気持ちは理解できる。伸ばした手を何度もはたかれてきたんだよね。残念だけど、そういう大人はいる。でも、あなたが手を伸ばすことを諦めたら、握り返そうとしていた人も気付けなくなってしまう」

返答がないことを確認して、新田さんは言葉を付け足した。

「手を取って、無理やり引っ張り上げる。そんな王子様が現れるのを待つのは間違ってるよ。誰のことを言ってるのかわかる？」

「バクは――」そのあとの言葉は続かなかった。

「そういえば……、母親の恋人は、まだ家に来てるの？」

思い出したように、新田さんは訊いた。

「いえ、別れたみたいです。私の部屋で見つかった覚せい剤の責任を押し付けて、切り捨てたんでしょうね。そういうところは、ちゃっかりしてるんですよ」

「そっか。じゃあ、解決すべきは母親の問題だけだね」

新田さんの視線が、茉莉から僕に移る。

「瀬良くん。私は裁判所に戻るから、あとはよろしくね」

分かれ道に差し掛かっていた。裁判所に向かう道と、目的の建物に向かう道の。

「新田さんは来てくれないんですか？」

「嫌だよ。巻き込まれたくないし。……っていうのは冗談だけど、二人で行ったほうがいいよ。早霧主任も、そう考えてるはず」

そう言い残して、新田さんは歩いて行った。茉莉に事情を説明しなければならない。

「花火が打ち上がる直前に、電話がかかってきたでしょ？」

不安げな表情を浮かべながら、茉莉は頷いた。

「佐原くんと喋ったあとに代わった女性がいたと思うんだけど、その人が早霧主任。雨田さんに伝えたいことがあるらしくてさ。ちゃんと説明しないでごめんね」

茉莉は首を傾げた。確かに説明が不足してる。

「歩きながら話してもいいかな？　少し急ぐ必要があるんだ」

「わかりました」

平日の昼間に女子高生と並んで歩く。親子には見えないだろう。

七夕祭りも最終日なので、それほど人通りは多くない。鮮やかに彩られた笹が飾られているアーケードは避けて進んだ。茉莉は、ぽつぽつと並ぶ屋台を横目で見ていた。

「僕と早霧さんも、君が送った手紙を読ませてもらった。それで、佐原くんに事情を説明して携帯を渡した。彼からの電話じゃないと出ないと思ったから」

雨田茉莉が自殺を企てている可能性に気付いたのも、早霧さんだった。

前夜祭の花火がその舞台になり得ることは、手紙や手記に仄めかされていた。ただ、ざっと読んだだけで立ち上がったので、僕は事情を飲み込めなかった。

「バクに、私の自殺を止めさせたんですか？」

「そんな指示を出す時間はなかった。彼が、自分の判断で説得したんだ」

収容中の少年に携帯を渡して、外部と連絡を取らせる。規則に反した行為なのは間違いなく、いずれ管理職が慌ただしく動き始めるはずだ。

でも、早霧さんの判断は正しかった。

何もせずに静観していたら――、雨田茉莉は、この世にいなかったかもしれない。

「あの……」

「なに？」

「早霧さんって人が最後に言ったのは――」

僕と漠も調査室で聞いてしまった。取り乱した漠を落ち着かせるのに苦労した。

「うん。それについても、今から答えを聞けると思う」

はぐらかすしかなかった。僕が説明を求めても、今日まで待てと命じられた。

「どこに向かってるんですか？　裁判所は逆方向ですよね」

「青葉大学の研究室」

おそらく早霧さんは、実験の準備を整えて僕たちを待っているはずだ。

歩調を早めようとしたら、茉莉が呟いた。

「さっき、本気で怒ってましたよね」

「え？」

「お母さんに」

「ああ……。ひどい言葉を聞かせちゃったね」

「大丈夫です。あの人には何も期待していません」

茉莉は、大人に絶望している。その責任は、母親だけに問えるものではない。

「僕の親も、それなりにひどかったんだ」

「そうなんですか」

比べられるものではないので、詳しい事情を話すつもりはなかった。

「親は親、子は子。そう励《はげ》まされたし、自分は大丈夫だって思い込もうとした」

茉莉と一緒だ。平気な振りをして、助けを求めなかった。

「だけど、うまくいかなかった。子供にとってのスタートラインは、どうしたって親になる。遺伝とか……、そういう話じゃなくて、親の生き方を見て育つわけだから。今さら間違ってるって言われたところで、簡単に受け入れられるはずがない」

母さんが決めたルールに、僕は疑問を抱かなかった。

どれだけ友達にバカにされても、夜に怯えてトンネルで息を止め続けた。

「じゃあ、諦めるしかないんですか？」

「自分の目で見るんだよ。いろんな生き方とか考え方を。何が正しいかは、君自身が決めることだ。最初は、歪んで見えると思う。それでも、目を背けないでほしい。スタートラインの後ろから走り始めたほうが、視野は広くなる」

隣を歩く茉莉の表情に変化はない。綺麗事に聞こえただろうか。

「家を出て、お母さんからも離れれば、新しい生き方が見えてくるのかもしれません。でも、自分の将来について考える前に、謝らなくちゃいけない人がいるんです」

「佐原くんのこと？」

「はい。バクがどうなるのか……、教えてくれませんか？」

「髪切り事件の疑いは晴れると思う」

「スナを浴槽に沈めたことは？」

曖昧な答えを口にしても納得しないはずだ。

「警察が調べてる最中だから、どうなるのかはわからない。でも、死体損壊罪っていう犯罪が成立すると思う」

「……私のせいですよね」

「違うよ。彼自身が決めたことだ」

新田さんや早霧さんなら、どんな言葉を返しただろう。

「私は、スナを拘束して死なせました。その罪も裁いてもらえますか？」

「裁いてほしいの？」

「ちゃんと償いたいんです」

手紙や手記に信用性が認められるか。雨田茉莉と佐原漠の供述は矛盾していないか。浴室に拘束されることについて、佐原砂は同意していたか。薬物によって正常な判断能力が低下した状態での同意が、有効なものと認められるか。

考えるべき問題は多くある。警察も頭を悩ませているはずだ。

「偽らないで正直に話す。それしか、できることは残ってないと思う。それに、罪の償い方は人それぞれだよ。裁かれなくても、償いはできる」

「どうやって？」

「それを考えるのも償いってこと」

「……ずるいですね」

「大人だから」

茉莉の頬は緩まない。閉ざした心は、そう簡単には開かない。

償いたいと、茉莉は言った。手紙を書いたときは、そんなことは考えていなかったはずだ。死は償いではない。未来を見ているから、過去と向き合う覚悟を決められた。

生き抜くことが償いになる。

そう伝えても、今の茉莉には実感が伴わないだろう。生きる理由を見出すまで、もう少し待たなくてはならない。彼女に必要なのは、手を伸ばして助けを求める勇気だ。

研究室で告げられる事実が、そのきっかけになればいい。

そんなことを考えながら、青葉大医学部キャンパスの正門をくぐった。

連れてこられたのは、不思議な場所だった。

初めて大学の敷地に足を踏み入れて、こんなに自由に出入りできるのかと驚いた。だけど、研究棟に入るときにはカードキーが必要だと知って、高校とは違って大切なところだけを守る仕組みなんだと気付いた。

真っ白な廊下を通った先にあったのは、細長くて狭い部屋。

ここまで案内してくれたのは、男性の調査官の瀬良さん。会ったのは初めてだと思うけど、柔らかい雰囲気を漂わせていて威圧的な感じはしない。

新田さんに会ったときも、似た印象を抱いた。調査官は、そういう人が多いのかな。

「そのボタンを押してみて」

手を伸ばせば届く位置にある赤いボタンを、瀬良さんは指さした。

カチッという感触。目の前の壁がスライドして、私の顔が少しだけ映り込んでいる半透明の板が現れた。その奥にはパソコンやモニターがぼんやり見えて、奇妙な感覚だった。

瀬良さんが照明を消すと、向こうの部屋がはっきり見えるようになった。

「びっくりした？」

子供扱いされている気がしたので頷かなかったら、瀬良さんが補足した。

「向こうの部屋からは、ただの鏡に見えてる。マジックミラーってやつ」

「聞いたことはあります」

そこで気付いた。広い部屋の中心に置いてあるリクライニングチェアに、誰かが座っている。その正面に立っているのは、白衣を着た女性。

「本当に白衣を着てる」瀬良さんが呟いた。

「あの人は？」

「ここに向かってる途中で話した、早霧さん。ああ見えて、僕と同じ調査官」

背が高くて、手足が長い。モデルみたいな体型。切れ長の目が印象的で、白衣が似合ってる。研究者の演技をしている女優。そう紹介されても納得しそう。

『お待たせ』

大井のスピーカーから、女性の声が聞こえてきた。

「向こうの音声を拾ってるんだ」

「あっ……」

リクライニングチェアが、時計回りに動いた。横顔が見える。

『今日は、一人なんですね』

抑揚の乏しい、聞き慣れた声。

高校の制服を着て座っているのは、奏乃だった。

『大人の事情ってやつ』

『そうですか。説明する気がないなら構いません。本当は、皆さんに伝えたかったのですが、今回の検査を最後にしてもらえませんか？』

『どうして？』

『問題がないとわかったからです。詩緒みたいになるなんて、杞憂《きゆう》でした』

『わかった。私から伝えておく』

何の話をしているんだろう。検査と言っていたけど、病院には見えない。奏乃の右手には、たくさんの電極が取り付けられている。まるで、何かの実験をしているみたい。

使い道がわからない機材が、部屋の中にたくさんある。

『それじゃあ始めましょう。質問をしていくから、好きに答えて』

『悪趣味な写真を見せられるんじゃないんですか？』

奏乃は、早霧さんを見上げている。

『あれは下準備で、今回が本番。最後にしようと思っていたのは、お互い様ってこと』

『どうぞ、気が済むまで訊いてください』

私やバクと話すときよりも、口調が刺々《とげとげ》しい。敬語だけど、敵意が込められている。

相手が大人だから？　でも、それだけが理由じゃない気がする。

「あの電極は何ですか？」瀬良さんに訊いた。

「反応を数値化するための装置」

「嘘発見器みたいな？」思い付いた単語を口にした。

「いや、そういうのではないらしい」

皮膚コンダクタンスと瀬良さんは言ったけど、具体的な説明は続かなかった。

『嘘をついてもわかるから、気を付けてね』

早霧さんの注意が聞こえて、こっちの声が伝わってるんじゃないかと思って驚いた。

「つまり、今のもはったり」瀬良さんは苦笑した。

『あなたが通ってる高校で、いろんな事件が起きたみたいだね』

『髪切り事件のことですか？』すぐに奏乃が答える。

『捕まったのは、フォックス事件の被害者遺族』

『佐原くんですね。驚きました』

『彼のお兄さんが亡くなったことは？』

どくん。心臓が大きく脈打つ。

『ええ、知ってます』

『被害者の佐原砂は、手錠で拘束されていた。かわいそうなことに、浴室に監禁されて、そのまま息絶えた。その手錠は、あなたが持っていたものね？』

ごまかしても無駄だと思って、奏乃から手錠を受け取ったことも手記に書いた。

『これ、取り調べなんですか？』

『いいえ。あなたが抱えている問題を把握するための検査よ。警察に話すつもりはないから、安心して答えて。もう一度訊き直したほうがいい？』

少しの沈黙があって、スピーカーから奏乃の声が聞こえてきた。

『詩緒の部屋で見つけたものを渡しました』

スナを覚せい剤から立ち直らせるために貸してもらった。奏乃の説明はあってる。

『警察に話した？』

『訊かれなかったから、話していません』

『自分から打ち明けなかった理由は？』

『神永には迷惑を掛けないから黙っていてほしい。そう頼まれたからです。七月四日の夜に、佐原くんから電話がかかってきました』

七月四日の夜――。私が、砂漠の家から追い出されたあとのことだ。

『そんな怪しいお願いを、すんなり受け入れたの？』

『面倒ごとには巻き込まれたくなかったので。手錠を貸したり、そのことを黙っているのが、犯罪になりますか？』

挑発するような訊き方。やっぱり、普段とは口調が違う。

いや……、これが、本当の奏乃なのかな。

『何に使うのかは知っていた？』

『知りませんでした』

手錠をどう使うのかは、私とバクで考えた。奏乃は、きっかけを与えてくれただけ。

『彼らは、六月十六日から佐原砂の拘束を開始した。月水金は雨田茉莉、火木は佐原漠、土日は都度決める。そう言った割り振りで、佐原砂の身の回りの世話をした。午前中は学校に行き、放課後から翌朝までが担当時間――』

早霧さんは、何も見ないでそれらを語っていった。私の手記を読んだのは知っていたけど、時系列まで頭に入っているんだろうか。

『六月二十一日の金曜日に、佐原砂は二つの事実を打ち明けた。覚せい剤の隠し場所と、カミキリムシの正体。それを聞いた雨田茉莉は、持ち帰った覚せい剤を自分の部屋の引き出しに隠した。それらの事実を、あなたは知っていた？』

『いいえ、初耳です』

嘘だ——。スナがカミキリムシだったことも、託された覚せい剤をどうするべきかも、私は奏乃に相談した。感情論を交えないで結論を導く彼女を、誰よりも信頼していた。

すぐに捨てずに部屋で保管したのは、奏乃のアドバイスを参考にしたからだ。

『七月三日の水曜日。この日は、雨田茉莉が担当する予定の日だった。けれど、部屋に隠していた覚せい剤が見つかって、彼女は警察に捕まった。さて、誰が通報したんだと思う？』

『知りません』

『聴取記録が残っていて、通報したのは母親だってさ』

『へえ。そうなんですか』

『覚せい剤は、鍵が掛かった引き出しにしまってあった。どうやって、母親はそれを見つけたんだろう。何でも相談し合える関係性だったのかな』

私たちは、親子として破綻《はたん》していた。弱みを見せるはずがない。

『私に訊かれても困ります』

『隠し場所を知っていた人物が密告した。そう考えるのが自然なんだよ。善意で教えたのではなく、娘を疎ましく思う母親の背中を押すための行動だった』

お母さんの悪意を……、利用した？

『ひどい母親ですね』動揺した素振りも見せず、淡々と奏乃は答える。

『典型的な依存性パーソナリティ障害で、しがみつく相手は異性じゃないと満足できなかった。でも、年齢を重ねるにつれて欲求を満たすのが難しくなった。娘の容姿とかつての自分を重ね合わせて、若さを妬《ねた》んだ。劣化品のレッテルを貼られることを恐れた』

茉莉ちゃんは、若くていいね——。暗く淀んだ目と、口紅を厚く塗った唇。

「大丈夫？」

瀬良さんが、私の顔を心配そうに見ていた。

「……平気です。お母さんが通報したことはわかってました」

でも、覚せい剤の隠し場所を教えた人がいる可能性までは疑っていなかった。考えてみれば、早霧さんの言うとおりだ。あの人が鍵を探し回っている姿は想像できない。

『密告者は誰か。佐原漠の名前が、まず思い浮かぶ。だけど彼は、あらゆるものを犠牲にして雨田茉莉を守ろうとした。当然、本命の候補からは外れる。あとは、隠し場所について相談を受けていた人物。たとえば、親友の神永奏乃』

早霧さんは、奏乃の顔ではなくモニターを見つめている。私たちが座っている場所からは、何が表示されているのかは確認できない。

『さっきも言いましたよね。私は、茉莉が覚せい剤を隠してるなんて知らなかった』

再び奏乃が否定しても、『彼女は、手記を書いて鑑別所に送ってるの。そこには、あなたに相談したと書いてあった』早霧さんは譲らない。

手記に書いた内容を思い出そうとすると、瀬良さんが言った。

「多分、あれもはったり。手記を読んでない彼女は、真偽が判断できない」

書いた本人でも、あんなふうに断言されたら不安になる。

『聞かされたとしても、忘れました』

『母親に密告したことも？』

『茉莉の母親が、私から聞いたって言ったんですか？』

『女子高生と共謀して娘を追い出したなんて、認めるわけないでしょ』

　奏乃は、指先の電極を見ながら言った。

『心当たりがないから認めないんです。私は、神永詩緒の姉なんですよ。憎むべき犯人の家族に唆《そそのか》されて通報した？　そんなの、誰も信じませんよ』

『次の恋人を既に見つけていた。切り替えの早さは、最初の夫を失ったときの立ち居振る舞いで証明済み。でも……、愛《いと》しき人が夢中なのは、自分ではなく娘だと気付いた。合法的に家から追い出す方法を教えてくれるなら、提供者が誰かなんて関係なかった』

『そもそも、疑われてる理由がわかりません。どうして、私が茉莉の居場所を奪わなくちゃいけないんですか』

『居場所じゃない。雨田茉莉の自由を奪う動機が、あなたにはあった』

――これから、あなたにとって大事なことを伝える。

　あのときの早霧さんの声が、脳裏に蘇る。

『物騒《ぶっそう》な動機ですね』

『浴室に取り残された佐原砂は、夕方になっても誰もこないことに気付いて、何かが起きたと悟った。でも彼には、外部と連絡を取る手段がなかった。助けが来ることもなく、さらに時間が経った。見捨てられたのかもしれない。そう考え始めた頃に、玄関のドアが開く音がした。浴室に入ってきたのは、佐原漠でも雨田茉莉でもなく、初対面の女子高生だった』

監禁生活の基本的なルールは、手錠を受け取ったときに屋上で話し合って決めた。だから、共用の鍵が玄関の植木鉢の下に隠してあることは、奏乃も知っていた。

奏乃は、私やバクがいなくても砂漠の家に入り込めた。

『誰にも邪魔されず佐原砂と向き合うために、覚せい剤の隠し場所を密告した』

息を呑《の》む音。自分の喉で鳴ったのだと、遅れて気付く。

『自信満々に言われても困ります。私と佐原くんのお兄さんに面識はないって、自分で認めたばかりじゃないですか』

『だからなに？　知り合いかどうかは、あなたには何の意味もなさない』

『意味がわかりません』

『重要なのは行為で、対象はおまけにすぎなかった』

『どこかで聞いた台詞ですね』

私も聞き覚えがあった。でも、どこで聞いたのかが思い出せない。

『百年以上前、三十人以上の患者を殺した看護師がいた――』

唐突に、早霧さんは語り出した。

『致死量のモルヒネを注射して、死が訪れるのを待つ。そんな古典的な殺し方が通用したのは、当時の捜査能力がまだ低かったからだろうね。特徴的なのは、注射器を刺したあと、その場を立ち去らずに、患者が弱っていく姿を観察していたこと。そして、昏睡《こんすい》状態に陥る直前に別の薬物を注射する。この作用によって、患者は意識を失うことすら許されず、ゆっくりと苦しみながら死を迎えなければならない。看護師は、何十人という患者の命が尽きる瞬間を、傍《かたわ》らで眺め続けた。どうして、そんなことをしたんだと思う？』

『患者に嫌がらせでもされてたんじゃないですか』

奏乃の冷笑を受け流して、早霧さんは看護師の話を続けた。

『逮捕後、看護師がいかに素晴らしい人間だったかを訴える手紙が押し寄せた。大量殺人鬼であると同時に献身的な看護師でもあったことは、それらの手紙や証言が裏付けていた。結局、検事も裁判官も、看護師が凶行に走った理由を明らかにすることはできなかった』

『何が言いたいんですか？』

『その理由が、あなたにはわかるはず』

『犯罪者の血が流れてるって言いたいのなら、さすがに不愉快です』

多くの人間の命を奪ったのは、詩緒ちゃんも一緒だ。

でも、早霧さんは首を横に振った。

『当時の医療技術では、看護師の脳に起きていた問題を解明することはできなかった。だけど、今ならそれができる。おそらく、扁桃体や前頭前皮質の腹内側部領域に欠陥を抱えていて、他人の苦しみや痛みを情動的に共感する能力を欠いていた』

『難しそうな話ですね』

『いいえ、単純な話よ。人は、自分に足りないものを持っている存在に憧れて、可能であれば手に入れようとする。恋愛でも、人付き合いでも、語り尽くされているほど自明な心理現象。看護師も、その欲求に従った。自分には認識できない負の情動を知るために、犠牲者が苦しむ様子を側で観察した』

この話は、どこに向かっているんだろう。

マジックミラーの向こう側で繰り広げられている会話が、胸の中をざわつかせる。

『後付けの説明に聞こえますが』

『そうだね。亡くなった人間の脳は分析できない。だからこそ、どう思うのかあなたに訊いた。良心の形成が不十分で、適切な情動反応を示せない。共感性を欠いているからこそ、看護師の気持ちが理解できるはず』

『欠陥品みたいに言わないでください』

奏乃とは、いろんな話をした。

——よくわからないの。美しさとか、人の気持ちとか。

前夜祭で、花火を見ながら打ち明けられた。

——家族を失った遺族が加害者に抱く感情が、私はわからない。

バクを怒らせた屋上での一言。感情が欠落しているから、事実を述べることしかできない。それが、奏乃が抱えている問題の正体だと思った。

奏乃にも見えるように、早霧さんはモニターの角度を変えた。

『指先に付けた電極が情動反応の程度を計測している。この検査を始めてから、あなたを不快にさせる質問を立て続けにしている。実際に、あなたは不愉快だと口にした。それなのに、モニターには一切の変化が記録されない』

『感情の起伏が乏しいことは自覚してます』

『そんなレベルの話じゃない。あるべき情動が、すっぽり抜け落ちている』

『それで誰かに迷惑を掛けたりはしていません』

『足りないものを、補おうとした』

モニターから視線を外した早霧さんは、奏乃を見つめて続けた。

『浴室で、あなたと佐原砂は対面した。当然、彼は訊いたでしょうね。君は誰なんだと。身分を偽る必要はなく、雨田茉莉の友人を名乗った。あなたが偽ったのは、本人が来られない理由。佐原砂が抱いていた不安を、そのまま言葉にした。犯した罪に失望して見捨てる決断に至ったことを、言葉巧《たく》みに語って絶望を煽った。そして――、覚せい剤を取り出した』

もちろん、この場面は手記に存在しない。早霧さんが想像で行間を埋めているはずなのに、二人の会話が頭の中で再生された。

『密売人の知り合いなんていませんよ』

『娘が覚せい剤を隠し持っている。そう母親に密告したときに、隠し場所を教えるのではなく、あなた自身が部屋を漁った。雨田茉莉が担当の日なら、母親を味方に付ければ上がり込める。そのときに、人を死に至らしめる量の覚せい剤をくすねた』

図書室にいた私は、携帯電話を耳に押し当てていた。

――落ち着いて聞いてね。

そう前置きをして、早霧さんは告げた。

――神永奏乃が、佐原砂の死を引き起こした。


『私が佐原くんのお兄さんを殺したと言いたいんですか？』

『違う。あなたは、手を汚していない』

驚いて、瀬良さんの顔を見た。私の視線に気付かずに、マジックミラーを凝視している。

奏乃が殺したんじゃない？　じゃあ、あのときの電話は？

『拘束を解くわけでもなく、覚せい剤を溶かして入れた注射器を目の前に置いた。あとは、佐原砂の情動の変化を観察した。見捨てられたことに絶望して、薬物の欲求に逆らえず、快楽に溺《おぼ》れて、死を迎える。犠牲者が苦しむ様子を眺めた看護師のように、あなたも情動反応を探ろうとした。殺人という行為ではなく、死に至る過程を見守ることが目的だった』

『死神みたいですね』

奏乃の一言に、背筋が凍《こお》りつく。口調が、横顔が――、

『目的を達したあなたは、佐原砂の髪を切り落とし、ハサミを残して、立ち去った』

『何のために、そんなことを？』

『雨田茉莉が殺害したと見せかけて、次の死を導くため』

冷房が効きすぎているわけでもないのに、身体の震えが止まらない。

肩を抱え込んで、それでも早霧さんの言葉を聞き逃さないよう必死に耳を澄ます。

『兄の死体を発見した佐原漠が、激昂《げきこう》して暴走するかもしれない。責任を感じた雨田茉莉が、絶望して命を絶つかもしれない。亀裂《きれつ》さえ生じれば、あとは無理やり押し広げるだけ。それがあなたのやり方でしょ』

スナの死に責任を感じて、スナのいない世界に絶望して、
バクに殺されても仕方ないと思った。屋上から身を投げようと思った。

自分の意思で、選択しているつもりだった。

『黙って聞いていましたが、すべて的外れです。手錠を渡しただけで、茉莉が逮捕されたのも、佐原くんのお兄さんが亡くなったのも、私とは何の関係性もありません』

『証拠があるのかなんて、くだらない質問はしないでね』

『あるんですか？』

『知らないし、興味もない』

『それなら、撤回してください』

早霧さんは微笑んだ。私には、そう見えた。

『証拠なんて見つからないほうがいい。犯した罪が証明されたら、あなたは逮捕されてしまう。その先に待っているのは、少年院か刑務所での社会的な処遇。でも、そこでは問題を解決できない。あなたに必要なのは、刑罰による制裁でも、教育による更生でもないの』

『私は正常です。詩緒とは違う』

『このままだと——、また人を死に導く』

時間が止まったような静寂。けれど、奏乃は視線を逸らさずに答える。

『私は手を汚していない。さっき、そう言いませんでした？』

看護師と奏乃を重ね合わせているなら、注射器を刺したのが奏乃という可能性もあったはず。それなのに早霧さんは、覚せい剤入りの注射器を置いて見守っただけだと言った。

『あなたの手は、今も純白のまま。でも、両目は真っ赤に染まっている』

狐の面を外したあとの、詩緒ちゃんの充血した目。その光景が頭に浮かんだ。

『何を言っているのか、理解できません』

『刺殺、撲殺、絞殺。三つの死を、あなたは見守った』

『…………』

『じっくりと時間を掛けて、犠牲者が絶望して死を受け入れるまでの過程を目に焼き付けた。複数の殺害方法を準備したのは、さまざまな情動反応を探りたかったから。それでも、あなたの脳は満たされなかった。痛みも苦しみも、理解できなかった』

『いい加減に——』

『だから、積み残した四つ目の死を観察することにした』

ニコチンも、覚せい剤も、身体に有害な毒。

実現したかったのは、毒殺。

『殺したのは、詩緒です。血が繋がってるからって、同列に語らないでください』

『あなたは、血に愛されていた』

『そろそろ解放してもらえませんか？』

奏乃が立ち上がる。指先の電極は簡単に外れた。

『待ちなさい』

早霧さんの右手が、奏乃の手首を摑んだ。

華奢な手首に巻かれた腕時計の下には、詩緒ちゃんが刻んだ傷跡が隠されている。

『まだ何か？』

『フォックスは、一人じゃなかったのね』

まっすぐな視線。奏乃は、その視線を正面から受け止めた。

『――失礼します』

摑まれた手を振り払って、奏乃は部屋を出て行った。広い部屋に残された早霧さんは、奏乃が座っていたリクライニングチェアにもたれかかった。

くたびれた白衣が、ふわりと舞う。

『音声は、そのままにしておいて』

瀬良さんは、怪訝そうな表情を浮かべていた。

『こんにちは……、雨田さん。生き抜く道を選んでくれて嬉しいわ。ありがとう。瀬良くんに頼んで、あなたを連れてきてもらったの。どうして、そんなことをしたと思う？』

問いかける口調には柔らかさが残っていて、奏乃に向けた声とは違った。

「こっちの音声は聞こえないんですよね？」

「うん」

スナが死んだ理由を教えるため？　奏乃の正体を教えるため？

『ちゃんと自分で考えてほしかった。私が言ったことが正しいとは限らない。神永奏乃は、事件とは無関係なのかもしれない。あなたのほうが、私よりもずっと彼女を知っている。誰かの意見に左右されるのではなく、自分の目で見たものを信じてほしい』

自分で考える。自分の目で見たものを信じる。

ここに来る途中、同じようなことを瀬良さんに言われた。

早霧さんの話を聞いて、私は奏乃を疑った。

だけど、心の奥底では――、

『大切な人の命を失って、責任を問われた。それでもあなたは生きる決断をした。フォックス事件の真相も、佐原砂の死の真相も。まだわからないことが残っているよね。知らずに死んだほうが楽だったと思う？　生きているからこそ、答えを探せるんだよ』

突き放されたんじゃない。見放されたんじゃない。

ちゃんと生きろ。そう言われたんだ。

「あの……、瀬良さん」

「なに？」

早霧さんが機材を片付け始めて、瀬良さんは部屋の照明を付けた。

私の顔が、半透明の板に映り込んでいる。

「ハクに、待ってるって伝えてもらえませんか」

「それだけでいいの？」

「はい。あとは、バクが出てきてから自分の口で伝えます。ちゃんと謝って……、ありがとうって言いたいんです。それまでは、待つことしかできないけど」

「手紙も、また書いてみなよ。喜ぶはずだから」

「わかりました」

「お母さんとの関係性も考えないとね」

「人任せにはしません。瀬良さんたちに言われたように、自分で考えます。高校を卒業すれば、自由になれるはずだから」

瀬良さんは、目を細めて微笑んだ。

「冴えない調査官で良ければ、いつでも話を聞くよ」

「甘えちゃダメかなって」

「誰かを頼るのは、弱さでも恥ずべきことでもない」

「でも……」

「一人じゃ生きていけないから、大切な人とすごす時間に幸せを感じられる。佐原砂さんも、漠くんも、苦しんで生きる君の姿を見たいなんて思っていない」

スナの人生は、七月三日に途切れてしまった。私の人生は、これからも続いていく。

犯した罪も、失った命も。忘れるんじゃなくて、背負って生きる。

それが償いだと思っていた。

「幸せを求める資格が、私にあるんですか？」

「前を向いて未来を見届けるのも、償いなんじゃないかな」

あの日、高校の屋上で見た花火は、スナが見届けられなかった未来だった。

明日も明後日《あさって》も、私の前には別の景色が広がっているんだろう。

見逃しちゃいけない。無駄にしちゃいけない。

「もう一度、考えてみます」

「うん」

「だから、また相談に乗ってもらえますか？」

「もちろん。待ってるよ」

顔を下に向けて、伸びた前髪を触る。

最後にスナに切ってもらってから、三ヵ月以上経った。

砂漠の家で再会した日。前みたいに髪を切ってほしいって泣きながら頼んだ。

半年以上、私の髪に指を通したのはスナとバクだけだった。

別の人に触らせるのが裏切りのように感じた。スナとの思い出を失うのが怖かった。

だから、前髪で視界を覆って、何も見えていない振りをして――、

過去に囚われていた。

大人が信じられなかった。ううん……。正直、今も信じられない。

男の人が隣にいないと生きていけなくて、私を切り捨てようとしたお母さん。詩緒ちゃんが殺した、ろくでもない父親。汚い言葉を口にしながら部屋で襲い掛かってきた父親候補。視線を合わせようとしない教師、家の前に居座ってマイクを向けてきた記者。

最初から信じなければ、傷つかずに済む。

不幸に慣れすぎてる――。そう新田さんに言われた。

わからなくなっていた。どれくらい不幸なのか。どうすれば抜け出せるのか。

だけど、冷たく接し続けた新田さんも、初めて会った瀬良さんも、私のために怒ってくれた。曖昧な言葉でごまかさないで、罪の償い方や未来との向き合い方を教えてくれた。

私が手を伸ばせば、きっと彼らは摑んでくれる。

すべての大人が敵なわけじゃない。信頼できる大人だっている。

でも、その見分け方を私はまだ知らない。

目を背けてきたから。

顔を上げる。瀬良さんが、微笑みながら私を見つめていた。

優しさに甘えて、答えを求めるのは間違っている。

前を向いて見定めなくちゃいけない。

ちゃんと見て、必死に考えて、私なりの答えを出さなくちゃいけない。

家に帰ったら前髪を切ろう。目元に掛からない長さまで。

自分の目で、未来を見届けるんだ。

エピローグ

僕と早霧さんは、一人の少女を待っていた。

鉄格子のはまった小さな窓。突起物の類いはなく、机も椅子も床に固定されている。これ以上はないくらい、殺風景な部屋だ。

「今さら訊くけどさ、どうしてついてきたの？」

窮屈そうにジャケットを着ている上司を横目で見た。

「……本当に、今さらですね」

青葉家裁から直線距離でも六百キロ近く離れた土地に、僕たちはいる。新幹線を乗り継いで、遠路はるばるやってきたのだ。理由を問う時間は、いくらでもあった。

「今回の件で、確実に目を付けられたと思うよ」

「上司なら部下を守ってください」

「残念ながら、吹けば飛ぶような力しかない」

動向視察という制度が、少年審判規則に定められている。

保護処分の決定をした家庭裁判所は、当該少年の動向を気に掛け、必要に応じて視察に行くよう努《つと》めなければならない。要するに、少年院に送って満足するのではなく、きちんと更生の道を辿っているのか見届けなさいということだ。

「早霧さんも、周りの目を気にしたりするんですか？」

「気にしなかったから、主任になっても白い目で見られてる」

「その若さで主任になったなら実力ですよ」

「私が何歳か知らないでしょ」

少し考えてから僕は答えた。年齢ではなく、ついてきた理由を。

「直接、確かめたかったんです」

「好きにすればいいけど」

動向視察で京都医療少年院に行く。その予定を月例ミーティングで聞いたとき、僕はすぐに同行を申し出た。対象者が誰かを確認する必要はなかった。

パンドラの箱を覗きに行くようなものだ。

先ほどの早霧さんの忠告は、あながち冗談でもないだろう。

「遅いですね」

「久しぶりの来訪者に手間取ってるのかも。家族も見捨てたみたいだし」

「ああ……、なるほど」

この部屋に通される前に、施設を簡単に案内してもらった。

十メートル以上の高さがある塀が広い敷地を取り囲んでいて、その上部には人感センサーが張り巡らされているらしい。数えるのが億劫になるほどの扉を通り抜けた。職員の制服には、扉の数に応じた鍵がぶら下がっていた。

厳重な警備体制に感心すると同時に、隔離された少年の生活を思い浮かべた。

医療少年院に収容されるのは、心身に著《いちじる》しい故障がある少年だ。通常の少年院とは異なり、ここでは矯正教育と共に専門的な治療も施される。それでも、脳の構造的な特徴や神経作用の問題を解決するのは難しいというのが早霧さんの見解だ。

ノックの音。返事をする前に、分厚い扉がゆっくり開いた。

「お待たせしました」

入ってきたのは、紺色の制服を着た職員とジャージ姿の少女だった。

「終わったら声を掛けますので、我々と彼女だけにしてください」

難色を示した職員と早霧さんのやり取りを経て、最終的には部屋の前で待機する形で決着した。後半は、説得というより罵《ののし》り合いに近かった。

その最中、少女は作り物めいた笑みを浮かべて窓を見つめていた。

神永詩緒――。世間を震撼させた、フォックス事件の犯人。

結った黒髪、白い肌、整った顔のパーツ。細部に違いはあるが、まとっている空気を含めて、やはり彼女によく似ている。

「そんな顔を作れるようになったのね」

早霧さんが切り出すと、神永詩緒は首を傾げた。

「どこかでお会いしましたっけ？」

姉の奏乃とは違い、まだ声にあどけなさが残っている。

「あなたを担当した調査官よ」

「大人の顔って、みんな同じに見えるんですよね」口元に手を当てて、詩緒は笑った。

「そちらの男性も、そのときの調査官ですか？」

大きな瞳が、僕を覗き込む。

「僕は、君が心に傷を負わせた少年を担当してる」

「うーん……。心当たりがありすぎて」

「佐原漠と、雨田茉莉という名前に聞き覚えは？」

茉莉は僕の直接の担当ではないが、新田さんの許可は得ている。

「あるような、ないような」

「君が命を奪った被害者の子供だよ」

「それなら、最初から不幸な人たちじゃないですか」

神永詩緒は、フォックス事件の調査ではほとんど口を閉ざしていたと聞いた。それなのに、眼前に座る少女は、淀みなく喋り、表情がころころと変わる。

「更生の兆《きざ》しがあるのか確認するのが、私たちが来た本来の目的」

早霧さんが、建て前を口にする。

「ばっちりだと伝えておいてください」

「ここにいても、あなたは更生できない」

「ひどい。傷つきました」

「その代わり、いいことを教えてあげる」

再び首を傾げた詩緒は、「ここから脱走する方法ですか？」と訊いた。

「お姉さんが捕まったのは知ってる？」

「……え？」

詩緒は目を見開いた。姉に比べれば、感情の起伏が読み取りやすい。

「知らなかったんだ。教えてあげないなんて職員も冷たいね」

「何をしたんですか？」

「ホテルの一室で三人を殺した事件の関係」

早霧さんの邪魔をしないよう、僕は隣で無表情を貫いた。

「どこかで聞いたような事件ですね」

「あなたが思い浮かべているのと同じ事件だよ」

じわりと額に汗が浮かび上がる。ハンカチを取り出すことも、視線を動かすこともしない。きっと早霧さんは、詩緒をまっすぐ見つめている。

「何の冗談ですか？」

「神永奏乃は、被害者ではなく共犯者だった」

不気味な笑い声が、狭い部屋に響いた。

「面白いなあ……。そんなわけないじゃないですか」

「どうして？」

「私は、あの子をニコチンで殺そうとしたんですよ」

「ふうん。じゃあ、この傷は？」

言い終えると同時に、早霧さんは白いリストバンドが巻かれている詩緒の左手首を摑んだ。ここでは、腕時計の着用は認められていないのだろう。

詩緒が反応を見せる前に、リストバンドが素早く外される。

何重にも刻まれた、痛々しい傷跡。

「返してください」

「お姉さんとお揃いね」

「……奏乃の手首を見たんですね」

「あなたとお姉さんは、互いの手首を切り合った」

手首の傷跡は、外側のほうが細くなっている。それは、正面から切られたことを示している。神永奏乃の手首にも、同じ傷跡が刻まれているのを確認した。

それらの事実を、早霧さんは淡々と告げた。

「相手の手首を切るリスカなんて、初めて聞きました」

「リストカットは、自傷欲求を満たすための行動だからね。でも、扁桃体や海馬に機能的な障害を抱える二人が抑えられなかったのは、自傷ではなく他傷衝動だった。同じ悩みに苦しんでいたからこそ、相手の衝動欲求が手に取るようにわかった」

互いの手首に刃物を押し付け合う。その異常な光景を想像して、鳥肌が立った。

「他傷衝動？　難しい単語ばかりで付いていけません」

「誰かを傷つけたいと望むのは、異常な心理状態じゃない。でも、よっぽどのことがない限り、ぐっと堪えて翌朝には忘れている。感情の受け皿に衝動を溜めこめば、自然と蒸発するものだから。だけど、あなたたちの衝動はすぐに溢れ出てしまう」

「お皿が割れてるからですか？」

「それか、最初から存在していなかった」

「あは。不良品ですね」

状況にそぐわない無邪気な笑い声。

「リストカットが続いていた間は、破壊衝動が見知らぬ第三者に向けられることはなかった。自分たちで問題を解決しようとしたんでしょ。でも、その途中で悲劇が起こった。あなたが、お姉さんの手首を深く切りすぎた」

「ああ……。そんなこともありました」

「動脈まで達した傷口からは、大量の血が噴き出した。辺り一面が血の海になったでしょうね。一命は取り留めたみたいだけど、何が起きたのかは隠せなかった。両親はあなたを危険因子とみなして、お姉さんは純粋な被害者と扱った」

「その場にいたみたいに喋りますね」

雨田茉莉の手記にも、彼女が屋上で聞いた簡単な経緯は書いてあった。けれど、早霧さんの説明はそれよりずっと詳細なものだった。推測で補ったか、青葉大での検査を通じて奏乃から訊き出したかのいずれかだろう。

「姉を殺しかけたあなたは、心理的なトラウマを抱えた」

「トラウマ？」詩緒が訊き返す。

「光景や匂いが記憶に焼き付いて、血に対する恐怖に囚われた」

「そんな診断を受けた覚えはありません」

次の言葉が発せられるまでに、若干の間が生じた。

「――ヘモフォビア。それが、あなたが苦しんできた病気の名前」

「人の話、聞いてます？」

「ヘモっていうのは、血液を意味する単語。ヘモグロビンは聞いたことがあるんじゃない？フォビアは、心理学や生理学における恐怖の症状を意味している。つまり、ヘモフォビアは、血液恐怖症と訳すの。あなたにぴったりの病名でしょ？」

「物知りですね」

次の言葉を待ち構えているような、短い返答だった。

「事件記録を読んだとき、どうしても理解できないことがあった。狐の面に青いフィルターが張られていた理由……。言い換えれば、なぜ視界を青く染めたのか。何度読み返しても、私が求める答えは書かれていなかった」

「たまたま、そういうお面だったんです」

「見たくないものを隠そうとした」詩緒の発言を、早霧さんは無視した。

「青く染める必要があったものは何か。そう考えたとき、真っ先に思い浮かんだのが血液だった。一人目の犠牲者の死因は、刺傷による出血性ショック死。独特な鉄の匂いを面で塞いで、視覚をフィルターでごまかした」

一人目の犠牲者とは、雨田茉莉の父親のことだ。

茉莉と同じ火傷の苦しみを味わい、胸元を刺されて殺された。

「発想が飛躍しちゃってません？」

「そう。これは仮説にすぎなかった。だから試したの。悪趣味な傷口の写真を何枚も見せて、あなたとお姉さんの反応を確かめた」

皮膚コンダクタンス。奏乃に対する検査には、僕も立ち会った。

狐の面に隠された秘密を探ることが目的だったと、後日教えてもらった。

「……思い出した。あのときの、最低な調査官」

「想像以上の反応だった。我を忘れて、私の首を絞めようと襲い掛かってきた。職員が止めなかったら、私は殺されていたかもしれない」

早霧さんが独断で行った調査。それは、神永詩緒の非行の要因を探るためではなく、彼女がヘモフォビアに罹患《りかん》しているかを確認するためのものだった。

「さっき……、奏乃にもやったと言いましたよね」

「ええ。表情一つ変えず写真を見続けた。神永奏乃は、血に愛されていた」

神永姉妹の手首に刻まれた傷跡と、傷口の写真に対する反応。

詩緒がヘモフォビアに罹患しているというのは、おそらく事実なのだろう。

「その病気が、何だっていうんですか」

「青いフィルターを張った狐の面を準備したくらいだから、あなたは病気を自覚していた。それにもかかわらず、大量の血液が噴き出す刺殺を殺害方法の一つに選んだ。不思議だったの。一体、何がしたかったんだろうって」

「…………」

「あえて大量の血液を浴びることで、ヘモフォビアを克服しようとしたんでしょ。荒業なのは間違いないけど、行動療法の一種としては的外れでもない」

「それだけのために人を殺した？　私でも、バカげてるってわかりますよ」

　詩緒は、医療少年院での生活を送り続けている。トラウマから立ち直れるかも不確実だった。支払った代償が、あまりに大きすぎる。

「説明の仕方が悪かったかな。ヘモフォビアの克服は、殺人を最大限に有効活用しようとした追加のプランにすぎない。人を殺してドキドキしたい――あなたが言ったとおり、殺人自体が最大の目的だった。リストカットを禁止されたせいで、行き場を失った他傷衝動が暴走して、対象が特定されていない純粋な殺意が芽生えてしまった」

計画殺人でも、衝動殺人でも、命を奪う動機は必ず存在する。その動機は、対象を特定した上で外側に向いているのが通常だ。だが、フォックスの殺意は内側に向いていた。

　彼女たちの中で、すべてが完結していた。

「私が、殺意に支配されて、何とかっていうトラウマも克服しようとした。そうだとしても、結論は変わりませんよね。奏乃が共犯者だったなんて――」

「神永奏乃もフォックスだった。それが事件の真相」

「妄想を押し付けないでください」

「他傷衝動のはけ口を失ったのは、あなただけじゃなかった。相談相手が見つからないまま、どんどん欲求が高まっていった。そして、どちらかが限界を迎えた」

「私が、自分で計画を立てて実行した。奏乃は無関係です」

　詩緒の表情から笑みが消えて、代わりに早霧さんが微笑んだ。

「それなら、どうして神永奏乃はホテルにいたの？」

「四人目の犠牲者に選んだからです。殺す人間にこだわりはありませんでした」

「その答えに嘘偽りはない。ええ、信じるわ。娘の腕に穴を開けた弁護士、息子の指を潰したピアニスト、生徒を絶望に追い込んだ教師……。そういう悪人を犠牲者に選んだのも、理由をこじつけたにすぎないんでしょ」

「だったら、奏乃でもいいじゃないですか」

　首を横に振った早霧さんは、リストバンドを詩緒に返した。

「その傷跡には、姉妹の絆も一緒に刻まれている」

「……絆？」

「手首を切り合うのは、命を預け合うのと同義なんだよ。それほどの信頼関係で結ばれていた姉を意味もなく犠牲者に選んだ？　あなたこそふざけないで。こだわりがなかったとしても、誰を殺してもいいってことにはならない」

「ズレた説教って、こんなにムカつくんですね」

　詩緒が感情を露にするのは、姉の話題を出したときだけだ。

　奏乃が捕まったと告げた際に見せたのは、姉を心配する妹の表情に他ならなかった。

「重度のヘモフォビア。刺殺、撲殺、絞殺という順番。途中で生放送が途切れた事実。傷口の写真を見せたときの反応。それらを重ね合わせると、一つの可能性が浮かび上がる」

「少し黙ってくれません？」

「雨田裕斗を刺した直後……。狐の面の細工ではトラウマを克服できず、拒絶反応で身動きが取れなくなったとしたら？」

「そんな仮定の話に、興味はありません」

「空白の時間。つまり、二人目と三人目の殺害を実行したときに、フォックスが入れ替わっていた可能性があるんだよ。被害者の振りをして紛れ込んだ神永奏乃に」

映像に記録された三つの殺人は、すべて狐の面を付けた少女が実行した。

背格好は一緒だった。服装は着替えれば済む。

目撃者は、全員殺されている。

狐の面の下に隠されていた素顔は――、

「いい加減にしてもらえませんか」

強張《こわば》った表情を見て、すぐに動けるよう腰を浮かせた。

「もちろん、拒絶反応に耐えて、あなたが全員殺したのかもしれない。どちらが真相だったのかは、あの場にいた人間にしかわからない。だけど、結論は変わらないのよ。あなたたちは、二人で一匹の狐を演じたんでしょ」

――あなたの手は、今も純白のまま。でも、両目は真っ赤に染まっている。

青葉大での発言を思い出す。おそらく早霧さんは、神永奏乃は詩緒の殺人を見守っただけだと考えている。詩緒の調査と奏乃の検査を経て、その結論に至ったのだろう。

「奏乃が捕まったっていうのは、私を動揺させるための嘘ですね」

「さあ、どうでしょう」

「あなたの妄想が現実になることはない。残念でした」

語りかける言葉が尽きたように、早霧さんは椅子に深く腰掛けた。

沈黙が流れる。堪えきれず、僕は身を乗り出して訊いた。

「そうだよ。神永奏乃は捕まっていない。今日も、何食わぬ顔をして高校に通っているんだ。君だけが、責任を問われて自由を奪われた。どうして……、それに耐えられる？」

「一番くだらない質問です」

受け入れられないだけで、答えはわかっている。

「君は、犠牲になったとは考えてないんだろ」

「持たざる者は、失わないんです」

衝動を抑えるすべを知らず、他者を傷つけて理性を保つしかなかった。

行き着いた先が、フォックス事件だった。

「どちらが外の世界に残るべきか。君たちは、合理的な決断をした」

「ひどいことを言いますね」

事件当時の年齢は、詩緒が十三歳で、奏乃が十五歳。

たった二歳の年齢差が、法律的には大きな意味を持っていた。

「君だけが、刑事未成年だった」

「ええ。おかげで、刑務所に入らずに済みました」

姉が生き延びる未来を、詩緒は塀の内側で祈っている。

二人の絆は、傷跡と共に手首に刻まれた。

その絆が失われない限り、事件の真相が語られることはないだろう。

「お話が済んだなら、失礼します」

立ち上がった詩緒を引き留めようとした。

「君は――」

見下ろす眼差《まなざ》しも、遮る口調も、言葉を失うほどに冷たい。

「誰も、私たちを罰することはできない」

「違う」咄嗟《とっさ》に、僕は言った。

「罰せられないんじゃない。罰しても意味がないんだ」

「負け惜しみですか」

彼女たちは、可塑性が見込めないと判断された少女だ。

善悪の区別が付かず、本能が赴くままに行動して人を傷つける。

神永詩緒は、神永奏乃は、還れないのか。

「このままだと、君たちは同じ過ちを繰り返してしまう」

「そんなこと、言われなくても知ってますよ」

周りの大人以上に、彼女たちが、自身の未来に絶望している。

まだ、スタートラインにすら立っていないのに。

「それは、衝動を抑えられないからじゃないし、良心の形成が不十分だからでもない」

早霧さんの視線を感じる。詩緒を見つめたまま、僕は続けた。

「やり直すことを諦めているからだ」

「精神論って嫌いなんです」

これまで向き合ってきた少年が、考える糸口を与えてくれた。

雨田茉莉は、佐原砂の死に責任を感じて、命に幕を引くことを決めた。打ち上がった花火と共に屋上から落下していたら、彼女の未来は閉ざされていた。

あの日、あの瞬間。茉莉を思いとどまらせたのは、佐原漠の言葉だった。

前夜祭から一ヵ月以上が経った今も、茉莉は生きている。誰かに強制されたわけではない。前を向いて歩き続けることを、彼女は自分の意思で決めてくれた。

二人だけじゃない。たくさんの少年の名前と顔、反省の言葉、処分を告げられたときの反応。一緒に償い方を考えて、不安げに歩き出す姿を見届けた。

立ち直ることができた少年がいた。一方で、過ちを繰り返してしまった少年もいた。

分岐点があったのか。それとも、最初から進む道は決まっていたのか。

育った環境、信頼できる大人や友人の存在、犯した過ちの内容、専門家との巡り合わせ。どの要素も軽視することは許されない。でも、一番重要なのは……、

「君たち自身が、自分の可能性を信じ抜かなくちゃいけない」

更生に至る道のりは、少年ごとに異なって当然だ。

きっかけさえ与えれば、一人で歩き出せる少年がいる。長い時間を掛けて、寄り添わなければならない少年がいる。進む道も戻る道も、闇に包まれている少年がいる。

少年が立ち直れるかどうかは、いくつもの要因が複合的に影響して決まる。

調査官にできることは限られているのかもしれない。

「可能性なんて、あるわけない」

「不安なのはわかるよ。僕も、未来が見通せなくて怖かった」

「恵まれた環境で生きてきたくせに……、知ったふうなことを言わないでください」

すべての大人に敵意を抱いていた時期が、僕にもあった。

「僕の両親は、揃って許されない罪を犯しているんだ。父親が消えない傷を母親に負わせて、母親は父親の家を燃やした。負の連鎖を断ち切れずに、揃って破滅したんだよ」

夜を恐れた母親と、血を恐れた詩緒。

どちらも、罪を犯して恐怖を克服しようとした。

「僕も、両親と同じように道を踏み外すんじゃないか。ちょっとした感情の変化すら、怖くて仕方なかった。キラキラした目で笑い合う同級生を直視できなかった」

「偉そうに説教できる立場の大人に言われても、不幸自慢にしか聞こえません」

「あのとき将来を諦めていたら、僕はここにいない」

詩緒は、大きく目を瞬《まばた》いた。

「自分がやり直せたから、私もやり直せる。そう言いたいわけですか」

「違うよ。そんなに単純な話じゃない。自分の可能性を信じる。やり直したいと強く望む。君たちの更生は、そこからスタートするんだ」

同じような境遇で苦しんでいる少年は、神永姉妹の他にもいる。

その子たちが、誰にも相談できず、一人で不安を抱えて絶望しているとしたら。

切り捨ててもいい少年なんて、絶対にいない。

「人生を諦めるには、十四歳は早すぎる」

「社会に戻ったら、また人を殺します。次は、殺人罪で死刑。命の無駄遣いです」

「殺させないし、死なせない」

「あなたに何ができるんですか？」

僕に何ができるのだろう。何度も自問してきた。

一連の事件を経て、不可逆少年と向き合う覚悟を決めた。

だが、神永詩緒も神永奏乃も、僕が答えを出すのを待ってはくれない。

二人が求めているのは、今を乗り切るための言葉だ。

すべての少年が、やり直せるのだろうか。

答えは見つかっていない。存在しているのかもわからない。

それでも、僕は伝えなければならない。

家庭裁判所調査官として――、

道を踏み外しそうになった、かつての少年として――、

「僕は、絶対に君たちを見捨てない」

「……やり直せなかったら？」

フォックス事件の詳細を知ってから、口に出せずにいた言葉がある。

少年法の理念だとわかっていても、信じ切ることができなくなっていた。

知識も経験も不足している調査官に断言する資格はない。そう自分を納得させていた。

でも、本当にそれでよかったのか。

誰に届けるべき言葉で、誰を勇気づけるためのメッセージなのか。

決まっている――、少年だ。

心を揺り動かす可能性が少しでもあるなら、想いを込めて伝えるのが調査官の役割だ。

確信は持てていない。間違った論理なのかもしれない。

けれど、睨みつけてくる少女を見て思う。

いいじゃないか。虚勢を張って安心させるのは、大人の得意技なんだから。

大人が信用できないと言うなら、僕がその一人目になればいい。

自分の可能性が信じられないと言うなら、僕が信じ続ければいい。

「大丈夫」

目尻を下げて、口元を緩める。そして、僕は詩緒に告げる。

「やり直せるから、少年なんだよ」

参考文献

エイドリアン・レイン、高橋洋（訳）『暴力の解剖学：神経犯罪学への招待』（紀伊國屋書店）

渡辺俊之、小森康永『バイオサイコソーシャルアプローチ――生物・心理・社会的医療とは何か？』（金剛出版）

藤原正範『少年事件に取り組む――家裁調査官の現場から』（岩波新書）

廣井亮一（編）『家裁調査官が見た現代の非行と家族：司法臨床の現場から』（創元社）

藤川洋子『「非行」は語る――家裁調査官の事例ファイル』（新潮選書）

宮口幸治『ケーキの切れない非行少年たち』（新潮新書）

草薙厚子『少年Ａ 矯正２５００日全記録』（文春文庫）

本書は書き下ろしです。

不可逆《ふかぎゃく》少年《しょうねん》

五十嵐律人（いがらし・りつと）
1990年岩手県生まれ。東北大学法学部卒業。
弁護士（ベリーベスト法律事務所、第一東京弁護士会）。
『法廷遊戯』で第62回メフィスト賞を受賞し、デビュー。

2021年1月25日　第1刷発行

著　者　五十嵐《いがらし》律人《りつと》

発行者　渡瀬昌彦

発行所　株式会社講談社
〒112-8001
東京都文京区音羽2-12-21
電話［出版］03-5395-3506
［販売］03-5395-5817
［業務］03-5395-3615

本文データ制作　講談社デジタル製作

印刷所　豊国印刷株式会社

製本所　株式会社国宝社

N.D.C.913 350p 20cm
ISBN 978-4-06-522173-0

次作予告

原因において自由な物語

五十嵐律人

講談社